国家社科基金
后期资助项目

# 《诗经》学在元代的
# 经学转向研究

## Research on the Turn of Confucian Classical
## Studies on *the Book of Songs* in Yuan Dynasty

曹继华 著

社会科学文献出版社
SOCIAL SCIENCES ACADEMIC PRESS (CHINA)

# 国家社科基金后期资助项目
## 出版说明

　　后期资助项目是国家社科基金设立的一类重要项目，旨在鼓励广大社科研究者潜心治学，支持基础研究多出优秀成果。它是经过严格评审，从接近完成的科研成果中遴选立项的。为扩大后期资助项目的影响，更好地推动学术发展，促进成果转化，全国哲学社会科学工作办公室按照"统一设计、统一标识、统一版式、形成系列"的总体要求，组织出版国家社科基金后期资助项目成果。

全国哲学社会科学工作办公室

# 目　录

导　论 ………………………………………………………………… 1

第一章　经学与元代《诗经》学 ……………………………………… 7

一　经学与朱学视野下的元代《诗经》学 ………………………… 7

二　"诗经""诗传""诗经学"的语意差别与经学实践中的
不同态度 …………………………………………………………… 11

三　《诗经》学实践与"朱学"的历史展开 ……………………… 13

四　《诗经》学实践与"朱学"的存在根据 ……………………… 19

第二章　《诗经》学的元代形态 …………………………………… 23

一　元代《诗经》学著述与朱学 ………………………………… 23

二　"朱子后学"与《诗经》学中的分派问题 ………………… 25

三　元代经学特质："朱学"即"经学"，"诗学"即"朱学"
…………………………………………………………………… 31

四　体例与宗旨问题：以"羽翼朱学"为中心的
"分体"讨论 …………………………………………………… 36

第三章　元代《诗经》学的形成与发展：体例篇 ………………… 40

一　从"诗传"到"集解" ……………………………………… 40

二　"通释"与"论说"的成熟 ………………………………… 52

三　"讲义"与科考 ……………………………………………… 56

四　经史传统与《诗经》著述体例的经学源流 ………………… 60

第四章　元代《诗经》学的形成与发展：经义篇 ………………… 61

一　"判经"与"疑经"：学派经学观念之建立 ……………… 61

二　从"疑传"到"改传"："经史互证""经传辨析"
"诗序变改" …………………………………………………… 70

三 元代《诗经》学之困境：朱学独尊与继续增益朱说

可能性的减弱 ……………………………………………… 94

四 "窃意"与"愚按"：经学实践脉络下的立场表达 ……… 95

**第五章 元代经学的《诗经》学形态** ……………………………… 100

一 章句训诂与义理阐发 …………………………………… 100

二 诗序与核心论题：以"朱说"为参照的疑改与辨析 …… 123

三 《诗经》学样态及特质："名物""疑问""旁通""缵绪"

"通释""会通""演义" …………………………………… 155

四 经学区域性特征凸显 …………………………………… 160

**第六章 元代经学的科考经义文献形态** ………………………… 165

一 科考与经义文 …………………………………………… 165

二 从命题到作答：以朱学为预设前提的试卷呈现 ……… 183

三 "考官批复"与身份进路 ……………………………… 187

四 "批复"倾力点的调整 ………………………………… 191

**第七章 "疑经改传"与元末易代之际《诗经》学的转向** ……… 199

一 从"经说"到"说经" …………………………………… 199

二 "疑经"与"改传"：质疑精神之确立 ………………… 202

三 从"朱说"到"己说"：区域经学的"同质异构"倾向 … 203

四 "立宗"与"自证"：经由朱学激发之后的转进 ………… 205

**结　语** …………………………………………………………… 209

**余　思** …………………………………………………………… 214

**附录：元代《诗经》类著述存佚表** ……………………………… 218

**参考文献** ………………………………………………………… 224

# 导　论

　　学术史的发展犹如一条长河，持续融合新的元素不断向前，这其中有扬弃，有震荡，有裂变。不同时期的学术被历史赋予新的内涵，在自我价值意义彰显的同时，又为其他时代不断借鉴和传承。在确定与不确定之间，在悬置与增益之间，在圭臬与自证之间，各种思辨与博弈持续铺开，它共同构成了学术史发展的基本底色，并以一种隐在的力量揭示着自身的价值尺度。元代《诗经》学亦彰显了这种特色，学者用其热情和笃定增益了朱子学说，他们的思想又被稍晚的追随者接续丰盈。这种基于前代与同代学术传承的增益，不断深化《诗经》学的内涵，而于增益中的那些基于权威的超越，则在另一个层面上展示着学者的立场与思考。《诗经》作为中国最早的诗歌总集，从产生之日起就伴随着人们对它文学、经学、史学、理学等多维角度的解读。而围绕《诗经》展开的系列学术研究在漫长的经学演进历史中也从未缺位。政治、经济、制度、学理、思潮等诸多因素参与其中，共同推进经学探究的进程。先秦解经注重仪礼，汉唐侧重疏义，宋代倾向义理。元代《诗经》学则吸收和整合着前代经学的成果，"以史证诗"，"以论证诗"，将《诗经》学研究进一步引向深入，也对明、清《诗经》学的发展产生着深远影响。

　　皮锡瑞《经学历史》将经学的发展划分为十个时期，认为"元明时期处在经学的积衰时期"。这种界定尚待商榷。后代的经学家在归纳元代《诗经》学特点时，总认为他们"羽翼朱传"。究竟真是完全"羽翼"，还是有所创新，有所拓展？为何一定要"羽翼"朱子，而非他人？这种所谓"羽翼"的背后存在怎样的偶然和必然因素？这些问题或被很多经学研究者忽视。正确回答这些问题，是客观全面认知元代《诗经》学特点的重要线索。元代《诗经》学文献主要有《诗集传名物钞》《诗传通释》《诗传旁通》《诗经疏义会通》《诗缵绪》《诗经疑问》《诗集传附录纂疏》《诗集传音释》《直音傍训毛诗句解》《明经题断诗义矜式》《新刊类编历举三场文选诗义》等。现当代的元代《诗经》学研究专著较少，像夏传才①和洪湛侯②等一些从事《诗经》学史研究的学者，对该领域的研究也不是很全面，只是归纳概括，还不够深入。刘毓庆《历代诗经著述考》③ 在《诗经》学资料汇编方面做得比较成功，虽然其中部分资料还需要进一步修正和完善，但是对于当前学者从事《诗经》学史研究有重要辅助作用。目前只有少数的学术论文对元代《诗经》学现象及个别元代学者的《诗经》学著作有所讨论。以研究的角度为标准，可以分为专题、著作、制度等几类。

元代《诗经》学综合研究及专题研究。赵沛霖《〈诗经〉学的神圣化与元代〈诗经〉研究》认为"由于理学家的介入，南宋开始，出现了对《诗经》及其研究的神圣化，并以直接、间接承继集理学之大成的朱熹诗学为荣耀"，并形成了"朱熹一家之学独擅的局面"，同时也认为"元代诗学唯宗朱传，少见异说，严重流于封闭化和狭隘化，极大地束缚了元代学者的创造性和开拓精神，最终导致千人一面、千部一腔，少有创新"④。此文是现当代较早论及元代《诗经》学的力作。程嫩生《元代诗经学刍议》认为不少元代《诗经》学者虽然大力卫护了朱熹《诗集传》的地位，但"学术界的尚实精神并未消亡"，并指出"元代诗经学在宋、明诗经学中具有承启作用"⑤。此文在结论的得出方面比较客观和公允，但对具体作品理解和观照方面还待深入。

元代《诗经》学著作研究。赵沛霖《刘瑾〈诗传通释〉浅说》将刘瑾《诗传通释》定位为"以辅翼朱传为己任的著作"，认为其"思想上追随朱熹，以理学的观点解诗""研究方法上的最主要特色在于解诗时彼此联系，相互对比，会通观之"⑥。论文引入理学研究，虽为可取，但仍过于宽泛，对学者具体的《诗经》学研究方法讨论不够。崔志博、卢矜《〈诗集传名物钞〉对〈诗经集传〉的增益补缺之功》认为许谦不但在音训及名物训诂等方面作了大量的增益补缺，也对朱熹注《诗》时所

① 夏传才：《诗经研究史概要》，清华大学出版社，2007。
② 洪湛侯：《诗经学史》，中华书局，2002。
③ 刘毓庆：《历代诗经著述考》，中华书局，2002。
④ 赵沛霖：《〈诗经〉学的神圣化与元代〈诗经〉研究》，《中州学刊》2002 年第 1 期。
⑤ 程嫩生：《元代诗经学刍议》，《中州学刊》2008 年第 4 期。
⑥ 赵沛霖：《刘瑾〈诗传通释〉浅说》，《贵州文史丛刊》2002 年第 4 期。

出现的讹误予以了指摘订正①。许谦本人对名物的训诂也并非尽善尽美，导致崔、卢在结论的得出方面显得缺乏甄别。

元代《诗经》学与元代社会制度研究。张祝平、蔡燕、蒋玲合写的《元代科举〈诗经〉试卷档案的价值》以刘贞编辑的《新刊类编历举三场文选诗义》为研究基础，展示了元代《诗经》科举考试的情况，对于认识元代科举制度有一定的价值②。美国学者艾尔曼《南宋至明初科举考试科目之变迁及元朝在经学历史的角色》则对理解元代经学与科举的关系有一定的参考意义③。

元代《诗经》学研究依然存在拓展完善的空间。首先，专著太少，论文数量不足，专题研究力度不够，深入拓展研究还很欠缺。其次，一些观点需要修正，像赵沛霖提出"元代诗学唯宗朱传，少见异说，严重流于封闭化和狭隘化，极大束缚了元代学者的创造性和开拓精神，最终导致千人一面、千部一腔，少有创新"，这种观点反映出问题探讨的简单化倾向，实际上元代诗经学虽然有"羽翼朱子"的成分，但是每部具体著述都有自己阐释的方式，还有很多值得挖掘的内涵，不能一概而论。再次，研究领域还需要拓展。现有研究往往集中在具体的《诗经》学著作方面，对诸如学派研究、思想研究、音韵研究等关注不够。最后，没有形成独立的元代《诗经》学研究体系。既有成果将研究统摄在程朱理学的大背景下，经学、文学、史学、理学往往交织在一起。界定的混乱，同样导致对元代《诗经》学特征认知层面的偏差。

鉴于元代《诗经》学研究的历史与现状，本研究希望在已有探研的基础上，对元代《诗经》学作系统考察：将以体例与经义为主轴，系统考察"朱学"即"经学"，"诗学"即"朱学"情境中的多样著述体例，以期探索经史传统与"纂集""通释""论说""讲义"等《诗经》著述体例的经学渊源；借助"经史互证""经传辨析""诗序变改"等注释策

---

① 崔志博、卢矜：《〈诗集传名物钞〉对〈诗经集传〉的增益补缺之功》，《河北大学学报》（哲学社会科学版）2010年第3期。

② 张祝平、蔡燕、蒋玲：《元代科举〈诗经〉试卷档案的价值》，《中国典籍与文化》2007年第1期。

③ 〔美〕艾尔曼撰，吕妙芬译《南宋至明初科举考试科目之变迁及元朝在经学历史的角色》，杨晋龙主编《元代经学国际研讨会论文集》，"中央研究院"中国文哲研究所筹备处，2000。

略，抽绎元代经学的宏观实质：训诂与义理结合、易学与心学融入经学阐发、经学区域性特征凸显，进而探寻从"集义""判经"到"疑经""改传"经学观念的嬗变过程；蠡测在继续增益朱说可能性减弱下经学发展的困境，并在"窃意"与"愚按"等表述中探寻其在经学实践下的立场表达；将结合科考经义文献，通过梳理科考试题、考生作答及考官批复情况，探讨考生身份的进路、考官批复倾向的转变，进而揭示经学实践脉络下的观念转型；希望通过综合研究的方式，揭示从"经说"到"说经"，从"朱说"到"己说"的元代经学真实形态，探知元代逐步增强的"疑经改传"意识以及区域经学"同质异构"的倾向，进而理解元代经学从"立宗"到"自证"的经由朱学激发之后的转进及意义。

本研究除导论与结语外，共分七章。第一章属于发生论范畴，主要从整个经学史的宏观角度观照元代经学，尤其是《诗经》学的状况，是研究的理论之基。第二章与第五章研究主旨互为表里，看似只存在文字表述的细微差异，但在探究重点方面存在分殊：第二章侧重《诗经》学的元代展示形态，是以历时性角度揭示《诗经》学演进中元代的时代特质，而第五章侧重元代的《诗经》学形态探究，是以共时性角度展示元代《诗经》学的学理特质。第三章与第四章属于元代《诗经》学发展史论范畴，即从体例与经义方面深入探讨元代《诗经》学的形成与发展。元代《诗经》学在尊朱的背景下发展，不可避免带有共通的特性，如果单纯纳入发展史加以梳理，又会出现前后时期《诗经》著述研究在绍述与变革方面存在交叉的现象。为了避免这种情形，本研究以体例与经义为轴，尽量抽绎出元代《诗经》学在发展变化中的相似性特征。第六章属于元代《诗经》学的拓展研究，在关注科举考试制度的前提下审视元代科考中的经义文献形态，是元代其他《诗经》著述研究的有益补充。第七章试图于《诗经》学史以及《诗经》学理探究基础上挖掘元代《诗经》学的内核实质，找寻元代《诗经》学转向的多维因素。整个研究将分七个部分展开。

经学与元代《诗经》学：界定一般《诗经》学与朱学视野下的《诗经》学的符契与分殊，再在"诗经""诗传""诗经学"的语义差别中，观照《诗经》学实践与"朱学"的历史展开以及存在根据。

《诗经》学的元代形态：分析元代经学的性质，梳理元代经学的著述情况，并在朱学独尊与绍述朱说的背景下，探讨朱子后学与《诗经》学传承脉络下于浙江、福建、江西区域的分派问题；还将在以"羽翼朱学"为中心的"分体"讨论下探究体例与宗旨问题，并对"朱学"即"经学"、"诗学"即"朱学"的元代经学特质进行宏观揭示。

体例：借助《诗集传名物钞》《诗集传附录纂疏》《诗缵绪》《诗传通释》《诗经疏义会通》《诗经疑问》《诗传旁通》《新刊类编历举三场文选诗义》等《诗经》文献的爬梳，探究从"诗传""传集""纂集""集解"到"通释""论说"的著述体例变化；并与科举考试相对接，分析"讲义"与经义文献的关联，在此基础上探讨经史传统与《诗经》著述体例的经学源流。

经义：从元代《诗经》学的形成与发展脉络中，观照从"集义"到"判经"，从"判经"到"疑经"，从"疑经"到"疑传"，从"疑传"到"改传"的经学实践过程。从集解他人观点到对经传有自己的判断，并在判断中给出对经典的质疑，这是学派经学观念确立的重要过程，而在怀疑中运用"经史互证""经传辨析""诗序变改"等解经策略对经传进行改动则显示着元代学者逐步增强的变革意识。随着"羽翼"与质疑的深入，随着继续增益朱说可能性的减弱，元代《诗经》学困境开始出现，"窃意"与"愚按"这类表述传达着经学实践脉络下学者的立场与态度。此部分是研究重点。

元代经学的《诗经》学形态：从宏观到微观全方位讨论经学实践中的共通特质，即章句训诂与义理阐发相结合，辨析与疑改《诗序》意识逐步增强，易学与心学融入经学阐发，经学区域性特征凸显。此部分是第四部分的深化。

经义文献：结合科举考试，重点讨论《新刊类编历举三场文选诗义》的命题方式，考生作答情况，考官批复情况，以此揭示以朱学为预设前提的经义文献的实质内涵；在考生到考官的身份进路中推测当时社会的科考情境，并通过考官批复意见倾力点的调整，观照当时经学观念的转型。

元代《诗经》学的经学转向：揭示从"经说"到"说经"，从"朱说"到"己说"的元代经学真实形态，探知元代逐步增强的"疑经改传"意识以及区域经学"同质异构"的倾向，进而理解元代经学从"立宗"到"自证"的经由朱学激发之后的转进及意义。此部分是研究重要的创新点。

综合以上对经学元代形态与元代《诗经》学形态的梳理，以及对元代《诗经》学体例与经义形成与发展的考察，勾勒出《诗经》学在元代经学的转向，使得《诗经》学问题在横向与纵向、静态与动态、宏观与微观多个层面呈现出丰富形态，元代"疑经改传"意识的增强以及经学的观念的转型也借此得到更真实、更准确的理解。

# 第一章　经学与元代《诗经》学

经学的发展经过了漫长的历程，不论是五经、九经还是十三经，《诗经》都是其中非常稳定且值得关注的一部儒家经典，对《诗经》以及注释的讨论也铺就了《诗经》经典化的道路。各个时期，学者将对"经"的理解投注在方法多元且不断增益的注释中，彰显着自身的学术判断与思想价值。某种程度上讲，经学是学术理念、政治文化、价值观念的多维体现。元代《诗经》学在前代经学探研基础上绍述朱学，不断增益，以隐在的价值推动着经学于元明之际的转变，也带给学者重新审视元代《诗经》学核心价值的可能。

## 一　经学与朱学视野下的元代《诗经》学

在探讨经学与元代《诗经》学之前，需要对"经"与"经学"相关概念进行梳理。胡适在《谈谈〈诗经〉》中指出"诗经不是一部经典"①，主张把它当作古代歌谣来研究，并提出研究的两种途径：训诂与解题。"古史辨"派顾颉刚也认为《诗经》全为乐歌，歌词是文学作品，而不是经典。这些观点在"现代《诗经》学"研究中曾起过很大影响。可问题是：《诗经》不是经典，又是什么？难道是歌谣，就不是"经"了吗？"经"的核心内涵究竟是什么？

"经"的概念在古代与现代存在差异，一方面基于自身在时代中的自洽性调试，一方面基于现代人对经的理解方式。今天所理解的"经"与最初经的内涵发生了转化，随着经典化过程的推进，"经"的边界实际上在不断扩大。"六经"之名较早见于《庄子·天运》，孔子曾对老子说："丘治《诗》《书》《礼》《乐》《易》《春秋》六经，自以为久

①　胡适：《谈谈〈诗经〉》，载顾颉刚编著《古史辨》第三册下编，朴社，1931，第577页。

矣。"① 关于"经"的解释很多，《释名·释典艺》："经，径也，常典也，如径路无所不通，可常用也。"② 《文心雕龙·宗经》："经也者，恒久之至道，不刊之鸿教也。"③ 章太炎在《文学总略》中提到，"'经'者，编丝缀属之称，异于百名以下用版者，亦犹浮屠书称'修多罗'。'修多罗'者直译为'线'，译义为'经'，盖彼以贝叶成书，故用线联贯；此以竹简成书，亦编丝缀属也"。④ 总之，关于"经"，主要有两种说法，一种认为"经是官书"，另一种则认为"经是圣人之作"。⑤ 之所以会有这样不同的说法，是由于人们对"经"的理解实际上存在差异：认为"经"是官书，基于孔子"述而不作，信而好古"的理念；而认为"经"是圣人所作，则基于孔子制作六经，垂范后代，是不变的常道。汉代处于价值体系重新确立的时期，国家制度设五经博士，"经"的概念被推至重要位置。

"经"地位的确立存在变化与调整，汉代有两种"六经"的排序方法，第一种：《易》《书》《诗》《礼》《乐》《春秋》；第二种：《诗》《书》《礼》《乐》《易》《春秋》。"经"的排序折射出人们观照问题的角度。第一种排序基于"经"的产生时间：《易》之八卦为伏羲所作；《书》讲尧舜之事；《诗》言商周之际历史及祭祀诸事；《礼》《乐》为周公所制；《春秋》为孔子据鲁史修订。第二种排序方法主要依据"经"内容的难易程度：《诗》《书》倾向于文字的理解，相对容易，所以排在前；《礼》《乐》规约人的行为，陶冶人的性情，是在具体落实环节的体现；《易》关注点在哲学层面，主要探讨阴阳之变、天人之际；《春秋》是孔子政治主张的集中体现。

"经"之为常，为常恒不变之道与法则。《诗》《书》《礼》《乐》《易》《春秋》为"六艺"，见于《史记》之《伯夷列传》《李斯列传》《儒林列传》《滑稽列传》以及《太史公自序》，但不称为"经"。今日

---

① 郭庆藩撰，王孝鱼点校《庄子集释》卷五，中华书局，2004，第531页。

② 刘熙撰，毕沅疏证，王先谦补《释名疏证补》卷六，中华书局，2008，第211页。

③ 刘勰著，黄叔琳注，李详补注，杨明照校注拾遗《增订文心雕龙校注》卷一，中华书局，2012，第26页。

④ 章太炎：《文学总略》，载傅杰编校《章太炎学术史论集》，中国社会科学出版社，1997，第48页。

⑤ 蒋伯潜、蒋祖怡：《经与经学》，九州出版社，2011，第3～4页。

所言的"经"在历史的变迁中，其意义内涵发生了很多转变。吴根友、黄燕强将"经"分为五义：古代图书之型制；孔子之前中国上古重要典籍制泛称，即"前孔子之经"；孔子删节、编辑的六经，即"孔子经典化的六经"；两汉以后代表国家意识形态之权威的重要著作；思想意义上的法则，经与经书中的核心思想被国家权力规定为天地之间的根本大法，"经"为常为道。① 以上这种划分方式有可取之处，至少给出了不同维度空间中对"经"意义内涵的把握。

考究"经"字的语源，《说文》曰："经，织也。"这表明"经"与织布帛时候的排列状态有关。本田成之指出"经"有三种应用情况：经营或构成物事的都叫作"经"；把"经"训为常，而成为常恒不变之道与法则；从阶级的区别上使"经"成为最上的圣典。② 显然这三种情况揭明了"经"由实到虚，由微观到宏观的意义生成状况，由最初的物的"经"到常恒法则，再到至上的圣典。在汉代经学确立之前，"经"或为"常典"；在宋明，"经"或为"常理"；在唐代、清代及当代，"经"又或为"常法"，这些分殊或基于观念水位、意识形态的变动，但作为经的"常"的内涵却没有改变，从这个角度讲，汉代经学与清代朴学也是一种时空中的遥相呼应。李源澄认为，经本是史，但自经学成立后，性质发生了改变，经学有为人生规律的意义，而且经学虽不是宗教，却有宗教的威严。③ "经学"最初似见于《汉书·兒宽传》："（宽）见上，语

---

① 在"经"之五义中，吴根友与黄燕强认为：首先，"前孔子之经"不仅指数部具有文化范式意义的书籍，也是春秋以前所有知识与典籍之统称，但诗书礼乐易春秋等文献类编是主要内容，除《诗》《书》《礼》《乐》《易》《春秋》等经典，上古知识体系还有《尚书》的"九畴"，《左传》的"三坟、五典、八索、九丘"，《周礼》"六艺"（礼乐射御书数）中的礼、乐、书。这些知识典籍虽然文献不足征，却不是凭空的臆造，而是如萧萐父说的上古学术思想的"史影"。其次，"前孔子之经"是数种文献类编，并非六部既有定本的典籍，而是各有不同的版本传世。如《易》有"三易"，《周礼·春官·大卜》曰："掌三易之法，一曰连山，二曰归藏，三曰周易。"再次，"前孔子之经"主要是史料性质的文献，如老子说："夫六经，先王之陈迹也。"最后，"前孔子之经"缺乏孔子经典化的六经所具有的探求道德伦理秩序与人性之善的一贯之思，更多以神话与历史交织的方式叙述自然界及中国上古社会与文明的存在形态。参见吴根友、黄燕强《经子关系辨正》，《中国社会科学》2014年第4期。

② 〔日〕本田成之著，孙俍工译《中国经学史》，漓江出版社，2013，第2~3页。

③ 李源澄：《经学通论》，华东师范大学出版社，2010，第4页。

经学，上说之。"① 经学的性质在于子史之间，如果用经学言经学，则经学有自己的特性。所谓经学，汉儒在于通经致用，宋明儒在于义理之学；汉儒偏于政治，而宋儒偏于内心修养，一个是社会科学，一个是哲学。②"经学"自汉代确定官学地位后，就成为关乎国家思想的学问。本田成之认为："所谓经学，乃是在宗教、哲学、政治学、道德学的基础上加以文学的，艺术的要素，以规定天下国家或者个人的理想或目的的广义的人生教育学。"③ 这个"经学"概念的界定指出了经学的维度：宗教、哲学、政治学、道德学；给出了经学实现的路径：文学的或艺术的；明确了经学的价值和功用：规定天下国家或个人的理想或目的。显然，这里"经学"已经不是单纯面向"经"的学术体系，而承载了更多的价值内涵。正如李源澄所说，经学是关于一个国家思想的学问，在没有经学之前，国家没有统一思想，但是经学经过汉武帝表彰，获得官方认定之后，就与国家大一统的政治同时而起，逐步成为了国家的宪章。无论国家还是个人都以经学为圭臬，国家还以经学进行王权经营、政治品评，经学一时间与律令同等同效，甚至经学还可以产生律令、修正律令，"国人心目中，国家之法律不过一时之规定，而经学则如日月经天，江河行地，万古长存。董生言'天不变，道亦不变'，是也。经为明道之书，故经学为万古不变之道，故吾以为以常法释经学最为得当"。④ 这里"经"虽然与"经学"各有侧重，但是在"常"这点上是相似的。而关于"常法"的讨论，各朝各代均有不同的理解，这也体现在《诗经》学中。

"《诗经》学"如果单从学术角度而言，是指以《诗经》经文及其注疏著述为研究对象的一种学术活动或学术体系。从属性上讲，《诗经》学是经学研究的重要内容之一。《诗经》学视野中的《诗》在不同时代具有不同的形态：合乐之《诗》、子学之《诗》、经学之《诗》、理学之《诗》、博物之《诗》、文献之《诗》、文本之《诗》、文体之《诗》，等等。这些无不展示着历代《诗经》研究的视角，演绎着《诗经》研究的方式。时代在变迁，人们理解《诗经》的热情却从未消减，《诗经》学

---

① 《汉书》卷五十八，中华书局，1962，第 2629 页。
② 李源澄：《经学通论》，第 5 页。
③ 〔日〕本田成之著，孙俍工译《中国经学史》，第 2 页。
④ 李源澄：《经学通论》，第 4 页。

漫长的发展历史即是明证。《诗经》学的影响涉及治学、修身、科举、治国诸多方面。它是一种学术形态，是古代学人自我价值体现的一个方面，对国家政治也产生着深层影响。《诗经》学从它产生之日起就和国家制度保持着千丝万缕的联系，如何获得国家的认同，并取得相应的支持，这也是其发展过程中无法回避的价值寻绎。《诗经》学在传播过程中逐步实现着学术经典与国家制度的有效联系，比如：科举。这种联系一方面使得更多的士人逐步踏入仕途，一方面在更深的层次上促进着经学和文学的互动。《诗经》学有着共时性和历时性的研究系统，关注点涉及文学、哲学、史学、文字学、音韵学、训诂学等方面；视角贯穿先秦、两汉、魏晋南北朝、唐宋、辽金元、明清、近现代以及当代，不仅有《诗经》学史的宏观展示，而且有两汉、唐宋、明清这些重点朝代丰富多元的《诗经》学研究经验。

皮锡瑞认为，元代处在"经学积衰时代"。① 这种判断或基于元代《诗经》学表现出强烈的羽翼与绍述倾向。但因为羽翼就被认为缺乏建树，势显衰弱，这种说法也有待商榷。后代经学家在界定元代《诗经》学特点时，总认为他们"羽翼朱传"。可问题是：为什么要羽翼？在多大程度上羽翼？有没有拓展？拓展了什么？为什么是朱熹？为什么是朱子的《诗集传》，而不是其他《诗经》学著述？这些问题也是全面认知朱学视野下元代《诗经》学的重要方面。同时还需要思考朱学视野是元代学者的自觉选择，还是被迫传承？视野与传承的理据源自哪里？这些或许都需要从宋元的学术思想发展源流中去探讨。涉及源流就存在变化，变化就有前后，所以对元代前中后期《诗经》著述的注释倾向改变的关注，也是透视这些问题的有效途径。

## 二　"诗经""诗传""诗经学"的语意差别<br>与经学实践中的不同态度

学术问题存在分歧，很多时候往往由于对研究对象缺乏应有的概念辨析。"诗经""诗传""诗经学"，是《诗经》学研究中使用频率较高

---

① 皮锡瑞著，周予同注释《经学历史》，中华书局，2004，第198页。

的词汇。看似都是在"诗"的维度中展开，但实际概念内涵存在差异。

"诗经"可以有以下解释：《诗经》；作为"经"的《诗经》；包含"诗"与"经"内涵的文本；有别于"传"的"经"。这个概念的阐释需要说明的是，当强调点从《诗经》向"诗经"转变时，实际上探究的内涵与外延已经扩大。《诗经》，作为区别于其他著述的专名时，其文本含义的探讨是关注重点；而作为"经"的《诗经》，则是《诗经》确立其"经"学地位的揭示；包含"诗"与"经"内涵的文本，这是对"诗"与"经"各自内涵分合的讨论，换言之，既包括了"诗"的成分，也融合了"经"的元素；有别于"传"的"经"，则从概念的分殊上强调了"经"有别于"传"，是对"《诗经》"本身的关注，而非在此基础上注释。

"诗传"则是在"诗经"基础上的展开，没有经文，也就不存在传文。"诗传"的传统源远流长，自从"经"产生之日起，"传"就围绕其展开。但是需要清楚，"传"并非以单一的形式存在，而包括了"纂集""通释""论说""会通""疑问""名物""讲义"等多种形式，它们在不同维度上拓展着对"经"文理解的深度与广度。

"诗经学"这里指的是《诗经》之学，是围绕"诗经""诗传"展开的有关政治、宗教、历史、文化等方面的综合学术体系，属于经学的一个分支。按照周予同的说法，"经学只是中国学术分类法没有发达以前之一部分学术综合的名称"。[①] 李源澄也指出，"夫经学者，史与子合流之学问，固非史学，亦非子学，而与子史皆有密切之关系，盖起于晚周而成于汉代"。[②] 从这里可以看出，不管是经学，还是《诗经》学，实际上已经不是单纯的某一个畛域的学问，而兼及子学、史学等。而且，随着时代的发展，不同时代有自己的经学阐释方式与关注重点，如汉唐的注疏、宋明的理学、元代的朱学、清代的朴学，等等。

既然研究对象之概念不同，在具体的经学实践中，研究所采取的态度与方法也截然不同。指向"诗经"的研究更注重文本自身的属性，观

---

① 周予同：《怎样研究经学》，载朱维铮编《周予同经学史论著选集（修订本）》，上海人民出版社，1983，第627页。

② 李源澄：《经学通论》，第3页。

照的角度会从文学、历史、哲学、文化等方面展开。指向"诗传"的研究更多为对注释方法的探讨或对注释思想的阐释。指向"诗经学"的研究则更多关注学术的发展、观念的变迁。这些不同维度的探讨，在不同层面强化着人们对"经""传""经学"等相关问题的认知与判断。

## 三　《诗经》学实践与"朱学"的历史展开

元代《诗经》学围绕体例及义理，在朱子之学的大背景下全面展开，首先表现为体例的丰富。如果说汉代经学还是围绕通经致用展开的话，进入宋代，随着义理之学的融入，经学研究开始向学术层面转变，并出现了经籍注疏繁荣的局面。汉代之前的一些体例，诸如"传""记""说"等，经过汉代经学之分化，出现了"章句""解故""解诂""解说""说义""文句""条例""翼要""训旨""异同""异义""训""解""注""笺""释""膏肓""废疾""义难""辨难"等新体例①，这些不同体例的注疏都是从各个角度对经书的进一步阐发。元代使用较多的体例有"集传""纂集""通释""疑问""论说""讲义"等。刘毓庆等认为，"经典研究学术化与经典注释的繁荣发展，主要有两种趋向，一是面向往古，以文字训诂、名物典制为研究对象，以求在历史还原中，把握经典的基本内容；一是面对现实，探讨经典的微言大义，以求经典现实意义的最大化。大量经典注释著作，便是分别向着这两个方面发展的。"② 概而言之，即文字训诂与探求大义，这正与胡适提到的《诗经》研究二途径"训诂"与"解题"相吻合。李源澄在提及推陈出新，继续前人文化时，认为存在"不得已而思其次"的三件事情，一是治经，二是治经说，三是考经学对中国文化各部分的关系。治经者，以文字开始，以义理结束；所谓治经说者，主要是对说经之文给予疏通证明，并发挥其学术思想，确立其在学术上的地位；所谓考经学对中国文化各部分关系者，是以自汉以来的历史皆以经学为中心。③

---

① 参见刘毓庆、郭万金《从文学到经学——先秦两汉诗经学史论》，华东师范大学出版社，2009，第334页。
② 刘毓庆、郭万金：《从文学到经学——先秦两汉诗经学史论》，第334页。
③ 参见李源澄《经学通论》，第6~7页。

元代《诗经》学的全面展开，在实践上则表现为元代学者在思想与学术等方面对朱熹的全面继承。要整体观照这一点，需要从几个维度找寻历史视角：朱熹本人的学术传统；朱熹后学对其传统的接续；元代学者对朱熹思想的扬弃。学术传统的建立需要学术共同体中成员的参与，随着宋代政治生活的变动，朱熹、吕祖谦等道学学者开始重新反思他们所处的情境，在旧有传统与新的可能性之间努力达成一种平衡。既有的道统之外的思想被不断筛选，道统内的学说也被重新修正。"政治压力的相对宽松，不仅提供道学群体发展的环境，而且也使道学人士开始专注界定这个传统内的成员与学说内容。"① 这个过程实则是对道学群体的一种反思。

不断回溯历史，并在历史中开掘经验，发现新的可能，这是社会发展不可或缺的方式。学术史的发展也是如此。朱熹在回顾传统、提出问题、找寻答案中，不断调适和修正自己的观念。他相信历史存在着一种传统，也相信这种传统在历史序列中被来自不同的思想流派赓续夯实或不停变革。而作为观念的学术史，必然在其立场表达和经典注疏中呈现出不同特质。朱熹"相信经典中的上古三代盛世有特殊的历史时空限制"②，这也意味着他留意"时空限制"背后的那些不确定因素，这些因素都会在与不同时代的交集中产生不同的意义内涵。历史迭代演进，观念也会在历史中层累式发展。历史真实和真实历史，这两个概念看似相近，实则存在差异。历史的真实是基于客观的历史演进逻辑，而真实的历史则更侧重主观意志层面的意愿表达，即相信历史书写的真实。这种概念层面的分殊，同样反映在朱熹对一些学术问题的判断上，尤其体现在朱熹对《诗序》的态度上。朱熹关于《诗序》的认知在人生的不同时期存在相互矛盾之处。或是因为《诗序》的形成与《诗经》作品产生的历史密切相关，他最初相信《诗序》的合理性，后来随着与其他学者学术交往的深入，以及认知观念的提升，他开始质疑《诗序》，甚至主张在有些场合需要去掉《诗序》来理解诗歌。这些无不反映着学者在历史演进中的意识转化与学术探究中的观念调适。

① 〔美〕田浩：《朱熹的思维世界》，江苏人民出版社，2009，第40页。
② 〔美〕田浩：《朱熹的思维世界》，第184页。

如何与历史保持一种合理的关系，朱熹也在不断探讨。何为历史恒常，何为其中变数？这在"经""权"关系中有所体现。"经"一般被认为是恒常不变的，即"经为常道"，而"权"则被认为是经的"相反之物"，体现为变化与调和。程颐认为，"权者，言称锤之义也。何物以为权？义是也。"① 在其看来，"权"为"权衡"之意，且以"义"作为标准。其认为"权即是经"，"权只是经所不及者，权量轻重，使之合义，才合义，便是经也。今人说权不是经，便是经也。"② 朱熹对程颐的这一看法并不完全认同，他认为，"权与经，不可谓是一件物事。毕竟权自是权，经自是经。"③ 所谓"权自是权，经自是经"，实际上并非"权"对"经"的一种抗衡，而是在"经为常道"这个层面上对于"不变"中的"变"的把握，是对"经"核心内涵的强调，"常"需要不断凝定和提炼，并在不断的调适"权变"中寻求恒久的那个"常道"。中国传统之路就是"经""权"不断拓展其边界，且其内涵与价值不断增益的动态演进之路，"经""权"二者之间的进退与嬗变，反映在学术上就是不同时期不同观念方法的具体呈现。

在处理历史与现实、观念与文本关系的时候，朱熹更强调现实的经世价值，对于经典的理解与注释，需要在"经为常道"的范畴内、在道德关注的层面上找寻经典的具体适用路径。这个时候历史不单纯为历史，经典不单纯为经典，而是历史中的经典，经典被不断限定或被赋予新的意义，其内在意义被不断激活出新的阐释可能，这个时候"历史则是次要的附庸学问"④。所以，朱熹在阅读经典时更加注重分析，这与陆九渊阅读经典时偏重字面的意义有所区别。而对于陆九渊"随语生释"的方式，朱熹也无法接受。⑤

朱熹和陆九渊对于经典的不同理解和注释方式反映了传统阐释的两种路径。实际上，不管是朱熹的注重分析，还是陆九渊的偏重字训，都是在"确定性"和"不确定性"之间探寻经典的内涵，可以看作问

---

① 黎靖德编，王星贤点校《朱子语类》卷三十七，中华书局，1986，第988页。
② 程颢、程颐著，王孝鱼点校《二程集·河南程氏遗书》卷十八，中华书局，2004，第234页。
③ 黎靖德编，王星贤点校《朱子语类》卷三十七，第987页。
④ 〔美〕田浩：《朱熹的思维世界》，第197页。
⑤ 〔美〕田浩：《朱熹的思维世界》，第249页。

题的一体二面。这就如同在不同维度中观照学术生成的方式一样。客体是相对的，主体也有更多的可能。这也意味着所阐释的那个看似确定的意义背后同样有很多不确定的因素，比如阐释主体的智识、心态、立场、时代属性，等等，这些归因都将同样的经典引向不同的可能理解。这也就是朱熹会"对古代霸道的评论时时有异；既可以从历史学者的立场谈，有时又从道德哲学家的角度争论霸道的问题"①的根由。历史学者和道德哲学家只是他切入经典理解的不同视角，从哪里谈论不是重点，重点是问题背后所要揭明的那个意义内涵。历史与哲学，现实与超越，传统与反传统，形而下与形而上，这些分殊反映出学者自身思想深处强烈的历史意识与超越的哲学思维之间的矛盾。以上所举朱熹与程颐、朱熹与陆九渊等学者的学术观念交锋，或能发现朱熹的学术思想及方法，他所反对的与他所提倡的，都在他对经典的阐释中得以呈现。

朱熹学术主要通过黄榦、真德秀等学者集中在福建、江西、浙东地区传播。黄榦作为主要传承人，在朱熹思想传播方面发挥了重要作用。他发掘朱熹思想中道统观念，并赋予其传承道统身份与意义的合理性，认为朱熹和尧、舜、禹、汤、文王、武王、周公、孔子、颜子、曾子、子思、孟子、周敦颐、张载、二程等处在道统同等重要地位，进而将其思想通过何基、饶鲁、赵复等学者在浙江、江西、北方等区域不断传播。真德秀也是颇具影响力的朱熹思想宣传者。他将朱熹奉为"百代宗师"，竭力推广和发扬理学，在实践层面较朱熹更为具体，如其《读书记》分甲、乙、丙、丁四部分，分别记：性命道德之理，学问知行之要；人君为治之本，人臣辅治之法；经邦立国之制，临政治人之方；出处语默之道，辞受取舍之宜。②真氏的哲学思想也较朱熹更为丰富，其理气论强调了"性即是理"；认为"理一"和"分殊"是道之体用；发挥朱熹"穷理持敬"的学术思想，认为要穷理先要持敬养心。

朱熹思想的影响在元代被进一步扩大，其中"金华四先生"（何基、王柏、金履祥、许谦）的作用功不可没。何基曾与黄榦在临川有交集，追随黄榦将朱熹思想传授给其他金华学者。王柏作为何基的弟子，他在

---

① 〔美〕田浩：《朱熹的思维世界》，第330页。
② 刘克庄：《西山真文忠公行状》，载曾枣庄、刘琳主编《全宋文》第330册，上海辞书出版社、安徽教育出版社，2006，第408页。

朱熹对"理一分殊"探讨的基础上，认为"分殊"较"理一"更重要，"理一"容易言说，但是"分殊"未易识别。王柏认为，学者应该在格物致知基础上进一步探讨事物之间的差异，这种认识正是通过"分殊"来反求"理一"，这与朱熹通过"权"来追踪"经"具有内涵揭明上的一致性。王柏还主张"由传以求经"，这也表明其对儒家经传的倚重。但问题是，在由传求经的过程中，他却对经传本身表示质疑，不仅怀疑传，还怀疑经。他质疑经典产生的历史传统，渴望恢复经学的本来面貌，甚至有疯狂的删《诗》之举，历来饱受争议。王柏删《诗》，名为删去的是不合圣人之说的经旨，实则是在逐步放大自己对经典理解背后的可能空间，其变革意识逐步彰显。金履祥的学术受何基、王柏影响较大，但更接近王柏，关注现实，沿袭"气质之性"与"天地之性"的说法。许谦的学术在幽冀齐鲁、荆扬吴越有很高声誉，其在前代学者基础上，于《诗经》博物典制等方面发明良多。

根据万斯同《儒林宗派》的所列，朱熹第一代弟子有438人，第二代93人，第三代76人，第四代48人，第五代47人。陈傅良、叶适第一代弟子各有18人，陈亮弟子16人。而吕祖谦第一代弟子49人，第二代8人，第三代1人。① 这些数字彰显着朱学的兴盛，田浩也曾做过这样的统计，"朱熹的学生约有28%曾经在政府担任官职，政治成就出众的弟子虽然很少，但是131名士大夫在文官体系内的确很有分量"②。朱熹的这些学生在不同领域以自己的方式推动着朱熹思想在社会上的传播，浙江、福建、江西为南宋时代的学术和经济中心，拥有不少书院，对朱熹学说的传播起到了积极作用。

《诗经》学实践的"朱学"历史展开讨论中，还需要关注元代学者对"朱学"的态度。文化在不同历史时期的传播具有一些特定因素，这与那个时代人们对知识与经验的认知密切相关。当经验被以知识的方式记录下来，就成为智慧被接续和传承下去。正如许倬云所说，"智

---

① 参见万斯同《儒林宗派》卷九至卷十三，文渊阁《四库全书》本。

② 据田浩统计："朱熹学生分布大江南北，其中378名学生来历可考，其中福建43%，江西21%，浙江21%，其余的15%来自其他地区，《宋元学案》51%来自福建，《朱子语类》32%来自福建。这些表明朱熹弟子中福建地区学生占很大比重。而在浙江与江西，同样有不少朱熹的支持者与跟随者。"见〔美〕田浩《朱熹的思维世界》，第283～284页。

慧可由累积前人经验而获得，也可由抽象思考而发展。智慧遂制度化而成为以文字作为媒介的礼法传统"。① 由经验到知识，由知识到传统，这其中不乏选择、流衍、定型，有积累，有超越，有转化，有激活。经验的积累与沟通会超越时空限定，在不同时代的人群中产生共鸣，进而激活出新的意义。故而许倬云先生认为，雅斯贝尔斯所说的精神生活"当即是人类不断寻求生活意义的心智活动"②。

从这个角度来讲，朱熹学术思想在元代的延续，有着宋元时代《诗经》学在意义探寻方面的共通点。朱熹在将自己树立为传统权威解释的过程中，努力超出在经典注释中找寻真理和说服读者相信他得到了圣人之意这两点，同时遵照自己的逻辑体系重新诠释经典，并对同时代人著述中那些引起争议的观点和解释进行删减。他编撰经典注释的时候，注意彼此思想的源流，将自己的观点表述成中庸的立场，这与其他个性鲜明的学者形成对比。而对于其他学者在学术中掺杂道家与法家的思想，他也给予了批判。

每一个时代实际上不只是在传授知识、保守知识本身，而且是在传授精神与方法，并且这种传授使得下一个时代根据相同的方式产生新的方法与发现，进而开拓知识领域。李源澄在论述宋元学术时认为："理宗以后，用以取士，然其时天下分裂，北没于夷虏，元兵下江汉得赵复，朱学始行于北，北方学者姚枢、许衡、窦默、刘因翕然从之，元延祐科举条制，《易》用朱子《本义》，《书》用蔡沈《集传》，《诗》用朱子《集传》，《春秋》用胡安国《传》，惟《礼记》犹用郑注，虽以新本与古注参用，而道学门户已成，蔑弃古说，不复留意。及明《四书五经大全》出，则举注疏而悉废之，并《礼记》亦废郑注而用陈澔，于是学者不复知有古义。论者谓明不如元，元不如宋，岂不信哉。"③ 元代北方学术因赵复而复兴，朱熹的《周易本义》与《诗集传》，蔡沈的《书集

---

① 许倬云：《中国古代文化的特质》，北京大学出版社，2013，第105页。
② 许倬云：《中国古代文化的特质》，第105页。
③ 参见李源澄《经学通论》，第45～46页。李源澄认为宋学的优势在于不为成说限制，弊端则在于用义理来悬断事实，放弃实证而任心知。但北宋与南宋又有区别，北宋儒深通古义，如果古义解释不通，才加入自己的判断，虽然对古义有所舍弃，但还是能自成一家。可南宋之后，学者不屑于古义，这个时候经学繁盛而经注衰弱。也正是这种情形下，朱熹之学盛于南宋。

传》，胡安国的《春秋传》这些道学新注疏逐步进入科考视野，古说逐渐被废弃。朱熹思想进入宋元人们视野的过程实际上也是学术思想在时代中被选择，被赋予新意义的过程。

## 四　《诗经》学实践与"朱学"的存在根据

元代《诗经》学表现出鲜明的"朱学"倾向并非一蹴而就。在《诗经》学实践中，"朱学"取得一定的地位具有历史的根据，其中之一就与道统密不可分。提及道统，就不能不涉及道。儒释道各家对道都有不同的释义，不管是道家的"道可道，非常道"，佛家的"通向菩提的方法"，还是儒家的"变易之道"，其指向均为规律、方法及准则。不同时代会在概念的外延层面做诸多限定或扩展，但其内涵层面却相对恒定，也正是这种恒定，使得围绕该问题的探讨持续千年而不息。儒家经典也正是借助"经"之"常"的内涵属性得以稳定传承。在此过程中，不同的阐释者或许会对经典作出不同的理解，但是经由文化传统建构起来的道统序列，使得这些不同理解都能相对整合在一起，不断赓续增益，既各自独立，又彼此呼应，这或许也是从未断裂过的中华文明的行进密码。

朱熹区分过两种不同含义的道，一种是永远存在不变的道德规范之道，另外一种是在历史中断断续续实现的道。虽然他在答复陈亮时宣称，道已有 1500 年的时间未在人间实现，实则朱熹只是要区别永恒不变的道德规范意义的道，与在历史中不能常常具体实现的道。① 南宋时期，朝廷公开认同道学，在孔庙中供奉道学的主要人物是经常的事情，与此同时，他们还鼓励学生学习这些道学人物的注释及注解。

到了元代，统治者将这种传统制度化，将道学人物的言论和著述汇集编纂，并以他们的注释与注解作为科举考试之圭臬。西方心态学派认为，"任何一个历史个人（不管其地位多么重要）的心态是他本人及其同时代的其他人所共有的心态"。② 徐子方曾对主张"汉法文治"的元初

① 〔美〕田浩：《朱熹的思维世界》，第 196 页。
② 〔法〕雅克·勒戈夫：《心态：一种模糊史学》，载〔法〕雅克·勒戈夫、〔法〕皮埃尔·诺拉主编，郝名玮译《史学研究的新问题、新方法、新对象——法国新史学发展趋势》，社会科学文献出版社，1988，第 268 页。

理学家许衡进行过细致的个案分析，并认为许衡的人生遭遇与其个人心态密切相关，是同时代士人普遍心态的代表。①

从南宋学术活动的做法来看，有两点值得关注，即南宋朝廷认同道学，道学人物的经解注疏是科举考试的标准。某种程度上，元代学者将南宋的这种思维方式进一步传承了。元代科举考试"经义"文献《新刊类编历举三场文选诗义》与《明经题断诗义矜式》就是对朱熹道学传统的绍述与继承。刘毓庆等认为，经典可能由于历史时间的久远，重新理解的时候或存在一定的模糊性，但给予了解释者一定自由的诠释空间，"然而其自身的秩序与规则，又在一定程度上制约并抗拒着对它的基本意义的曲解"。② 这就意味着需要在经典自身秩序的基础上去找寻与当代社会理解的契合点，就如同今古文经学体现着对经的不同理解与解说方式。不管是今文派的齐、鲁、韩三家，还是古文派毛诗一家，尽管师承不同，但是在发挥诗义方面都有鲜明特色。鲁诗侧重《春秋》，齐诗关注《易》和律历，韩诗离经为文，毛诗则在训诂注释基础上，以史解诗。今古文经之间的论争与融合促进了经学观念的变迁，由对文字注释的关注，到对文本理解、思维方式的抽绎，这不仅是方法规则的选择与尝试，也是观念及立场的重塑与表达。经学在不同时期或许会由于其主导思想不同而被赋予不同称谓，不管是"郑学"还是"朱学"，也不论是"家法"还是"师法"，称名本身并不重要，重要的是去寻绎与追踪经学不同称谓背后的那个根由。

元代《诗经》学实践将关注的重点放在"朱学"上，或许是在元代找寻理解经典方式的有效尝试。要给经典作出解释，路径不外乎自己解释，或者从传统找寻解释的方法。而这个过程需要解决的关键问题在于：自己解释的话，需要首先对经典的说法给予认同；从传统找寻解释方法的话，需要理解传统的精髓及不足。不管哪一种，都需要找到那个解释的自洽点。元代《诗经》学在某种程度上，也在进行着这样的尝试。作为少数民族，元代蒙古贵族在进入中原之后迫切需要文化传统上的继承，也迫切需要建构自己的意识形态。所以在元代学者身上我们看到了一种

---

① 徐子方：《挑战与抉择——元代文人心态史》，河北教育出版社，2001，第 57～72 页。

② 刘毓庆、郭万金：《从文学到经学——先秦两汉诗经学史论》，第 333 页。

热忱，对经典的热忱，他们遵奉朱熹，遵奉朱熹的学说，将《诗集传》作为自己学术展开的依凭。这个时候，与其说他们在注释朱熹《诗集传》，不如说在通过《诗集传》找寻和承续前代的学术传统。选择朱熹，应该不是偶然，朱子《诗集传》中包含着诸多文化的、方法的思想与内容，这对于元代学者而言，无异于一把全新且有效理解彼时社会的钥匙。从梁益《诗传旁通》、刘瑾《诗传通释》、朱公迁《诗经疏义会通》等元代《诗经》学著述中便能看到元代学者对"朱学"绍述的热情。朱熹借助儒家经典来阐明义理精神，《诗集传》就是包含理学思想的重要《诗经》学著述。"汉儒说《诗》，亦有其义理思想，但汉儒多是将义理直接来套《诗》，以至抹杀了《诗》的文本独立性，是喧宾夺主。朱熹注《诗》，亦不忘发扬宋学义理，但却是以尊重文本的独立地位为前提，宾主之间，两不相乱。"① 这也说明，朱熹说《诗》时注意了文本内涵与义理思想的结合，而这不论在观念上还是在方法上都给了元代学者以启示。经过历史沉淀后的朱熹思想在元代获得了被再次解释的机会。这些解释中包含了对既往历史的反思，学者掌握了在当时被尊崇为典范的知识，并对这些知识进行重新界定，赋予了新的内涵。

经学实践包含着自身文化身份认同的问题。认同并非一般意义上的知识认同、语言认同，其是一种文化根脉上的认同，是对自我身份的确证，这种确证看似是即刻的，却会对其中的人群在文化习得、心理机制等方面产生深远影响。丹尼斯·库什认为，文化身份认同并非简单的一旦获得就不再改变的认同，"对于'主观主义者'来说，民族—文化身份认同仅仅是对或多或少地想象出来的集体的一种归属情感或认同（identification）。对于这些学者来说，重要的是诸多个体对社会现实及其区分所做出的表征"。② 这里的"归属情感"也是元代《诗经》学者在经学实践中极为重要的心理因素之一。

元代《诗经》学实践中值得关注的还有经史机构的设立。《元史》记载，耶律楚材在燕京和平阳两地曾请立编修所和经籍所。作为元代官方修书机构的翰林国史院，所修图书涉及各种史书、政书、志书、农书

---

① 檀作文：《朱熹诗经学研究》，学苑出版社，2003，第260页。
② 〔法〕丹尼斯·库什著，张金岭译《社会科学中的文化》，商务印书馆，2016，第133页。

等。当时大都、建阳、平水等刻书中心都曾刊刻不少正经。元代官府刻书机构，中央有兴文署、广成局、印历局和广惠局，这些编修机构以及刻书机构的出现，极大带动了文化的繁盛。对中原文化的热爱与推崇，对儒家经籍的整理与出版，这都反映了包括耶律楚材在内的儒者"面对中原文化大受漠北陋俗冲击时表现出来的文化反征服精神"。① 这些活动在一定程度上也为"朱学"传播起到了积极的推动作用。

① 徐子方：《艺术与中国古典文学》，人民出版社，2009，第334页。

# 第二章　《诗经》学的元代形态

《诗经》学发展到元代彰显了自身独有的属性，尽管被贴上"积衰"的标签，但或者正是这种看似"积衰"的特质，实则正在酝酿新的变革因素。米尔斯认为，对于一个给定的问题，当被问及不同社会和时期时，往往必须给出不同答案，这也意味着问题本身往往需要重新进行表述。[①]存在"积衰"说明曾经繁荣过，那从繁荣到衰弱的转变在哪里，与前后的区别在哪里？"积衰"背后折射出的社会变迁意识是怎样的？任何时候，当一个事物的概念无法自我呈现，则需要通过比较、划定边界或者与其他事物的参照等方式方能明晰其轮廓。就如元代《诗经》学的价值需要纳入宋元、元明的历史变迁，在学术发展中去整体观照，在"元代形态"的视角下加以考量，方能得出可靠结论。"《诗经》学的元代形态"并非文字游戏的组合，这里强调的是《诗经》学在元代的独特形态，不管是体例的，还是思想的，它们在一定程度上共同揭示着元代《诗经》学的实践方式。

## 一　元代《诗经》学著述与朱学

人们认为元代《诗经》学成就不高，或许基于目前存世的《诗经》著述数量有限。毕竟一个时代学术的繁荣，离不开一定数量作品的支撑。元代《诗经》学著述并不是很多，主要有《诗集传名物钞》《诗传通释》《诗传旁通》《诗经疏义会通》《诗缵绪》《诗经疑问》《诗集传附录纂疏》《诗集传音释》《直音傍训毛诗句解》《明经题断诗义矜式》《新刊类编历举三场文选诗义》等。皮锡瑞在《经学历史》中，将经学的发展

---

① 〔美〕C. 赖特·米尔斯著，陈强、张永强译《社会学的想像力》，生活·读书·新知三联书店，2001，第158页。

划分了十个时期①，并认为"宋代以后"处在"经学的积衰时代"，这种界定在今天看来仍待商榷。后代的经学家在界定元代《诗经》学特点时，总认为他们"羽翼朱传"。究竟真是完全"羽翼"，还是有所创新，有所拓展？为何一定要"羽翼"朱子，而非他人？这种所谓"羽翼"的背后存在怎样的偶然和必然因素？这些问题都被很多的经学研究者所忽视。而正确解答这些问题，是客观全面认识元代《诗经》学特点的重要线索。在宋代经学和明清经学之间，经过汉唐注疏的积淀，两宋义理的论辩，元代经学开启了独尊朱学的局面。这种喧哗之后的沉寂，厚重之后的释然，使得元代《诗经》学面临重重困境与选择。是亦步亦趋，还是从实际出发进行革新？元代学者为何要尊朱？是他们没有进行革新的力量吗？抑或是他们在更深的层面，在更好的方式上进行着某种调和？

　　元代学者的尊朱并非出于被迫，而是一种自觉选择。通过对宋人理学思想的梳理，不难发现朱熹思想是在二程和邵雍等理学家思想基础之上演变而来，是对北宋以来各家思想的兼容、批判和创造。他的理学理论建构是他《诗经》研究的哲学背景和理论指导。刘海峰认为"宁宗嘉定二年（1209）十二月，朝廷赞扬朱熹'集诸儒之粹'，'有功于斯文'，称其为'孟子以来不多有'的儒学大师，以朱熹为代表的新儒学派获得了统治者的认可。嘉定五年（1212），批准国子司业刘熵将《论语集注》和《孟子集注》二书立学的请求，二书正式成为官方教材，这也就意味着，程朱理学正式成为科举考试的内容。理宗即位以后，极力倡导程朱理学，宝庆三年（1227），理宗下诏曰：'朕观朱熹集注《大学》《论语》《孟子》《中庸》，发挥圣贤蕴奥，有补治道。朕方励志讲学，缅怀典刑，深用叹慕，可特赠太师，追封信国公。'程朱理学的官方哲学地位再次得到强化，也成为科举考试的重要内容"。②可见随着四书学的发展，朱熹

---

① 皮锡瑞认为的经学十个时期分别是：1. 经学开辟时代（以孔子删定"六诗"为始）；2. 经学流传时代（先秦诸子时期）；3. 经学昌明时代（西汉时期）；4. 经学极盛时代（汉元、成二帝到后汉时期）；5. 经学中衰时代（魏晋时期）；6. 经学分立时代（南北朝时期）；7. 经学统一时代（隋、唐时期）；8. 经学变古时代（宋朝时期）；9. 经学积衰时代（元明时期）；10. 经学复盛时代（清朝时期）。参见皮锡瑞著，周予同注泽《经学历史》，中华书局，2004。

② 刘海峰、李兵：《中国科举史》，东方出版中心，2004，第227页。

的思想逐渐被官方认可，并加以提倡。四书学的发展也带动了《诗经》学的进一步发展。国号"大元"源自《周易》，是两种文化交融并存的体现。朱熹在元代学者视野中地位的凸显，不仅源自其理学方面的建树，而且源自他对前代思想的发挥变通，更加源自他对儒家经典的阐释符合当朝统治者的政治诉求。朱熹首先是儒士，其次才是理学家、文学家。对朱熹思想的遵从能看出元代统治者对儒家文化的认同。元代统治者在开国之初实际上更喜欢佛家文化和道家文化，一些史料可为佐证。成吉思汗身边的文臣耶律楚材被重用，并非由于他的儒学修为，而是因为他擅长卜筮。耶律楚材亦曾自称："钦承皇旨，待罪清台，五载有奇，徒旷蓍龟之任。"① 陈垣也认为"元初不重儒术"。② 后期元代统治者对朱熹思想的独尊，包含着他们对儒家文化的接纳，元代四书学的繁盛和经学的发展就能说明这一点。能将不同民族、不同文化、不同文字都整合在同一平台，足见元代强大的包容性和自由性。元代学者很少在究竟是尊朱，还是尊陆，抑或尊吕等这些问题上产生困惑，也没有太深的门户之见，他们表现出的宽容和淡定，引导着他们自发进入朱学的世界。

## 二 "朱子后学"与《诗经》学中的分派问题

在《诗经》学"元代形态"探讨中，不能忽视的是当时的社会文化背景，需要探索"朱学"与元代社会联姻的历史必然性和可能性，以及这些因素之下"朱子后学"的学术发展与《诗经》学研究中的分派问题。元代实现了真正意义上的南北统一，疆域开阔，不存在前代的外患问题，统治相对稳定。虽为外族所建，但除了部分宋遗民之外，其余广大地区的人民对元代政权还是较为认同的。一开始元上层对儒家文化不太关注，他们更关心的是领土的扩张和财富的掠夺。耶律楚材作为成吉思汗身边的文臣，很早就提出了"以儒治国，以佛治心"的主张，但并没有得到应有的重视。姚大力认为"蒙古统治者虽然看重个别儒生文字

① 耶律楚材:《湛然居士集》卷八《进西征庚午元历表》，文渊阁《四库全书》本。
② 陈垣:《元西域人华化考》卷二，上海古籍出版社，2000，第8页。

算学、方技术数的本领，但没有材料可以证明儒学本身已成了他们从某种观念去加以认识的客体对象"。① 对儒学有全面认知，并自觉推行儒学措施的是忽必烈，他征召任用儒士，重视文教礼乐。这种儒学传播推进着科举制度以及学校机构的建立。

科举制度在元代重新确立并非易事，经过了几代人的努力。《元史·选举志》载："科举事，世祖、裕宗累尝命行，成宗、武宗寻亦有旨，今不以闻，恐或有沮其事者。夫取士之法，经学实修己治人之道，词赋乃摛章绘句之学，自隋唐以来，取人专尚词赋，故士习浮华。今臣等所拟将律赋省题诗小义皆不用，专立德行明经科，以此取士，庶可得人。"② 这也足见当时推行科举的艰辛。直至元仁宗延祐二年（1315），科举制方重新确立。元代科举考试使用程朱学说作为考试的指定内容，标志着官方对程朱学说的认同。它也是元人自我精神认同的一种有效方式，"这种精神归属感的寻求至关重要，传统文士的理想必须借助科举才能保证进入仕途，然后才有理论上实现儒家政治理想的可能性。"③ 欧阳光认为，元蒙政权建立初期取消了科举，一直以来把参加科举作为人生首要目标孜孜以求的知识分子，突然失去了生活的目标。面对这种断裂，他们感到惶惑和茫然，感到无所适从，他们需要找到新的精神寄托，找到实现人生价值的新的途径。④ 元仁宗延祐二年开科取士的恢复，不仅使大批士人找回了精神归属与寄托，同时，元代科举制度的实施也是"朱学独尊"的外部动因之一。

科举制度的建立也推进着学校教育的发展。元初学者王恽曾说："愚谓为今之计，宜先选教官，定以明经史为所习科目，以州郡大小限其生徒，拣俊秀无玷污者充员数，以生徒员数限岁贡人数，期以岁月，使尽修习之道，然后州郡官察行考学，极其精当，贡于礼部。经试经义作一场，史试议论作一场（题目止于三史内出），廷试策兼用经史，断以己意，以明时务。如是则士无不通之经，不习之史，进退用舍，一出于学，

---

① 姚大力：《蒙古人最初怎样看待儒学》，载《元史及北方民族史研究集刊》第七期，南京大学出版社，1983，第64页。

② 《元史》卷八十一《选举志》，文渊阁《四库全书》本。

③ 杨亮：《宋末元初四明文士及其诗文研究》，中华书局，2009，第114页。

④ 欧阳光：《元初的遗民诗社》，载《宋元诗社研究丛稿》，广东高等教育出版社，1996，第51页。

既习古道，且革；累世虚文妄举之弊，必收实学适用之效，岂不伟哉！外据诗赋立科既久，习之者众，亦不宜骤停。经史实学既盛，彼自绌矣。"① 从这段记载来看，科举制度和学校教育之间有着密切的联系，科举考试是体现学校教育观念的实践平台，学校教育则是推进科举考试开展的理论前沿。科举和学校教育的结合，促进着经学的发展，对朱学的传播起到了重要作用。

元代南北方士人的社会地位存在差异。叶子奇认为："天下治平之时，台省要官皆北人为之，汉人、南人万中无一二，其得为者不过州县卑秩，盖亦仅有而绝无者也。后有纳粟获功二途，富者往往以此求进，令之初行，尚犹与之。及后求之者众，亦绝不与南人。在都求仕者，北人目为腊鸡，至以相訾诟。盖腊鸡为南方馈北人之物也。"② 从元代北人对南人的不雅称呼中不难看出南人地位的低下。尽管如此，并不妨碍南北文人的交流沟通。宋金对立时期曾经南北阻隔，载籍不通，北方学人对包括朱子思想在内的南方学术思想的认知非常有限。但宋末元初，赵复被俘入北，在燕京太极书院讲授孔孟之道，这时程朱之学才逐步开始在北方流传。南学北传，赵复功不可没，元代学者郝经曾指出，赵复"及朱子之门而得其传，衰然传道于北方之人，则亦韩子、周子之徒也"。③ 侯外庐认为，"赵复很可能是自学自得，而后人因其学旨，遂列于朱门系统"。④ 这种判断有一定的道理，朱子之学在北方的传承脉络不如浙江与江西明晰，但可以肯定的是，当时南方对经典的关注视角以及治学思维方法影响到了赵复，学术共同体的建立，文化心理认同的形成，使得他们可以跨越时空阻隔，在方法和观念层面达到互通与共振。

赵复对朱子之学北传起到了积极的推动作用，虞集曾经提到："群经、四书之说，自朱子折衷论定，学者传之，我国家尊信其学，而讲诵授受，必以是为则，而天下之学，皆朱子之书。"⑤ 这能看出虞集对朱学

---

① 王恽：《秋涧集》卷三十五《贡举议》，文渊阁《四库全书》本。
② 叶子奇：《草木子》卷三上《克谨篇》，中华书局，1959，第49页。
③ 郝经：《陵川集》卷二十四《与汉上赵先生论性书》，文渊阁《四库全书》本。
④ 侯外庐等主编《宋明理学史》，人民出版社，1997，第684页。
⑤ 虞集：《道园学古录》卷三十六《考亭书院重建文公祠堂记》，文渊阁《四库全书》本。

北传的肯定。"北方崇尚苏轼父子之学，重词赋，重训诂，呈现出与南方重义理之学不同的特征。"① 朱学北传对北方学风产生了重大影响。"南北文士借助翰林国史院这一机构的聚会，使南方文士的诗文观念传布到北方，并且和原来金源区域文士的诗文观念相互融合，使南北诗文观念得到融合。"② 北方一些儒士也开始逐步接受朱学，其中以许衡、刘因、郝经等人为代表。"许衡为促成程朱理学的道统地位，刻意强化了道德的政治因素，强化了道德的政治工具的功能。这就为权力中心接纳许衡模式并纳入其政治至上的一元结构铺平了道路。……元代统治者最后独取许衡之旗号并使之制度化，既可标榜程朱理学的天理之威势，又能适应政治权力的专制之需要，这一趋势是必然的。"③ 足见许衡在政权允许的范围内对朱学进行着有效的融会变通。郝经认为："昔之所学者，富一身而已；今也传正脉于异俗，衍正学于异域。指吾民心术之迁，开吾民耳目之蔽。削芜漫，断邪枉，破昏塞，俾《六经》之义，圣人之道，焕如日星，沛如河海，巍如泰华，充溢旁魄，大放于北方。如是则先生之道非穷也，达也。"④ 这能看出郝经对朱学北传的肯定态度。正是因为南方朱子之学的北传以及北方学术的自身调整，朱子之学开始在北方乃至全国范围内广为流传。陈荣捷认为朱子学在元代分三个方向传播：赵复北上而姚枢而许衡而刘因；浙江金华地区，由朱门弟子黄榦而何基而王柏而金履祥而许谦；江西地区，由黄榦而饶鲁而程若庸而吴澄。"北方之新儒学与南方之新儒学，俱辐辏于朱子，更为精简言之，亦即辐辏于黄榦所传之朱子之学。浙之金华一线与江西一线俱源自黄榦。赵复传于北方之新儒学，即程朱新儒学。虽未言及黄榦，但程朱之学实即朱子之学，而在元代流行之朱子学，其阐扬者厥为黄榦，此俱属显然。"⑤ 《诗经》学在元代的传播也与朱子之学的传播大体相似，像胡一桂、许谦、朱公迁、刘玉汝等重要学者均受到朱学的影响。

① 周春健：《元代四书学研究》，华东师范大学出版社，2008，第20页。
② 杨亮：《宋末元初四明文士及其诗文研究》，第12页。
③ 王建军：《教养化育与科举主导：元代国子监办学模式的演变》，《河北师范大学学报》（教育科学版）2006年第2期。
④ 郝经：《陵川集》卷三十《送汉上赵先生序》，文渊阁《四库全书》本。
⑤ 陈荣捷：《朱学论集》，台湾学生书局，1982，第302页。

元代《诗经》著述之作者大都来自江西，如马端临为江西乐平人，胡一桂为江西婺源人，刘瑾为江西安福人，罗复为江西庐陵人，朱公迁为江西鄱阳人，刘玉汝为江西庐陵人，梁寅为江西新喻人，他们占元代《诗经》学者人数的七成左右。① 江西成为元代《诗经》研究的重要地区，呈现出独特的区域化特征。大部分《诗经》学者集中出现在江西，是偶然还是必然？朱子之学有过北传，但为何北方没有形成如同江西地区异彩纷呈的《诗经》学现象？元代江西经济已经有长足发展，尤其是城市经济空前繁荣，商业交通尤为发达。江西与湖南、广州等地也有较多的商业联系。经济发达势必带来文化领域的繁荣。科考制度的变化也带来取士方式的变化，经学的致用意义被重新确认。朱熹《贡举私议》指出科举应该罢诗赋而试《易》《书》《诗》《周礼》《仪礼》《礼记》《春秋》等，认为"诗赋又空言之尤者，其无益于设教取士"。皇庆二年（1313）开科举诏书与朱熹的这种主张基本一致。苏天爵也认为国家设科之本"非第求其文辞之工，惟愿得人以为治也。故询于所居之乡，则欲知其孝弟信义之行；问其所治之经，则欲考其道德性命之学；试之以应用之文，则可见其才华之美；策之以当时之务，则可察其治世所长"②，意即通过科考，当政者可以了解到考生的孝悌信义之行、道德性命之学、才华之美、治世所长等方面的情形，选择最佳人选，为己所用。

元代科举考试制度的推进带动了乡试的发展。根据《元统元年进士录》的情形来看，各地进士登第人数的多少，诸行省及腹里宣慰司等儒学文化水平基本上可分为上、中、下三个层次③，其中江西、江浙二行

---

① 其他几个分别为浙江东阳的许谦、福建永泰的林泉生、福建福州的梁益和朱倬。

② 苏天爵：《滋溪文稿》卷四《燕南乡贡进士题名记》，文渊阁《四库全书》本。

③ 元代儒学文化水平基本上可以分为上、中、下三个层次：1. 江浙、江西、湖广、湖南四行省，真定、大都、东平等路，其进士登第人数均在7~17人之间，同属全国儒学文化水平最高的地区。而江浙、江西二行省和大都、真定二路又是江南和北方的佼佼者。2. 陕西、四川二行省，河东、山东二宣慰司及上都路，进士登第人数在2~5人，它们应处在全国儒学文化的中等层次或水平。3. 甘肃、云南、辽阳、征东、岭北五行省，进士登第人数多则1人，少则空白。除了这些省区人口比较少和高丽国情况特殊等因素，应该承认此五行省的儒学文化水平是最低的。参见李治安《元代乡试与地域文化》，北京师范大学古籍所编《元代文化研究——国际元代文化学术研讨会专辑》（第一辑），北京师范大学出版社，2001，第32~33页。

省的儒学文化水平居全国前列。此外，江浙、江西二行省籍文士被聘为乡试考试官的人数也是最多的。这些表明科举推动着乡试的发展，而"乡试作为一种特殊纽带或渠道，既促进本地儒学文化的发展，也增加了地域儒学文化的沟通交融"。① 元代江西地区《诗经》学的发展也与以上各种因素的共同作用密不可分。

江西地区除具有外围的文学发展因素之外，还有内在的一些特征。欧阳光在研究文人群落和区域性文人集团时曾得出这样的结论："婺州文人群落能够发展衍变为区域性文人集团，正是亲缘、乡缘、师缘、友缘不断强化并形成合力的结果。一个文人集团的形成，离不开众多的因素，例如是否能够产生成就突出又具威望的领袖，是否能够在一些特定问题上形成共识并群力贯彻实践，等等。但这些都属于文人集团的共性，不管属何类集团都不可或缺；而以亲缘、乡缘、师缘、友缘为联系纽带，正是区域性文人集团独具的个性。以利益的一致或趣味的相同而形成的文人集团，往往易聚也易散；而以亲缘、乡缘、师缘、友缘这四条纽带紧密联系在一起的区域性文人集团则特别稳固和长久。"② 这种判断对客观认知元代江西《诗经》学很有启发。元代江西有无文人集团？这个问题有待考证。元代江西有不少《诗经》研究者，这值得关注。其不一定是以文人集团的形式出现，但潜在具备文人集团的一些特性。首先，江西地区有极具威望的理学领袖——朱熹，他被元人不断学习、模仿、拥护、尊崇；其次，当时的江西、浙江地区都以朱子思想为圭臬。学人在投身学术实践，维护朱子学说，发扬诗传精神方面具有内在的一致性；再次，他们都以广泛意义上的乡缘和师缘为联系纽带。祖籍同为江西，文化背景比较接近，学术承自朱熹，学术理论比较相似。这些特点都对江西地区的《诗经》学产生着潜在影响。元代朱学虽然有过北传，北方却没有取得如同江西地区那样的《诗经》学成就，这或许与一脉相承的文化土壤和学术渊源的缺失有关。

---

① 李治安：《元代乡试与地域文化》，北京师范大学古籍所编《元代文化研究——国际元代文化学术研讨会专辑》（第一辑），北京师范大学出版社，2001，第35页。

② 欧阳光：《从文人群落到文人集团——元代婺州文人集团再研究》，《文史》2001年第1期。

## 三 元代经学特质:"朱学"即"经学",
## "诗学"即"朱学"

元代《诗经》学研究中,"朱学""经学""诗学"这些概念彼此交织在一起。《诗》《书》《礼》《易》《春秋》在"朱学"独尊的背景下被赋予独具时代特色的意义阐释;而元代《诗经》学一定程度上就是"朱子学",与其说学者在关注元代《诗经》学的学术系统,不如说他们在关注朱熹赋予元代《诗经》学意义的立场与判断。对朱熹学术的把握是他们的研究旨归,而《诗经》学只是达到这个旨归的方法和手段。

自孔子经典化之后的"六经"阐释过程中,没有任何一个时期能像元代这样将经与某一个人密切联系,并用一个人的思想去统合整个时代学术思想。学者对朱熹《诗集传》的羽翼和绍述,推进着元代《诗经》学朝纵深方向发展。这种"羽翼和绍述"究竟是被动抉择,还是灵活变通?元代学者对理学的理解和接受与宋代学者不同。培养和造就宋代学者儒雅、圆融理学风范的土壤已不复存在,元代学者的文化肌理结构需要整合与重组。谈及对元代学者的认知时,葛兆光认为,在理学知识与思想上,他们少有新的进境,比不上朱熹、张栻、吕祖谦那些人,甚至比不上他们的弟子,他们讨论的命题依然据守在"天理""人心""格物""致知"上,叙述和诠释的语词都还是宋代的那些,在他们的世界中,实用的知识与自由的思想常混为一团,知识就是背诵条文,而背诵的条文也仅仅是思想的原则。那个时代经术、理学、举业合一,"在权力的笼罩和利益的诱惑下,知识与思想的实用性已经压倒一切……思想成了文本,文本蜕化成文字,文字仅仅作为符号供人背诵,背诵的意义在于交换"①,在这种情况下知识与思想脱离了思索与涵养,而与生活发生了分离。葛兆光提到元代学者在理学方面仍然承袭着宋代学者"天理""人心""格物""致知"的说法,两者之间没有差别。这种判断或者需要纳入当时的文化语境中进一步审视。

"格物""致知"早在《大学》已经出现,"古之欲明明德于天下

---

① 葛兆光:《中国思想史》(第2版)第二卷,复旦大学出版社,2013,第255~256页。

者，先治其国。欲治其国者，先齐其家。欲齐其家者，先修其身。欲修其身者，先正其心。欲正其心者，先诚其意。欲诚其意者，先致其知。致知在格物"。元代学者同样推进着元人对"格物""致知"的认知。不管是先秦，还是宋元，学者在核心哲学命题的探讨方面没有超脱出"天理""人心""格物""致知"的内涵范畴，在其外延层面却时有变化，并非少有进境。他们将核心概念纳入不同历史时期，不同社会境况，不断开掘其新的认知角度。就如同"理"的含义，由最初的"自然法则"，到被儒家赋予神权和王权的"道德化"依据，其在历史演进中被不断赋义。宋元人对"理"的认知也必然是在各自文化土壤中的不断确认与转化。"在权力的笼罩和利益的诱惑下，知识与思想的实用性已经压倒一切""思想成了文本，文本蜕化成文字，文字仅仅作为符号供人背诵，背诵的意义在于交换"，这种说法，看似有些绝对，但是很好揭示了元代"知识与思想的实用性"这一点。元朝独特的建立经历，使其急需快速有效的方式来促进自身发展。实用性固然重要，但更为关键的是确定哪些东西才是实用的，这其中同样存在一种历史选择。朱熹思想被当作一个时代的思想，至少表明其与元代社会有很多契合点，尤其是在统合主流思想，确立价值标准方面。思想成为文本，文本化为文字，这是其表达立场，传达声音的方式，也是构建新的文化传统的有效路径。从这个角度而言，出发点未必就只是为了权力和利益，也同样传递着当政者渴望沟通的意识。

元代历史环境相对宽松，尽管存在南北方文人社会地位的差异，但是也优待前朝进士，"世祖初得江南，尽求宋之遗士而用之，尤重进士，以故相留梦炎为尚书，召甲戌状元王龙泽为江南行台监察御史"①。这些都表明，元代理学的发展没有看上去那么糟糕。

如何建构理学观念？此种观念对《诗》学存在怎样的影响？元代学者虽然承袭着朱熹、陆九渊、吕祖谦等宋代学者的理学思想，但又将这种思想在《诗》学中进行着重新整合。要观照元代的理学必须得回溯宋代。理学自北宋中期开始创立，周敦颐算是鼻祖。内心律令和宇宙德行，天地法则，人伦之情相契合，是他渴望达到的一种自由审美境界，"这种

---

① 《元史》卷一百九十《熊朋来传》，文渊阁《四库全书》本。

人格境界通过周敦颐教导二程'寻孔颜乐处',以及其'光风霁月'般的曾点气象,和窗前草不除以观天地造化生意的著名事例,为后学将诗学纳入理学体系提供了可贵的途径"。① 二程所谓的"天理"不是简单的自然运行法则,而是一种基于人情和人性的道德律令。在这个序列中,自然天地、人情人性、道德伦理之间存在看似独立却相互依存的关系。"光风霁月",一种超然于尘世的自然存在,却是人情人性社会中鲜活个体的"无何有之乡";"孔颜乐处",与其说是教化的理想境界,不如说是儒者眼中最佳的道德伦理范式,是规则法度不断调适的典范。以道德伦理的视角来看待事物,认知经典,就会发现经典的解释也会被重新赋义。二程认为:"二南之诗,盖圣人取之以为天下国家之法,使邦家乡人皆得歌咏之也。有天下国家者,未有不自齐家始。先言后妃,次言夫人,又次言大夫妻。而古之人有能修之身以化在位者,文王是也,故继之以文王之诗。《关雎》诗所谓'窈窕淑女',即后妃也,故《序》以为配君子。所谓'乐而不淫,哀而不伤',盖《关雎》之义如此,非谓后妃之心为然也"。②《关雎》的内涵被赋予家庭伦理意义,以"淑女"关联后妃,以淑女与君子的德配,来关涉后妃与君王的和谐,并象征国家法理秩序的稳定。

在天理人心与社会人生的关系中,邵雍在对"物"的观照中努力传达自己理解世界的方式,"昔者孔子语尧舜则曰'垂衣裳而天下治';语汤武则曰'顺乎天而应乎人',斯言可以该古今帝王受命之理也。尧禅舜以德,舜禅禹以功。以德,帝也;以功,亦帝也,然而德下一等则入于功矣。汤伐桀以放,武伐纣以杀。以放,王也;以杀,亦王也,然而放下一等则入于杀矣。是知时有消长,事有因革,前圣后圣非出乎一途哉。天与人相为表里,天有阴阳,人有邪正。邪正之由系乎上之所好也,上好德则民用正,上好佞则民用邪。邪正之由有来自矣。"③ 情形的变化会带来人们认知层面的差异,称名或者不同,但内涵一致;效果的不同,或许导源于前提的分殊。这种将事理放诸现实的"观物",不是对客观

---

① 石明庆:《理学文化与南宋诗学》,中国社会科学出版社,2006,第5~6页。
② 程颢、程颐著,王孝鱼点校《二程集·河南程氏遗书》卷四,中华书局,2004,第72页。
③ 邵雍:《皇极经世书》卷十二《观物篇》,文渊阁《四库全书》本。

世界的静态观照，也不是对人情人性的孤立体察，而是在事物变化的规则中，在历史演进的逻辑中，在情势分合的走向中，揭示事理表象下的隐在意义。杨时等也在具体实践中彰显自身对经典的理解，"作诗不知《风》《雅》之意，不可以作诗。诗尚谲谏，唯言之者无罪，闻之者足以戒，乃为有补。若谏而涉于毁谤，闻者怒之，何补之有？"① 对诗歌谲谏功能的强调，是一种在客观文本表达中找寻意义的过程，也是观物思想的进一步发展。这一点与孔子的诗教思想存在相似地方。杨时阅读《诗经》的方法也很有特点，他认为读《诗》之法"大抵须要人体会，不在推寻文义。在心为志，发言为诗，情动于中而形于言，言者，情之所发也。今观是诗之言，则必先观是诗之情如何。不知其情，则虽精穷文义，谓之不知诗可也"。② 这种以内心推演来解读诗歌的方法，后来被朱熹加以利用和发挥。对包括艺术文本在内的物的观照背后，实则是对物理和人情的关注。

经学观念与理学思想在两宋的发展具有同频共振的倾向。北宋时期的经学阐释，往往基于既有的思想传统，会在历史中找寻事理的合理性根据，在经典中揭示事理的演进规则。南宋时期，学者对于传统的依凭逐渐减弱，经学逐渐摆脱经传对于理学阐发的束缚，开始由注释阐发走向哲学思辨，从对世界的观照，对物的关注，走向对事理的推衍，对心性的关注。这种变化看似只是客体与主体的变化，是外与内的变化，是揭示与思辨的变化，但是却包含了一种更为明晰的转进意识。用历史作为依据和用自己的方法作为依据，这是两种接近事理、接近文本的路径。南宋理学家吕祖谦在继承既有经学传统的同时，努力在广收博引和考据辨证中开掘新的经典阐释路径。如果说只有对传统的重塑才能带来学术根本性变化的话，那么在吕祖谦身上则体现了这种重塑的热望，只不过这种想法又被不同时期的两种观念左右，比如对《诗序》的认知，是该存留还是废弃？其中的逻辑根源在哪里？这些权衡与考量体现在他的经学阐释中，也正是如此，吕祖谦的理学思想也表现出了一种折中态度。他认为："理在天下遇亲则为孝，遇君则为忠，遇兄弟则为友，遇朋友则

---

① 杨时：《龟山先生语录》卷二，《四部丛刊续编》本。
② 杨时：《龟山先生语录》卷三，《四部丛刊续编》本。

为义，遇宗庙则为敬，遇军旅则为肃。"① 也就是说，理是那个理，至于是孝、是忠、是友、是义、是敬、是肃，这取决于与什么相遇，可能是亲、是君、是兄弟、是朋友、是宗庙、是军旅。这其中的孝、忠、友、义实际上又是一种伦理观念，是理在"礼"层面的进一步落实。

在心与理的认知关系中，他主张"心即道""心即天""心即神"②，认为道、天、神这些都统合在"心"的前提下，都是心的确证化对象，这种认知实则较之"理一分殊"思想有了进一步发展。理的那个根源，由形上学意义的天理道德范式，转变为心这个更加主体化的概念。这就将理引向了心，将事理物理引向了心性情理。"心"要如何把握？是以"心"去调试万物之理，还是据万物之理反馈给心的信息来不断修正"心"？吕祖谦同样给出了自己的方法，即"自求而已"，而这种反诸身求诸己的方式表明了理学思想的转关，将"心"意义的寻绎与揭示推向了前台。对"心"的揭明也并不意味着任由心在一定范畴内随意投射与确认，而是要在格物基础上穷理，在"涵养体察，平稳安帖"③ 方法中究理，这也彰显了吕祖谦与朱熹、陆九渊在理学观念方面的符契与分殊。

吕祖谦折中思想还体现在《诗经》研究中，他认为："如看《关雎》诗，须识得正心，一毫过之，便是私心。如'窈窕淑女，寤寐求之'，此乐也，过之则为淫；'求之不得，辗转反侧'，此哀也，过之则为伤。"④ 这里的"识得正心"，实际上就是一种正中和平之心，是不偏不倚的读诗方法，也是重要的文学批评方法。如何保有这种"正心"呢？就要对历史中的那些驳杂元素不断筛选，在尽可能宽广的视野与详尽的材料中去进行甄选，在考据与辨证的基础上给出符合事理与逻辑的判断。

吕祖谦经学不存在朱熹经学中的那种矛盾和困惑。其并非单纯为言理而言理，为"涵泳"而"涵泳"，而是将义理很好地圆融在历史和文学之中。元代很多《诗经》学者如胡一桂、刘瑾等均在发扬朱传的基础

---

① 吕祖谦：《精选东莱先生左氏博议句解》卷二《颖考叔争车》，元刻本。
② 吕祖谦：《精选东莱先生左氏博议句解》卷四《楚武王心荡》，元刻本。
③ 吕祖谦：《丽泽论说集录》卷九《杂说一》，文渊阁《四库全书》本。
④ 吕祖谦：《丽泽论说集录》卷三《门人所记诗说拾遗》，文渊阁《四库全书》本。

上大量援引吕氏学说，足见他们对吕祖谦经学思想的认同。全祖望在《同谷三先生书院记》中说："宋乾淳以后，学派分而为三：朱学也，吕学也，陆学也。三家同时，皆不甚合。朱学以格物致知，陆学以明心，吕学则兼取其长，而复以中原文献之统润色之。门庭径路虽别，要其归宿于圣人则一也。"① 朱熹、吕祖谦、陆九渊在南宋已经形成自己独特的学理风格，这种风格的影响也渗入了元代的经学阐释。

## 四　体例与宗旨问题：以"羽翼朱学"为中心的"分体"讨论

作品体例是义理的载体，而义理则会通过不同的体例方式去展示。早在汉代已经有不少体例出现，比如"章句""解故""解诂""解说""说义""文句""条例""翼要""训旨""异同""异义""训""解""注""笺""释"以及"膏肓""废疾""义难""辨难"之类②。不同的体例在对经典的注解中担当了不同角色。

胡一桂《诗集传附录纂疏》属于纂集体著述。纂集体著述内容相对庞杂，不尊一家，不拘一书，不守一格，往往会在经传需要给出解释的地方引入不同学者、不同著述的说解，在肯定的地方给出案断，在龃龉的地方标注"参考"，这种从注释形式到注释内容的自由方式，使得这类著述具有了"汇纂"和"大全"的性质。《诗集传附录纂疏》采朱子《文集》《语录》有关的《诗》内容，附于《集传》，谓之"附录"；又采诸儒学说辅翼《集传》，次于"附录"，谓之"纂疏"；有与《集传》不同的地方注云"姑备参考"，其需要作出自己判断的地方则用"愚案"以示区别。梁益《诗传旁通》属于博物体著述。③ 博物体著述关注的是经传中的花鸟鱼虫、川泽河海、天文历法、典章名物等，核心不在于对

---

① 全祖望撰，朱铸禹汇校集注《全祖望集汇校集注·鲒埼亭集外编》卷十六《同谷三先生书院记》，上海古籍出版社，2000，第1046页。

② 刘毓庆、郭万金：《从文学到经学——先秦两汉诗经学史论》，第334页。

③ 郝桂敏将博物体著述分为综合性博物体和专题博物体。综合性博物体是对名物的综合性研究，如三国时期陆玑《毛诗草木鸟兽虫鱼疏》；专题博物体是对某一类名物进行研究，这类著述宋代开始出现，如蔡卞《毛诗名物解》、王应麟《诗地理考》等。参见郝桂敏《宋代〈诗经〉文献研究》，中国社会科学出版社，2006，第209页。

经传给出解释，而是以博物的视角，以训解这些名物事理拓展加深人们对经传已有的认知。《诗传旁通》主要在山川地理、典章制度、天文历史等方面作出注释，算综合性的博物体。

许谦《诗集传名物钞》著述体例比较难以界定，如果按照郭英德关于文体类分的标准来看，它实际上具有"文体互渗""破体为文"的倾向。名为《诗集传名物钞》，但是又不完全如梁益那样是专门对名物作出注释，它还涉及名物之外的经传义理的探讨。许谦对《诗集传》进行阐释，看似具有集传的特点，但与此同时又对经文进行了仔细注释，具有通释的性质。综合这些因素来看，许谦《诗集传名物钞》究竟是博物体、集传体、通释体中的哪一类？或者不属其中的任何一类？还需要进一步考察。这三部著述成书于元代早期。从作者所处地域来看，胡一桂为江西人，许谦为浙江金华人，梁益为福建人。他们所处的区域恰好是元代《诗经》研究的三个核心地带。将这三部著述纳入一个研究体系，既可以清楚梳理元代早期《诗经》著述情形，还可以观照《诗经》研究的地域性差异。这种差异或许对探讨著述体例的不同具有启示意义。

李公凯《直音傍训毛诗句解》和罗复《诗集传音释》属于集传体著述。李公凯就对《诗经》的经文音义进行了全面疏解，而罗复则主要是对《诗集传》的字音进行了注释。刘瑾《诗传通释》属于集解体著述。集解体是东汉以下广为使用的一种体式，主要是集众说以作解。《诗经》集解体在宋代才开始大兴起来。需要注意的是，集解看似只是集合各家的说解，但是在客观陈列中，往往能窥见各家观点的短长。在综合比较，辨正分析中，各家对于同一问题的观点立场都得到了彰显。这种体例方式或与经筵及科考有一定关联，以快速有效的方式呈现对议题的核心解释，这利于经旨更好传达，吕祖谦《吕氏家塾读诗记》就是这方面的代表。《诗传通释》援引欧阳修《诗本义》、严粲《诗缉》、辅氏《诗童子问》等典籍和诸儒的观点对《诗经》进行注释，很多时候还会给出自己的判断，往往用"愚按"标出。《诗经疏义会通》是元代较为特殊的《诗经》学著述，由朱公迁、王逢、何英合作完成。朱公迁完成《诗经疏义》之后，王逢、何英又先后对其进行了补充注释，王逢完成的部分称为"辑录"，何英完成的部分称为"增释"。朱公迁《诗经疏义》部分具有集传的性质，是对朱熹《诗集传》的补充注释，而王逢的"辑录"

部分和何英的"增释"部分又具有集解的性质，是对朱公迁《诗经疏义》的有效增益。

李公凯和罗复的著述完成于元代早中期，具有绍述朱熹《诗集传》的鲜明特点。《诗传通释》完成于元代中期，这从刘瑾大量援引胡一桂的《诗经》学观点就能推断出来。王逢"辑录"部分开始征引刘瑾的观点，这表明王逢完成"辑录"部分至少应该在《诗传通释》之后，这或可推断刘瑾和朱公迁生活的时期相近。将这四部著述放在一起研究，能梳理出著述之间体例的同异，探寻彼此之间学术的源流。

朱倬《诗经疑问》是论说体著述。论说体著述在注释经传时相对比较自由，与集解和集传有很大不同，不是简单陈述前代学者的观点；也与通释有所不同，不是围绕经传作贯通说解，而是在整合经传意义的基础上，提炼其中的核心要点、关键问题，进行思辨论解。这类著述论一般都有具体指向的问题，有的会给出问题答案，但更多时候只是提出问题，而引导读者自己在问题中去找寻答案。相较于其他《诗经》著述，朱倬《诗经疑问》的体量不大，但是其提出的问题却涵盖了《诗经》学史最核心的议题，具有极强的启发性。在学术思想高度统一的时代，提出问题，远比回答问题要困难得多，往往需要更高远的站位，更深刻的理解。论说体在宋代已被学者大量运用，这其中有社会环境与文体发展的各种原因。① 《诗经疑问》采用了这种论说体的体式，对《诗经》的相关问题展开了讨论。刘玉汝《诗缵绪》和梁寅《诗演义》属于通释体著

---

① 在论说体于宋代大兴的原因分析中，郝桂敏认为有三个方面的可能。第一，受晚唐说诗风气的影响。北宋庆历以来，在说诗领域出现了一股复古思潮，至南宋愈演愈烈。宋人不仅对汉唐诗学提出怀疑，而且也不断提出自己的新见，要表达这些内容，使用论说体最为合适。宋人在不断提出新说的同时，也试图为自己的说法寻找理论上的依据，这就决定了他们要对《诗经》学问题进行深入探讨，也需要用论说体的形式表达出来。同时，使用论说体也是各学派反对异己学说的需要。第二，宋代社会统治阶级内部政治斗争激烈，他们在仕途上的失意往往能在解诗中找到共鸣，将自己在政治上的失意于解诗中流露出来，论说体也是表达此种思想的最好形式。第三，晚唐成伯玙采用论说体的形式写成《毛诗指说》，对宋人说诗也产生了很大影响。宋代论说体的代表著作主要分为几类：正面立论的，如段昌武《诗义指南》、程大昌《诗论》、戴溪《续吕氏家塾读诗记》、赵惪《诗辨说》等；对一些言论进行反驳的，如郑樵《诗辨妄》、周孚《非诗辨妄》等；既剖析问题，又提出见解的，如欧阳修《诗本义》、程大昌《诗论》、王柏《诗疑》等。参见郝桂敏《宋代〈诗经〉文献研究》，中国社会科学出版社，2006，第203~204页。

述。通释，顾名思义就是对经传进行全盘的疏通解释，其旨归在于全方位达成对文本的理解。这就要求在解释过程中要尽可能全面、详尽，往往会选取核心的学理思想，从多维度进行观照。刘玉汝《诗缵绪》对朱子学说进行了修改和重新注释，除关注比兴手法之外，还用"古音"理论反对朱熹"叶音"学说。梁寅《诗演义》则博稽诸家学说，对朱子学说进行了注释。

朱倬、刘玉汝、梁寅三人均生活在元代中后期，他们的著述有着相近的学术背景；著述体例相近。《诗缵绪》和《诗演义》虽然属于通释体，但和《诗经疑问》具有内在的相似性，都从整体上对经传义理进行注释，从不同方面表现出了对朱子学说的质疑、修改和扬弃。

林泉生《明经题断诗义矜式》属于讲义体著述，主要是对《诗经》经传义理的注释，具有八股制艺的特征，针对的读者是元代科举考试的应考学生。刘贞《新刊类编历举三场文选诗义》不算严格意义上的《诗经》著述，它只是科举考试的资料汇编。从这两部著述可以探讨科举考试对著述体例的影响，从中探寻"经义"文向八股文趋近的状况。

元代《诗经》体例较为丰富，通过对这些不同著述的梳理，或可以从中观照元代《诗经》学的一些整体状况，比如学者的学术思想源流、《诗经》学的区域化特征等，相信这些将会进一步推进元代《诗经》研究。

# 第三章 元代《诗经》学的形成与发展：体例篇

"体例"是元代《诗经》学的重要观照维度。人们常常根据内容来决定艺术的表现形式，可是如果能从承载内容的体例入手，或能观照出不同体例方式中包含的经注思想。从"诗传"到"传集"，从"纂集"到"集解"，从"通释"到"论说"，从"疑问"到"讲义"，这些彼此看似没有关联的体例方式却反映出经解思想的变化。从对经的解释，到对经传义理的纂集，再到纂集基础上的解释；从通篇注释到跳出注释进行论说；从反思提问到最后形成"经义"文献的"讲义"，这都是"体例"维度上《诗经》经注方式的逐步展开。

## 一 从"诗传"到"集解"

李公凯《直音傍训毛诗句解》和罗复《诗集传音释》属于集传体著述，对《诗经》的经文音义进行了全面疏解与注释。胡一桂《诗集传附录纂疏》属于纂集体著述，采朱子《文集》《语录》和诸儒学说附于《集传》，是为"附录""纂疏"。

梁益《诗传旁通》主要在山川地理、典章制度、天文历史等方面作出注释。俞远《梁益墓志》曰："呜呼友直，而死我前耶！我长五年，乃及未死，子遽然耶！"① 《全元文》记载："俞远，至正年间卒，年七十二"② 照此推测，俞远活了七十二岁，于元代至正年间即1341～1368年之间去世，那他大概应该生于1269～1296年之间。俞远又长梁益五岁，则梁益出生的时间大约在1274～1301年之间。又梁益至正辛巳（1341）中江浙乡试，可知当时尚在世。《元史·陆文圭传》载梁益"年五十六岁"③ 结

---

① 李修生主编《全元文》第51册，凤凰出版社，2004，第355页。
② 李修生主编《全元文》第51册，凤凰出版社，2004，第355页。
③ 《元史》卷一百九十《陆文圭传》，文渊阁《四库全书》本。

合以上材料可知，梁益生年应该至少在 1341 年向前推五十六年，也就是 1285 年，这样梁益出生时期的范围大概能缩小到 1285～1301 年，而卒年至少在 1341 年以后。梁益一生勤勉好学，博闻强识，书法和文采俱佳，虽身处清贫，但颇有风操，"生而敏慧，垂髫诵书，对置巨帙，拱手危坐，终日不变。少长，业益修，嶷然殊异，莫与为匹。明毛郑《诗》，通《春秋》，百氏之书，纵学无不观。工文辞，下笔若不经意，而根据典雅，凡郡中传记金石之文，皆出手笔。学为文者，承先生口讲指画，悉合绳检。先生不屑营家，檐无储石，而能周人穷匮。佳会召之率不往，间从伧父饮，则啸歌以为极，沾醉乃已。或讥其放而不知其才不施，而为沈冥之逃也"①。王逢在《挽梁先生》文中亦有"方期花柳陪行乐，不意蘋蘩荐豆笾。万里乾坤空老眼，半生风雨共寒毡"② 之句，由此见其好学多才，甘于清贫，不乐仕进。梁益著述有《三山稿》《诗绪余》《史传姓氏纂》《尚书补遗》《七政疑解》《诗传旁通》等，除《诗传旁通》外其余皆已亡佚。按王逢《挽梁先生》"此书通行于世"③，似乎有刊本流传，但考察当前书目著录的情形，未见元刊本。梁益受朱熹思想影响颇深。其书援引不少金履祥的说法。金履祥属于金华学派，是许谦的老师，王柏的弟子，而王柏师承于何基，何基师承于黄榦，黄榦则直接受学于朱熹。由此似乎可以推测，梁益《诗》学渊源和金华一脉接近：侧重于名物训释、历史考证、制度考辨，不拘泥于朱熹《诗集传》的经传体例。

　　《诗传旁通》共十五卷，全书的编排顺序为：卷首为翟思忠序，序后为类目，卷一至卷十四为条目训释，卷末为《叙》说。梁益注释各篇时，先列篇名，再列出需要注释的词语，然后再对所列词语进行解释。在解释词语过程中再有需要解释的则用夹注的方式处理。朱熹《集传》以阐发义理为主，对典章制度、历史名物等不甚留意，而梁益则对朱熹没有详细注释的这些方面进行了补充解释。翟思忠《诗传旁通序》曰："夫《诗》，六经中之一经也。三百篇，一言以蔽之，曰'思无邪'。六义以该之，曰风、赋、比、兴、雅、颂。盖其言之美恶，

①　李修生主编《全元文》第 51 册，凤凰出版社，2004，第 354～355 页。
②　杨镰主编《全元诗》第 59 册，中华书局，2013，第 229 页。
③　王逢：《梧溪集》卷四，文渊阁《四库全书》本。

劝焉惩焉，使人各正其性情也。自圣人删之后，分而为四：曰齐，曰鲁，曰韩，曰毛。校之三氏，独毛与经合，学者多宗之，故曰《毛诗》。由汉而唐，诸大名儒有传、有笺、有疏、有注，异焉同焉，各成一家。至于有宋，文公朱先生为之《集传》，阐圣人之微言，指学者之捷径，上以正国风，下以明人伦，岂但场屋之资而已哉？三山梁先生友直，号庸斋，撋撋于此，昧必欲闻，慒必欲解，参诸先生，问之老宿，遇有所得，手纂成帙，曰《诗传旁通》。'旁通'者。引用群经，兼辑诸说，不泥不僻，如《易》之'六爻'，发挥旁通，周流该贯也。用功懋矣，淑人多矣。呜呼！先生可谓温柔敦厚、深于《诗》之教者与！"①可见梁益《诗传旁通》"引用群经，兼辑诸说，不泥不僻"，对朱熹《集传》进行了有效补充，完善了《集传》内容。《诗传旁通叙》曰："末学梁益伏读朱《传》，昧焉多所未解，如'见尧于羹''见尧于墙''犹曰圣人之耦'之类，罔知攸出。问之老师宿儒，间有补助，得之耳闻目见，辄自笔录，久之浸繁，用纂成帙，仿缑山杜文玉（瑛）《语孟旁通》之例，目之曰《诗传旁通》。"②梁益学习《集传》过程中，如有不明白的地方往往会征问老师宿儒并且书写读书笔记。他将自己著述命名为《诗传旁通》，也是受到《语孟旁通》③的影响。所谓"旁通"就是要发挥旁通，征引补苴。如《诗集传》言"圣人之耦"，梁益则引《汉书》中刘歆论董仲舒之语，说明原由。又如《诗集传》言"见尧于羹""见尧于墙"，梁益则引《后汉书·李固传》以明出典。《诗传旁通》在名物训诂，引据出典，辨析源委等方面与陈师凯《书蔡氏传旁通》相似。陈师凯对蔡沈《书集传》进行阐发时，对蔡《传》的岐误之处没有过多讨论，主旨在发挥注文。而梁益《诗传旁通》除了对《诗集传》没有详明的地方给出解释之外，还对朱说的失误进行指正。

就注释方式而言，《诗传旁通》首要特点：不抄原文，分条列举。如《汉广》篇，《诗传旁通》注曰：

---

① 翟思忠：《诗传旁通序》，载梁益《诗传旁通》卷首，文渊阁《四库全书》本。
② 梁益：《诗传旁通》卷十五《叙》，文渊阁《四库全书》本。
③ 《语孟旁通》的作者是杜瑛，该书以注疏《论语》《孟子》为旨。

## 汉

汉水，出兴元府西县嶓冢山为漾水，东流为沔水，又东至南郑为汉水，有褒水从武功来入焉。南郑，兴元治，而兴元故汉中也。又东与文州文水会，又东过西城旬水入焉……又屈而东南过武当县，又东过顺阳县，有淯水自虢州卢氏县北来入焉，又东过中庐，有淮水自房陵淮山东流入焉，又东过襄阳南漳县荆山而为沧浪之水……又东至大别山下汉阳、鄂州二城相对之间，南与江水合流而为大江。

## 江

江水出岷山，一名渎山，一名汶阜山，今属茂州汶山县。发源不一，源亦甚微，所谓江源可以滥觞，滥之言泛也。……又东南过城都郫县，又东南过江阳，有渑水从西北来入焉……又东过巫峡，巫溪水入焉，又东过秭归，又东过夷陵，又东过宜都，又东过禹断江，又东过枝江，有沮水入焉……又东至巴陵，合于洞庭之陂，其陂有澧水西来，沅水西南来，湘水南来入焉，东至武昌汉阳大别山，与汉水合而为大江，东过浔阳，有彭蠡陂从南来入焉。

## 大堤之曲

夹漈郑氏（樵）《通志略》曰："乐府清商曲，《襄阳乐音洛》，大堤曲者，宋随王诞始为襄阳郡，元嘉末仍为雍州，夜闻诸女郎歌谣，因为之辞。古辞云：'朝发襄阳城，暮至大堤宿。大堤诸女儿，花艳惊郎目。'"后世如李太白《大堤曲》等作，皆古乐府题。

再如《汝坟》篇，《诗传旁通》注曰：

## 汝

汝水出汝州鲁山县大盂山，其地与弘农郡卢氏县接界，故许慎误谓出卢氏也。其水东南过故定陵县……又东南过上蔡，至褒信县汝口南入于淮，滍水出汝州鲁阳县尧山，东过定陵县西不羹亭，东入汝。

### 鱼劳尾赤

《养生经》："鱼劳则尾赤，人劳则发白。"①

梁益注释《诗集传》各篇时，一般先列篇名，接着列举该篇需要注释的词汇条目，然后将注释逐一叙列于后。注释若有字音和其他需要补充的地方，则用夹注的方式穿插在释文中。这种注释方式简洁明快，条例清晰，方便读者阅读。《诗传旁通》着重解释经传中出现的字词和短语。这与许谦《诗集传名物钞》相似，但又有不同。许谦不抄录经传原文，只对经传需要解释的地方给出训释，重点在义理阐发和名物解释。梁益也不抄录原文，但其训释视角侧重在经传语词和短语上。

《诗传旁通》注释的另一个特点：补充朱说，系统归纳。如《谷风》篇，《诗传旁通》对"荼"注释曰：

荼苦菜、委叶、英荼、蓷苕

荼，一曰苦菜，一曰委叶，一曰英荼，一曰蓷苕，四名而为三物。蓷，胡官切，音九。此诗之"谁谓荼苦"，《传》曰："荼，苦菜也。"《大雅·绵》之"堇荼如饴"；《唐·采苓》之"采苦采苦"皆苦菜也。《郑·出其东门》"有女如荼"，《传》曰："荼，英荼也。"《豳·鸱鸮》"予所捋荼"，《传》曰："荼，蓷苕也。"《周颂·良耜》"以薅荼蓼"，孔氏疏曰："委叶也"。

苦菜，《尔雅·释草》："荼，苦菜。"郭璞注："'谁谓荼苦'，苦菜，可食。"邢昺疏："此味苦可食之菜也，一名荼，一名苦。《本草》一名荼草，一名选，一名游冬。《易纬通卦验玄图》云：苦菜，生于寒秋，经冬历春乃成。《月令》孟夏'苦菜秀'是也。叶似苦苣而细，断之有白汁，花黄似菊，堪食，但苦耳。"

委叶，《尔雅·释草》："荼，委叶。"郭璞注："《诗》云：'以茠蓘蓼。'茠与薅同，蓘与荼同。"邢昺疏："秽草也。王肃曰：'荼，陆秽。'谓陆地芜秽之草也。舍人注《尔雅》曰：'荼，一名委叶。'"

---

① 梁益：《诗传旁通》卷一，文渊阁《四库全书》本。

英荼，孔氏疏："郑康成于《周礼·地官·掌荼》及《既夕》注与'出其东门，有女如荼'笺皆云'荼，茅秀'，然则茅草秀出之穗也。言'荼，英荼'者，《六月》诗'白旆英英'，是白貌。茅之秀者，其穗色白，言女丧服色如荼然。《吴语》说'吴王夫差《国语》中《吴语》也。夫，音扶。差，音钗。于黄池之会，陈兵以胁晋，万人为方阵，皆白常、白旗、素甲、白羽之矰，望之如荼'，韦昭云：'荼，茅秀。'亦以白色为如荼，与此《诗传》意同。女见弃，所以丧服者，王肃云：'见弃，又遭兵革之祸，故皆丧服也。'"

萑苕，孔氏疏谓："蔖之秀穗也。毛公'八月萑苇'传：'蔖为萑，葭为苇。''予所捋荼'传：'荼，萑苕也。'然则萑苕之与茅秀，其物相类，故皆名荼也。"①

梁益对《诗集传》中多次出现而解释不同的词汇都进行了归纳。以本篇为例，荼有苦菜、委叶、英荼、萑苕四种不同理解。梁益首先列举出《诗集传》中"荼"出现的篇章，分别为《大雅·绵》《唐风·采苓》《郑风·出其东门》《豳风·鸱鸮》《周颂·良耜》五篇。其中《大雅·绵》《唐风·采苓》中的"荼"皆是苦菜的意思；《郑风·出其东门》中的"荼"为英荼的意思；《豳风·鸱鸮》中的"荼"是萑苕的意思；《周颂·良耜》中的"荼"是委叶的意思。梁益接着援引毛传、孔疏以及《尔雅》《本草》《月令》等典籍对"荼"的解释一一进行叙说，以明其中的差异。这种综合归纳词义，探求词义源流的注释方式，在当时众多的《诗集传》注疏体例中并不多见。

许谦《诗集传名物钞》不完全如梁益那样专门对名物作出注释，它还涉及名物之外的经传义理的探讨；看似具有集传的特点，但与此同时又对经文进行了仔细注释，具有通释的性质。许谦年逾三十开始开门授徒，著有《读书丛说》《读四书丛说》《白云集》等。《诗集传名物钞》是其诸多代表作之一，在《诗经》学史上具有一定的学术价值。许谦虽受学王柏，但醇正过之。他研究诸经，多明古义，注重考证名物音训，足以补《集传》之阙遗。胡凤丹序曰："吾郡理学之传莫盛于宋。迨元

---

① 梁益：《诗传旁通》卷二，文渊阁《四库全书》本。

延祐中，许文懿公以讲学名于一时，而薪传赖以不坠，世所称'白云先生'是也。是书多采用陆德明《释文》及孔颖达《正义》，未尝株守一家，故名之曰'钞'……先生虽王文宪弟子，而于文宪所删《国风》三十二篇独疑而未敢遽信，正足见其是非之公。视彼硁硁然别户分门而罔知博取于人以为善者，其相去奚啻天渊耶？"① 许谦对朱熹、孔颖达等人《诗》学思想不断绍述和辩证发挥，阐释注意集解各家学说，并对名物表示了关注，在格物的同时探求诗歌的义理。

《诗集传名物钞》突出特点就是经文和传文分别注释，顺序为：篇名及篇章数，篇旨概括，经文的注释，传文的注释。在注释经文和传文的同时，有时还加入按语。比如《诗集传名物钞》卷一《甘棠》篇：

> 《甘棠》召南五：南国民思召伯。
>
> 经○鲁斋王文宪谓非《召南》诗。
>
> 召公文王时行化，此诗成王分陕后作。
>
> 传○一章，《本义》："蔽，能蔽风日，人可舍其下。芾，茂盛貌。蔽芾，乃大树之茂盛者也。"○白棠，子白。○疏："草舍，草中止舍。"《诗记》："止于其下以自蔽，犹草舍耳，非真作舍。"○二章，败，《释文》有"必迈反"，凡物自毁则如字读，毁之则必迈反。②

许谦注释诗歌一般先列篇名《甘棠》，然后是篇章数"召南五"，其后给出自己对篇章旨意简短的概括，接下来分别从经文和传文的角度，援引《本义》和《释文》对该诗作出了注释。许谦的这种注释体例清晰简洁，对读者阅读有很大帮助，显示了良好的治学素养。从注释中援引的学者来看，许谦援引较多的学者有欧阳修、严粲、朱熹、吕祖谦等，援引著述较多的有《诗缉》《语录》《诗记》《周礼》《尚书》《尔雅》《释文》等。

刘瑾《诗传通释》属于集解体著述。吕祖谦《吕氏家塾读诗记》、

---

① 胡凤丹：《诗集传名物钞序》，《金华丛书》重刻《诗集传名物钞》卷首。
② 许谦：《诗集传名物钞》卷一，文渊阁《四库全书》本。

严粲《诗辑》亦属此类。刘瑾《诗传通释》援引欧阳修《诗本义》、严粲《诗缉》、辅广《诗童子问》等典籍和诸儒的观点进行注释。《吉安府志》《四库总目》载刘瑾为安福人，杨士奇和朱彝尊界定其为安城人。陆心源《元椠诗传通释跋》曰："瑾江西安福县人，安福为汉县境，自署'安城'者，古县名也。"从这几个记载来看，刘瑾为江西安福人这一点比较确切，但其他的生平资料较为匮乏，其学术思想只能从著述中加以观照。《诗传通释》编排顺序依次为：诗集传序，诗序（朱子辨说），诗传纲领，诗传通释外纲领（引诸儒书，引用诸儒姓氏），诗传通释外纲领（诸国世次图，作诗时世图，诗源流，章句音韵，删次），正文（经文，《诗集传》，篇章数目，《序》）。在各部分需要给出注释的地方，刘瑾会用夹注的方式处理，注意集解各家学说。例如《扬之水》篇：

> 呜呼！《诗》亡而后《春秋》作，其不以此也哉！
>
> 　辅氏曰："忘亲逆理以贼人之秉彝；非法枉道以使民之劳役，此民之所以怨思也。欲其悉力致死，以报其上，难矣哉！所谓民至愚而神，于此可见先王之所以畏而敬之也。此正平王之诗，故曰：'《诗》亡然后《春秋》作'，其不以此也哉？"张南轩曰："胡文定云：'按《邶》《鄘》而下，多春秋时诗，而谓《诗》亡然后《春秋》作，何也？自《黍离》降为国风，天下无复有雅，而王者之《诗》亡。《春秋》作于隐公，适当雅亡之后。夫《黍离》所以为国风者，平王自为之也。平王忘雠，于是王者之迹熄而《诗》亡，天下贸贸焉，日趋于徇私灭理之涂，故孔子惧而作《春秋》。'"
>
> 　愚按：以上两节观之，则王迹所以熄，雅所以亡，而《春秋》所以作者，皆平王忘亲逆理而衰懦微弱之所致也欤！①

对朱传"呜呼！《诗》亡而后《春秋》作，其不以此也哉！"分别引用辅广和张栻的说法对其作了进一步补充注释，最后再给出自己的判断"以上两节观之，则王迹所以熄，雅所以亡，而《春秋》所以作者，皆

---

① 刘瑾：《诗传通释》卷四，文渊阁《四库全书》本。

平王忘亲逆理而衰懦微弱之所致也欤！"再如《出车》篇：

> 欧阳子曰："南仲为将，始驾戎车，出至于郊，则称天子之命使我来将此众，遂戒其仆夫，以趋王事之急难。"谢叠山曰："此章有尊敬王命之礼，有忧勤王事之义，有整暇勇决之才，有奔走犯难之忠。"严氏曰："一章述其前时之忠敬，以慰劳之也。"辅氏曰："前四句则所以承乎上者，严且重矣；后四句则所以饬乎下者，厉且敏矣。"①

刘瑾援引欧阳修、谢枋得、严粲、辅广的说法对朱传进行了补充注释。刘瑾解经往往广泛援引前代学者的观点，援引较多的有郑玄、孔颖达、程颐、苏辙、吕祖谦、严粲、王安石等。他还援引诸儒之书作为自己持论的依据，比如《诗本义》《诗缉》《诗传折中》《诗童子问》等。这种大量援引具有增加论据与汇集资料的作用。此种援引和利用前人学说的手法在集解体类的著述中都能看到。集解体的每个解释下面所引的论说，都是各家对同一原文所作的不同的解释。它只起到"集解"的目的，不在于创立新说。此类著述一般都会注明所援引之人的姓氏，和集注体不同。这种注重博引的做法虽有可取之处，但有时存在只是一味援引而对所引资料缺乏甄别的问题。这一点或许对后来清代的吴派经学有所影响。对材料缺乏甄别，也要看是有意疏漏，还是能力匮乏。从刘瑾对诗歌的阐释来看，并非他真的不想甄别，而是由于历史考证功力不足所致。

刘瑾在集解各家学说之后往往会给出按语。按语，是许多经学家阐释经传时给出的一种判断或评价，它能反映出学者的学术倾向，也能体现学者的学术水准。《诗传通释》"愚按"多达660个。给出按语是一种正常现象，但是大规模地给出自己判断，这在元代《诗经》学者中并不多见。例如《诗传通释》卷三：

> 《干旄》三章，章六句。

---

① 刘瑾：《诗传通释》卷九，文渊阁《四库全书》本。

此上三诗，《小序》皆以为文公时诗，盖见其列于《定中》《载驰》之间故尔，他无所考也。然卫本以淫乱无礼、不乐善道而亡其国。今破灭之余，人心危惧，正其有以惩创往事而兴起善端之时也。故其为诗如此，盖所谓"生于忧患，死于安乐"者。《小序》之言，疑亦有所本云。

愚按：卫俗淫乱无礼，不好善道，以致亡国。君臣上下，盖尝溺于三者之中而不知矣。逮其灭亡之余，惩往事而兴善念，于是淫乱者有《蝃蝀》之刺，无礼者有《相鼠》之恶，乐善道者又有《干旄》之诗，非文公之更化，何以臻此？[①]

朱熹认为"今破灭之余，人心危惧，正其有以惩创往事而兴起善端之时也"，刘瑾则进一步指出"逮其灭亡之余，惩往事而兴善念，于是淫乱者有《蝃蝀》之刺，无礼者有《相鼠》之恶，乐善道者又有《干旄》之诗，非文公之更化，何以臻此？"刘瑾所下的按语正是对朱子观点的进一步补充和完善。再如《诗传通释》卷十八：

《召旻》七章，四章章五句，三章章七句。

因其首章称旻天，卒章称召公，故谓之《召旻》，以别《小旻》也。

陈君举曰："《周南》系于周公，《召南》系于召公，岂非化之盛者，必有待乎二公也？至于风之终，系以《豳》；雅之终，系以《召旻》，岂非化之衰者，必有思乎二公也？"

愚按：此诗之次，居变雅之终，而第七章又居此诗之终，慨然有怀文武、召公之盛，以见乱极思治之理，其亦犹《下泉》之终变风欤？[②]

在朱熹和陈傅良注释的基础上刘瑾进一步指出，该诗居变雅之终，而第七章又居此诗之终，和《下泉》之终变风存在相似之处。

---

① 刘瑾：《诗传通释》卷三，文渊阁《四库全书》本。
② 刘瑾：《诗传通释》卷十八，文渊阁《四库全书》本。

　　《诗经疏义会通》由朱公迁、王逢、何英合作完成。朱公迁完成《诗经疏义》之后，王逢、何英又先后对其进行了补充注释，王逢完成的部分称为"辑录"，何英完成的部分称为"增释"。"疏义"部分对朱熹《诗集传》给予补充注释，"辑录"和"增释"部分则具有集解性质，是对朱公迁《诗经疏义》的有效增益。《诗经疏义会通》成书于至正丁亥年（1347），直到明正统甲子年（1444）才付书林叶氏刊行，其时版心标有《诗传会通》，正德本卷端题名《诗经疏义浅讲》，嘉靖本卷端题名《诗经疏义会通》，四库本卷端亦题名为《诗经疏义会通》，而《四库全书总目》则依朱公迁旧名，题为《诗经疏义》，但是朱公迁初稿实名《诗集传疏义》，也称《诗传疏义》。《诗经疏义会通》全书二十卷，编排顺序为：诗经疏义会通小序（朱子辨说、大序、小序以及据集传改定的小序），诗经疏义会通纲领，诗经大全图（思无邪图、四始图、正变风雅图、诗有六义之图、十五国风地理之图、灵台辟廱之图、皋门应门图、泮宫图、大东总星图、七月流火图、楚丘定之方中图、公刘相阴阳图、豳公《七月》风化之图、冠服图、衣裳图、佩用之图、礼器图、乐器图、杂器图、车制之图、周元戎图、秦小戎图、兵器服图等），诸国世次图，作诗时世图，正文（经、传、辑录、增释、诗章数）。

　　《诗经疏义会通》在朱子辨说、大序、小序之后又增加了根据《集传》改定的小序。这种处理方式和其他元代《诗经》学者不同。梁寅、朱倬和刘玉汝很少言及《诗序》；梁益也只是在最后一卷言及《诗序》；胡一桂、刘瑾、李公凯对《诗序》比较尊从，训释中全部援引《诗序》；许谦《诗集传名物钞》没有把所有原小序单列出来，所列《诗序》是根据《集传》改定的；但是朱公迁一方面列出小序，一方面又小心地将自己根据《集传》改定的小序附于原序之后，这种做法显示着朱公迁的《诗》学变革意识。

　　该著述附有《诗经》大全图。在这个大全图中涉及《诗经》学重要的一些问题，比如"思无邪""四始""正变风雅""诗有六义"；还涉及重要的一些名物，比如"灵台辟廱""皋门应门""兵器服"等。大量的这些图类进入朱公迁的视野，一方面显示了朱公迁广博的学术视野，一方面体现了该书"会通"的性质。《诗经疏义会通》还附有诸国世次图和作诗时世图，这两个图和刘瑾《诗传通释》所用的图一样，其出处一致。作诗时世图和诸国世次图并非刘瑾和朱公迁首创，宋代就有《六经图》，"《六经图》，宋绍兴布衣杨甲撰，乾道中抚州教授毛邦翰等补……《毛诗正变指南图》四十有七篇，首《诗篇名》，次《作诗世次》，次《周公世次》，次《召公世次》，次《卫世次》，次《齐世次》，次《曹世次》，次《陈世次》，次《晋世次》，次《秦世次》，次《宋世次》，次《族谱》，次《十五国风谱》，次《十五国地理图》，次《日居月诸图》，次《公刘相阴阳图》，次《楚丘揆日景图》，次《齐国风挈壶氏图》，次《大田雨我公田图》，次《甫田岁取十千图》，次《百夫之田》，次《万夫之田》，次《载芟藉田图》，次《时迈巡守图》，次《我将明堂图》，次《清庙闷宫图》，次《辟雍泮宫图》，次《斯干考室图》，次《秦国风小戎图》，次《商颂王畿图》，次《释草名》，次《释木名》，次《释菜名》，次《释穀名》，次《释鸟名》，次《释兽名》，次《释虫名》，次《释鱼名》，次《释马名》，次《释衣服制名》，次《释车马器名》，次《释礼乐器名》，次《兵农器名》，次《四诗传授图》"。[1] 苗昌言序曰："今是图之作，凡六籍之制度名数粲然，可一二数，使学者因是求其全书而读之，则造微诣远，兹实其指南也。若因以得于瞻睹之间，遂以为圣人之经尽在于是，则破碎分裂，不尤甚于为之华藻鑿悦者邪？其不见斥于覃思幽眇者寡矣。然则陈大夫之易图为书，不无意也，观者宜深思之。"[2] 六经图对读者有很好的启示作用。朱公迁对诸国世次图和作诗时世图给予关注，意图从整体上观照《诗经》各个篇章，于广阔的历史洪流中分析梳理《诗经》产生的过程。

　　朱公迁《诗经疏义》写成后，他的同里王逢又增加了注释，后来王逢的学生何英又进一步在原书基础上作了增释，凡是王逢补注的名为"辑录"；凡何英补注的名为"增释"。这种合作成书的方式，在元代《诗经》学中并不多见，而恰恰是这种对朱子《集传》的不断完善和增释，又进一步推进了元代《诗经》学的发展。既然是合作，就表明彼此学术思想有相通之处，但这并不意味着彼此学术思想的完全一致，忽视了这一点也就忽视了"辑录"和"增释"的意义。

---

① 朱彝尊：《经义考》卷二百四十三，文渊阁《四库全书》本。
② 杨甲：《六经图》序，文渊阁《四库全书》本。

## 二　"通释"与"论说"的成熟

如果说"纂集""集解"是对前人思想汇集的话，那"通释"与"论说"则具有了更大的灵活性与自主性，是学者学术思想由单纯传承走向独立思考的一种体现。《诗缵绪》属于通释体著述，主要对朱熹学说进行了修改和重新注释，除关注比兴手法之外，还用"古音"理论反对朱熹"叶音"学说。据刘玉汝为周霆震《石初集》所作序文，可知刘氏为江西庐陵人，至正元年中乡试。序文末题洪武癸丑（1373），可以推断他明初尚在。《诗缵绪》"诸家书目皆未著录，独《永乐大典》颇载其文。其大旨专以发明朱子《集传》，故名曰'缵绪'。体例与辅广《童子问》相近，凡《集传》中一二字之斟酌，必求其命意所在。或存此说而遗彼说，或宗主此论而兼用彼论，无不寻绎其所以然。至论比兴之例，谓有有取义之兴，有无取义之兴，有一句兴通章，有数句兴一句，有兴兼比、赋兼比之类；明用韵之法，如曰隔句为韵、连章为韵、叠句为韵、重韵为韵之类；论风雅之殊，如曰有腔调不同、有词义不同之类。于朱子比兴叶韵之说，皆能反覆体究，缕析条分，虽未必尽合诗人之旨，而于《集传》一家之学，则可谓有所阐明矣。明以来诸家《诗》解，罕引其说，则亡佚已久，今就《永乐大典》所载，依经排纂，正其脱讹，定为一十八卷。"① 这段涉及几个问题：《诗缵绪》发明朱子《集传》思想，体例与辅广《诗童子问》相近；其论比兴之例、明用韵之法、论风雅之殊方面等皆有很好的增益与发挥；《诗缵绪》根据《永乐大典》所载，依经排纂，正其脱讹，厘定为十八卷。

《诗缵绪》和《诗童子问》解经方式相似，但又具有自己的理念。刘玉汝采用通释方式解经。通释体的特点在于上下左右，贯通作解，多宗主一家之说。② 早在宋宁宗年间，随着理学的兴起，羽翼朱学的著述已经出现，《诗童子问》就是其中一部。进入元代，朱熹学术地位迅速提升，凡是希望科考顺利的都得遵循朱说。这种背景下，羽翼《诗集

① 永瑢等：《钦定四库全书总目》卷十六，文渊阁《四库全书》本。
② 郝桂敏：《宋代〈诗经〉文献研究》，第206页。

传》的著作不断增多。大家学习其解经思想，模仿其解经体例。《诗缵绪》对经传的阐释，不拘泥于一处，有对经文的理解；有对传文的阐释；有对诗文章法的剖析；有对经传存疑问题的探讨，视野广泛。其解释经传力求简约，很少拖泥带水。

该著述援引诸儒和典籍比较集中，有着较为明晰的学术倾向，援引的诸儒主要有：孔子、孟子、朱熹、吕祖谦、辅广等；援引的典籍主要有：《周礼》《礼记》《仪礼》《大学》《中庸》《孝经》《尔雅》《通典》《史记》等。从援引诸儒来看，刘玉汝受孔孟以及程朱理学思想影响较大；从援引典籍来看，刘玉汝关注四书学，注重历史考证。伴随着朱学地位的提升，四书学也跟着在元代迅速发展，并对《诗经》学的发展产生了潜在影响，主要体现在讲经方式的变化。

《诗缵绪》注意篇章之间的联系。刘玉汝解释《诗经》关注诗篇内在联系，同时又把这种联系进一步形象化。如《诗缵绪》卷二：

> 传谓《鹊巢》犹《周南》之有《关雎》，《采蘩》犹《葛覃》，《草虫》若《卷耳》。窃以此意推之，谓《采蘩》《采蘋》犹《葛覃》，《草虫》若《卷耳》，《小星》《江有汜》犹《樛木》《螽斯》，《行露》犹《桃夭》，而《甘棠》《羔羊》犹《兔罝》，《摽有梅》犹《茉苢》，《野有死麕》若《汉广》，《殷其靁》若《汝坟》，《何彼襛矣》《驺虞》若《麟趾》。盖内以是施之，则外以是应之；上以是行之，则下以是效之。故二南诸诗相似而相对，有乾统坤承之义焉。然其相似者不必真相似，相对者不必真相对，又有乾一坤二、乾纯坤杂之义焉。皆可以意观之。①

朱熹只提及《鹊巢》《关雎》《采蘩》《葛覃》《草虫》《卷耳》六首诗，而刘玉汝却将其扩大到《周南》《召南》的二十五首诗，并且引申发挥，将这些诗逐一比对起来理解，这说明经文阐释的整体意识更加明显。他把《周南》《召南》和"易"之乾坤相联系，认为《周南》和《召南》的关系就如同"易"的乾和坤。用乾坤说《诗经》"二南"，并

---

① 刘玉汝：《诗缵绪》卷二，文渊阁《四库全书》本。

非刘玉汝首创。"三家诗"之一的齐诗已经开始采用阴阳五行学说,以诗解说《易》和律历。程颐等人也关注《诗经》"二南"和《周易》的关系;朱熹的观点中同样隐含了类似的意思,只是没有清晰表达出来;王柏作《二南相配图》也在试图传达"二南"彼此之间的关联。刘玉汝则直承他们的思想,将《周南》《召南》具体篇章和"易"的乾坤相联系,使得"二南"的关系更加趋向形象化。这种对外在关联的重视,对具象的关注,说明什么?外物是内心的折射。这种心的对象化的过程,实则传达着某种微妙的信息。当义理传达开始需要借助某种形象来加以完成时,义理之学和心学之间的区分也就越发模糊了。这是否也是元末朱陆合流的某种讯息呢?

朱倬《诗经疑问》是论说体著述,以问领全篇,是元代《诗经》著述中比较特别的一部。纳兰成德序曰:"其论经义大抵发朱子《集传》之蕴,往往微启其端,而不竟其说,盖欲使学者心思自得,不欲遽告以微辞妙义也。"朱倬著述的目的在于增益朱说的同时表达自己的质疑,给读者提供一种启示性思考。"倬字孟章,建章新城人,至正二年进士,官遂安县尹。壬辰秋,寇至,吏卒逃散,倬独坐公所以待尽。及寇焚廨舍,乃赴水死。盖亦忠节之士,《元史》遗漏未载。国朝纳喇性德作是书《序》,始据《新安文献志》汪叡所作《哀辞》,为表章其始末。其书略举诗篇大旨发问,而各以所注列于下,亦有阙而不注者。刘锦文《序》称'其间有问无答者,岂真以为疑哉?在乎学者深思而自得之耳。'又称'旧本先后无序,今为之论定,使语同而旨小异者,因得以互观焉',是此本乃锦文所重编,非倬之旧。其有问无答者,或亦传写佚脱,而锦文曲为之词欤?末有赵悳《诗辨说》一卷。悳,宋宗室,举进士,入元隐居豫章东湖。其书与倬书略相类,殆后人以倬忠烈,悳高隐,其人足以相配,故合而编之欤?倬书七卷,附以悳书为八卷。朱睦㮮《授经图》、焦竑《经籍志》乃皆作六卷,疑为传写之讹。或倬原书六卷,刘锦文重编之时析为七卷,亦未可定也。"① 这段主要涉及几个问题:一是朱倬的生平。朱倬乃至正二年进士,官遂安县尹,是忠烈之人。纳兰性德《序》对朱倬的忠烈也有记载,"《哀辞》言壬辰

---

① 永瑢等:《钦定四库全书总目》卷十六,文渊阁《四库全书》本。

秋，寇由开化趋遂安，吏卒逃散，倬大书于座，有'生为元臣，死为元鬼'语，遂坐公所以待尽。寇焚廨舍，乃赴水死"。"《哀辞》言后竟无传其事者，岂非以邑小职卑，时方大乱，省臣以失陷郡邑，自饰不遑，遂掩其事而不鸣于朝邪？"① 纳兰成德对朱倬事迹不被历史记载，作了推测，表达了自己的同情。二是《诗经疑问》的注释方式。其略举诗篇大旨发问，而各以所注列于下，亦有阙而不注者。三是《诗经疑问》的编排。刘锦文指出"旧本先后无序，今为之论定，使语同而旨小异者，因得以互观焉"。其经刘锦文重新编排过，已经不是原书的情形。卷末有赵惪《诗辨说》一卷。编者将赵惪《诗辨说》和《诗经疑问》合编在一起，一方面因为二书体例意旨相类，一方面因为赵惪和朱倬气质秉性相近。

《诗经疑问》以问答统领全篇。全书七卷，内容依次为卷一，国风上。卷二，国风下，附十五国风次第。卷三，《小雅》。卷四，《大雅》。卷五，《周颂》。卷六，《鲁颂》《商颂》。卷七，总论。卷七之后为附编，附有宋人赵惪《诗辨说》。《诗经疑问》围绕106组问题展开讨论，每组问题又细分为几个小问题依次展开。赵惪《诗辨说》则围绕28组问题展开论说。如《诗经疑问》卷一：

> 十五国风终于《豳》，而朱子引吕氏说以为变风终于陈灵，何耶？
> 
> 　今按：变风终于陈灵，以时世而言也。诗自文武开基至鲁僖公，凡四百年，陈灵当夏氏之乱，乃宣公九年、十年之间，为变风之终。
> 
> 　文中子曰："夷王以下，变风不复正矣。夫子盖伤之也，故终之以《豳风》，言变风之可正也，唯周公能之，故系之以正，变而克正，危而克扶，始终不失其本，其惟周公乎？系之《豳》，远矣哉！"
> 
> 　终于《豳》者，以其变之可正，乃夫子删诗之意也。
> 
> 　正当以所录文中子问答为说。
> 
> 　谓变风之终于陈灵者，盖以时世而言，以其后之不复有诗也。
> 
> 　又按《春秋传》陈灵公于鲁宣公十一年为徵舒所弑，其后无诗。②

---

① 纳兰性德：《朱孟章诗疑问序》，载纳兰性德《通志堂集》卷十一，清康熙三十年徐乾学刻本。

② 朱倬：《诗经疑问》卷一，文渊阁《四库全书》本。

　　朱倬先提出问题"十五国风终于《豳》,而朱子引吕氏说以为变风终于陈灵,何耶?"接着给出注释"变风终于陈灵,以时世而言也。"然后援引文中子"终之以《豳风》,言变风之可正也"的说法进一步解释,并指出这"乃夫子删诗之意也"。最后再以《春秋传》"陈灵公于鲁宣公十一年为征舒所弑,其后无诗"的情形作进一步补充说明。朱倬《诗经》研究重点不在探讨朱说的内涵,而在探讨朱说生成的原因,在为朱说的成立寻求史料支撑。

　　再如《诗经疑问》卷二:

　　　　《卫风》
　　　　《淇澳》,美武公之德也;《宾之初筵》,武公饮酒悔过之诗也;《抑》,懿戒自警之诗也。《传》者谓三诗相表里,可得闻其义欤?
　　　　阙①

　　朱倬认同朱《传》"《淇奥》《宾之初筵》《抑》三诗相表里"的说法,但又希望明晓朱《传》这样表述的原因。可惜的是此问题下注释阙,这里不清楚是原来朱倬对此问题就没有给出注释,还是刘锦文重新编排时遗漏了。

## 三　"讲义"与科考

　　元代"经义"文献中有一类文献很特别,即"讲义"。这种"讲义"性质与今天的教案相似,但又存在差异,与科举考试关系密切。林泉生《明经题断诗义矜式》属于讲义体著述,主要是对《诗经》经传义理的注释,具有八股制艺的特征,针对的读者是元代科举考试的应考学生。据《福州通志》记载,林泉生有将帅材,文学才华突出,年轻时恃才自负,中晚年稍微有所转变。《明经题断诗义矜式》在《经义考》作《诗义矜式》,"泉生行状,墓志俱吴海作,平生著述只载《春秋论断》而无

---

① 　朱倬:《诗经疑问》卷二,文渊阁《四库全书》本。

《诗义矜式》一书，殆书贾所托也"。① 此判断有误。该书中国国家图书馆有元刻本十卷三册，题"进士三山林泉生清源著"。《明经题断诗义矜式》全书十卷。林泉生不是针对《诗经》所有经文进行解释，而是选取了其中92首加以分析，具体如下：

卷之一　《国风·周南》（1首）《麟之趾》；《国风·召南》（2首）《羔羊》《驺虞》；《国风·卫风》（1首）《淇奥》；《国风·豳风》（1首）《七月》

卷之二　《小雅》（18首）《鹿鸣》《皇华》《常棣》《伐木》《天保》《鱼丽》《南山有台》《蓼萧》《湛露》《彤弓》《菁菁者莪》《六月》《车攻》《吉日》《庭燎》《鹤鸣》《白驹》《楚茨》

卷之三　《小雅》（11首）《信南山》《甫田》《大田》《瞻彼洛矣》《裳裳者华》《桑扈》《頍弁》《宾之初筵》《采菽》《隰桑》《黍苗》

卷之四　《大雅》（4首）《文王》《大明》《绵》《棫朴》

卷之五　《大雅》（6首）《旱麓》《思齐》《皇矣》《灵台》《下武》《文王有声》

卷之六　《大雅》（6首）《生民》《行苇》《既醉》《假乐》《笃公刘》《泂酌》

卷之七　《大雅》（6首）《卷阿》《板》《抑》《嵩高》《烝民》《江汉》

卷之八　《周颂》（13首）《清庙》《维天之命》《维清》《烈文》《天作》《昊天有成命》《我将》《时迈》《执竞》《臣工》《振鹭》《丰年》《有瞽》

卷之九　《周颂》（14首）《潜》《雝》《载见》《武》《闵予小子》《访落》《敬之》《载芟》《良耜》《丝衣》《酌》《桓》《赉》《般》；《鲁颂》（4首）《駉》《有駜》《泮水》《閟宫》

卷之十　《商颂》（5首）《那》《烈祖》《玄鸟》《长发》《殷武》

其92篇中，《国风》5首，《小雅》29首，《大雅》22首，《周颂》27首，《鲁颂》4首，《商颂》5首。可见，林泉生选择阐释的诗歌主要集中在大小《雅》和《周颂》部分，这一点和刘贞编选的科考试卷呈现

① 朱彝尊：《经义考》卷一百十一，文渊阁《四库全书》本。

的考官出题范围相吻合。据此可以判断，《明经题断诗义矜式》和科举考试有着密切的关联，释经顺序依次为：诗篇名、诗歌主旨、诗经原文、对经文的解释。比如《麟之趾》篇：

《国风》

　《周南》

麟之趾

　　文王后妃德修于身，而子孙宗族皆化于善。

　　麟之趾，振振公子，于嗟麟兮！麟之定，振振公姓，于嗟麟兮！麟之角，振振公族，于嗟麟兮！

　　物性充满于一身者，表里相符；圣德流行于一家者，亲疏有序。诗人托兴之音，固随感而不同，叹美之词虽累发而不异也。瑞物以仁厚为性，而一身皆仁厚之著，圣人以仁厚为德，而一家皆仁厚之推，则德性之相类者，即所以为瑞也。又何知其形之异哉？诗人所以深致叹咏而不易也。趾之于子，定之于姓，角之于族，特取其音咏之谐协耳，不必强求其意义。先公子，次公姓公族，则亲疏之序也。上之麟乃麟之真者，麕身牛尾而马蹄者也。下之麟乃以人即是麟，故不具麟之形而后为瑞也。①

　　林泉生先列出朱熹《诗集传》的注释"文王后妃德修于身，而子孙宗族皆化于善"，再列出诗文原文，最后对诗文进行解释。整个阐释结构层次清楚，对经文的解释言简意赅。这种诗歌阐释方式有点像讲义体。"此体盖由先秦传体支分流衍而来，两汉今文经学家的部分经说当是此体的前身，魏晋玄学家的部分经说当是此体进一步的发展，只是在此之前不以疏体名书而已。南北朝时期，讲疏之名才正式出现，大量应用。"②此体的出现和宋代教育事业的发达有一定关系，"宋代是我国学校类型繁多，教育兴旺发达的朝代。不仅有传统的官立学校和私立学校，而且又创立了我国特有的教育机构书院；不仅重视学校教育，而且重视家庭教

---

① 林泉生：《明经题断诗义矜式》卷一，元刻本。

② 冯浩菲：《中国古籍整理体式研究》，北京图书馆出版社，1997，第209页。

育和社会教育"。①《明经题断诗义矜式》的出现与元代朱学思想的传播以及科举考试的发展有密切关系。"正文则多演义经意。因其乃为科举而设，非为讲经设，故多书生考卷之气"② 该书以讲义体的方式出现，很大程度上是为了更好服务于科举考试，便于考生更好把握诗义，利于他们有针对性地应对科举考试。

刘贞《新刊类编历举三场文选诗义》是科举考试的资料汇编。《铁琴铜剑楼藏书目录》提及"仁初又有《三场文选易义》《礼义》，皆八卷，潜研钱氏皆见过，载《日记钞》中，独未见此，而《千顷堂书目》则皆未之及。旧为邑人陈子准所藏。子准名揆，藏书甚富，著有《琴川志注》《琴川续志》《虞邑遗文》，其稿并藏余家"。陈高华与黄仁生分别对藏于日本刘贞所编的《新刊类编历举三场文选》进行了研究③。日本藏有两种刘贞所编元代科举试卷，即《新刊类编历举三场文选十集七十二卷》与《新刊类编历举三场文选·古赋八卷对策八卷》，后者为朝鲜翻刻本。④ 黄仁生认为《新刊类编历举三场文选诗义》为"元末务本书堂和勤德书堂刻本，静嘉堂文库藏"，在书卷端有刘贞"至正辛巳（1341）六月既望"撰写的"三场文选序"，全书分为十集，共七十二卷，其中丁集为诗文，凡八科记八卷，书中记有如下文字："务本书堂""类编""历举三场"。⑤ 日本藏丁集《诗义》是务本堂刻，而该书则是至正时余氏勤德堂刻本，刻有"明王道风化之本""见诗人讽咏之情"等句。⑥ 日藏本与元刻明修本当属不同版本。中国国家图书馆藏元刻明修本《新刊类编历举三场文选诗义》（八卷）⑦，该书编选了延祐元年（1314）至元统三年（1335）间，江浙、江西、湖广乡试以及其中书堂

---

① 苗春德主编《宋代教育》，河南大学出版社，1992，第67页。
② 刘毓庆：《历代诗经著述考》（先秦—元代），中华书局，2002，第376页。
③ 陈高华：《两种〈三场文选〉中所见元代科举人物名录——兼说钱大昕〈元进士考〉》，《中国社会科学院历史研究所学刊》2001年第1期；黄仁生：《元代科举文献三种发覆》，《文献》2003年第1期。
④ 张祝平、蔡燕、蒋玲：《元代科举〈诗经〉试卷档案的价值》，《中国典籍与文化》2007年第1期。
⑤ 黄仁生：《元代科举文献三种发覆》，《文献》2003年第1期。
⑥ 张祝平、蔡燕、蒋玲：《元代科举〈诗经〉试卷档案的价值》，《中国典籍与文化》2007年第1期。
⑦ 原件收藏于国家图书馆南区善本阅览室，有部分破损，字迹模糊，索书号为06688。

会试的《诗经》诗卷共 39 篇，涉及《诗经》的篇章有 20 篇，每篇详细列举了试题、考生姓名、名次、籍贯、考官批复意见以及答卷内容，是现存比较完整的《诗经》科举考试汇编材料，对全面认知元代科举考试有着重要的史料价值。

## 四　经史传统与《诗经》著述体例的经学源流

元代《诗经》学著述虽然数量不多，但是体例多样。按照郭英德的观点，体制往往是文体最外围的一个层面，它也是文本方式的构成要素之一。① 著述体例研究相对于《诗经》学而言，是一个由具体著述研究到整体宏观探讨的过程。穷尽式著述梳理，也是元代《诗经》学研究的一种有效途径。

元代《诗经》学在尊朱的背景下发展，不可避免带有共通的特性，单纯纳入发展史加以梳理，或会出现前后时期《诗经》著述研究在绍述与变革方面存在交叉的现象。著述具体完成时间、学者研究动机等，这些很难在有限材料情形下完全准确把握，最后所得结论往往带有臆断性质，会流于空疏。探究分别从纂集体、博物体、集传体、集解体、论说体、通释体、讲义体等不同著述体例入手，对《诗集传附录纂疏》《诗传旁通》《诗集传名物钞》《诗传通释》《诗经疏义会通》《诗经疑问》《诗缵绪》等著述逐一考察，进而观照元代《诗经》学的一些整体状况，比如学者的学术思想源流、《诗经》学的区域化特征等。

---

① 郭英德认为文体分类的途径有三种：第一是行为方式，第二是文本方式，第三是文章体系内的划分。文本方式的构成要素有体制、语体、功能等。作为文本方式的文体分类不仅仅可以用于对具体的篇章归属的类分，而且还可以用于对抽象的文体惯例的辨识。参见郭英德《中国古代文体学论稿》，北京大学出版社，2005，第 29 页。

# 第四章　元代《诗经》学的形成与发展：经义篇

借助体例，元代《诗经》学在"判经""疑经""疑传""改传"等方面彰显了自身的特色。由对"经"的怀疑，到对"传"的怀疑，是由内而外的展开过程，显示了学派经学观念的建立。由"疑"到"改"的转变中体现着"经史互证""经传辨析""诗序变改"等注释策略。对元代《诗经》学的义理探讨反映出元代学者注释《诗经》的困境，即朱学独尊与继续增益朱说可能性减弱的问题。元代《诗经》学者通过"窃意""愚按"等，谨慎传达他们经学实践中的态度与立场。

## 一　"判经"与"疑经"：学派经学观念之建立

对"经"的怀疑不是从元代才开始的，有着唐宋疑经的历史渊源。宋代经学发展中，疑经曾发挥了特殊作用，主要体现在：直接怀疑十三经的某些文字；改善了《尚书》《诗经》中的文王、武王、周公的形象，提升孔孟和《大学》《中庸》《孝经》地位；用儒家思想全新认识经典，诠释经籍，调整各经的地位以及相互关系①。元代学者在经学实践中不断修正自己与经典理解之间的距离，从全部遵奉朱熹学说，到开始对其思想产生质疑。

朱倬是把《诗集传》当作一个可以质疑的对象看待的，这种质疑在明辨《诗集传》所涉及的一些问题的同时又强化了人们对朱说的认知，算是以另一种方式在解读《诗集传》，也为元代《诗经》研究开辟了另一条道路。朱倬对问题的质疑主要涉及《诗经》的编排，《诗经》正变之说、词义训诂、篇章旨意探讨等问题。

《诗经疑问》中不少问题涉及诗篇编排，如《诗经疑问》卷一，朱

---

① 杨新勋：《宋代疑经研究》，中华书局，2007，第312页。

倬注释曰：

孔子删诗，十五国风次序，与季札所观、郑氏《诗谱》何以不同？

欧阳氏曰："《周南》《召南》《邶》《鄘》《卫》《王》《郑》
《齐》《豳》《秦》《魏》《唐》《陈》《桧》《曹》，此孔子未删之前
周太师诗次第也。"

季札观乐于鲁，次叙如此。

《周》《召》《邶》《鄘》《卫》《王》《郑》《齐》《魏》《唐》
《秦》《陈》《桧》《曹》《豳》，此今诗次第也。《周》《召》《邶》
《鄘》《卫》《桧》《郑》《齐》《魏》《唐》《秦》《陈》《曹》《豳》
《王》，此郑氏《诗谱》次第也。

孔氏曰："《谱》以郑因虢、桧之地而国之，先谱桧事，然后谱
郑。《王》在《豳》后者，退就《雅》《颂》，并言王世故耳。"

然孔子以《豳风》居变风之后者，合同文中子之说也。昔程元
问于文中子曰："敢问《豳风》何风也？"曰："变风也。"元曰：
"周公之际亦有变风乎？"曰："君臣相诮，其能正乎？成王终疑周
公，则风遂变矣，非周公至诚，其孰卒正之哉？"元曰："居变风之
末何也？"曰："夷王以下变风不复正矣，夫子盖伤之也，故终之以
《豳风》，言变之可正也，唯周公能之，故系之以正，变而克正，危
而克扶，始终不失其本，其惟周公乎？系之《豳》，远矣哉！"观于
文中子之言，则孔氏之说当矣。①

此段实际上涉及"十五国风"次第问题。孔子未删诗前的次第为：
《周南》《召南》《邶》《鄘》《卫》《王》《郑》《齐》《豳》《秦》《魏》
《唐》《陈》《桧》《曹》。今诗次第为：《周南》《召南》《邶》《鄘》
《卫》《王》《郑》《齐》《魏》《唐》《秦》《陈》《桧》《曹》《豳》。郑
氏诗谱次第为：《周南》《召南》《邶》《鄘》《卫》《桧》《郑》《齐》
《魏》《唐》《秦》《陈》《曹》《豳》《王》。以上可见，三种"十五国风
的次第"均存在差异，孔子认为"十五国风"终之以《豳风》，言变之

---

① 朱倬：《诗经疑问》卷一，文渊阁《四库全书》本。

可正也，唯周公能之。

再如《诗经疑问》卷一，朱倬注释曰：

> 《何彼秾矣》有"平王之孙"之语，则东迁以后诗矣，何以不系之《王风》，而系之《召南》？《七月》《鸱鸮》《东山》诸诗周公所自作，《伐柯》《九罭》等诗东人为周公作者也，何以不系之《周南》，而系之《豳风》乎？
>
> 《何彼秾矣》或是错简而见于《召南》。《周南》诸诗则皆述文王后妃之化，无缘以周公之诗置其间也。《七月》一诗周公所作，而系以《豳风》，故凡周公所自作，及东人为周公而作之诗，因以类附焉。①

朱倬认为"《何彼秾矣》或是错简而见于《召南》"。将一些诗篇的编排当成错简看待，这在《召南·草虫》篇也出现过，孔颖达认为"《仪礼》歌《召南》三篇，越《草虫》而取《采𬞟》。盖《采𬞟》旧在《草虫》之前，孔子以后简札始倒，或者《草虫》有忧心之言，故不用为常乐耳。"根据今本《毛诗》，《召南》在《采蘩》《采𬞟》之间应有《草虫》一诗。《仪礼》不引，孔颖达认为有两种可能：一是古《诗经》原本《采𬞟》在《草虫》之前。二是《草虫》诗也许不适合此场合，故不用。因此，就孔氏之言而论，现存毛本《诗经》之诗篇篇次有可能已经不是孔子删《诗》时的原貌了。照此推理，《何彼秾矣》或为错简，也不是没有可能。

《诗经疑问》不少问题涉及正变之说，如《诗经疑问》卷二：

> 变风首《邶》，或言不与卫之并小，或言本于庄姜之失位，异于《关雎》之齐家，其说孰是？
>
> 正变之说，朱子本以经无明文可考，今姑从之。若求其篇次之义，先儒有谓变风首《邶》者，不与卫之并小，所以者其首恶也，其说是矣。而严氏又以为本于庄姜之失位，乃《二南》之变，故以《邶》为变风之首，其义亦优。愚按：二说相须，其义始备。②

---

① 朱倬：《诗经疑问》卷一，文渊阁《四库全书》本。
② 朱倬：《诗经疑问》卷二，文渊阁《四库全书》本。

　　朱倬认为关于正变之说的问题，鉴于经无明文可考，自己姑且从之。他还认为"变风首《邶》"的说法主要有两个，一是先儒所言的"著其首恶"，二是严粲所言的"庄姜之失位，乃《二南》之变"。比较此二说，朱倬认为"二说相须，其义始备"。这也可见朱倬的治学思想有着理性思辨的一面。

　　《诗经疑问》涉及对字词的训诂，如《诗经疑问》卷一，朱倬注释如下：

> 　　《诗》言"之子于归"，大概指女子之嫁者而言也；《九罭》云"我觏之子"，则东人指周公而言；《裳裳者华》云"我觏之子"，则天子美诸侯之语；《车攻》所言"之子"，则指有司；《鸿雁》所言"之子"，则流民相谓之语，岂"之子"二字无分于男女贵贱欤？
>
> 　　古人质实简朴，故"之子"二字，上下男女皆通称焉，如"尔"、"女"其君之类，后人其敢用之乎？①

　　朱倬关注了《诗经》中涉及"之子"的不同训诂，在"之子于归"以及《九罭》《裳裳者华》《车攻》《鸿雁》中分别指女子、周公、诸侯、有司、流民。同样的词语，在不同的篇章中指向不同性别、不同身份、不同司职的对象，并被赋予不同理解，这也引发朱倬"'之子'二字无分于男女贵贱"的疑问与思考，并给出了自己的推测：古人质实简朴，"之子"二字，上下男女皆通称。赋予相同词语以不同意义，这个传统由来已久，比如"仁"这个词语，孔子在不同场合和语境下对其给予不同表述，衍生出人、仁者、关系、仁德、德性、克己复礼、人生境界等不同内涵。这也表明语词在社会生态中具有意义衍生的可能性与多样性，与社会习俗及观念表达关系密切。

　　《诗经疑问》大量涉及对诗歌旨意的探讨。如《诗经疑问》卷一，朱倬注释如下：

> 　　周南、召南，周、召二公之采地也。《召南》有召公之诗，《周

---

① 朱倬：《诗经疑问》卷一，文渊阁《四库全书》本。

南》何以无周公之诗欤？周公之诗何以列之《豳风》欤？且周召二公股肱周室，而《江汉》之诗曰："文武受命，召公维翰。"《召旻》之诗曰："昔先王受命，有如召公，日辟国百里。"皆独言召公而不及周公，何欤？

《周南》皆述后妃之事，而本于文王身修家齐之功，故为正始之道，王化之基。周公之诗，宜难厕于其间也。《七月》一诗，周公所作，而系之以《豳》，此周公诸诗所以类附之也。周、召二公股肱周室，诗人岂不知之？而周公，武王之弟，成王之叔父也，一家之亲可以不言，而召公之功不可以不言也。观成王以天子礼乐祀周公，非召公所有也，则周公之功可知矣。①

朱倬共存三处疑问：《召南》有召公之诗，而《周南》无周公之诗；周公之诗为何列之《豳风》；周、召同为周室重要人物，而《江汉》《召旻》等诗都只言召公而不及周公。对此疑问，朱倬都又给出了自己的解释：《周南》皆述后妃之事，周公之诗难厕其间；《七月》一诗为周公所作，而系之《豳》，这也是周公诸诗类附的原因；周公是武王的弟弟，成王的叔父，一家之亲可以不言，而召公之功不能不言。从这段注释可以看出，朱倬对《诗集传》的质疑实际上不是真正存有疑问，而是在为朱说的成立寻找合理化的原因。

再如《诗经疑问》卷二，朱倬注释曰：

陈，帝舜之后，而杞、宋，夏、商之后，皆先代子孙也。陈有风矣，而杞、宋无风，何欤？秦、楚皆远方之国，而吴则泰伯、仲雍之后也。秦有风矣，而吴、楚无风，何欤？

杞、宋无风，皆先代之后，巡狩不陈其诗者也。杞至春秋时用夷礼，而春秋薄之久矣。夫子谓杞不足征也，其以是欤？秦居西周之旧都，是以有风，吴、楚居南方之远国，断发文身之俗，僭王猾夏之邦，是以无风欤？②

---

① 朱倬：《诗经疑问》卷一，文渊阁《四库全书》本。
② 朱倬：《诗经疑问》卷二，文渊阁《四库全书》本。

朱倬对"陈有风矣，而杞、宋无风"给出的解释是"杞至春秋时用夷礼，而春秋薄之久矣。夫子谓杞不足征也，其以是欤？"他还进一步指出，秦居西周的旧都，所以有风；吴、楚居南方的远国，断发文身，习俗野蛮，所以无风。

又如《诗经疑问》卷二，朱倬注释曰：

《七月》一诗，或以《周礼·籥章》有豳诗、豳雅、豳颂，而欲三分是诗以当之，《集传》谓恐无此理，或谓本有是诗而亡之者然欤？或又谓但以《七月》全篇随事而变其音节，以为风，以为雅，以为颂，果可行欤？或又疑以《楚茨》《信南山》《甫田》《大田》为豳雅；《思文》《臣工》《噫嘻》《丰年》《载芟》《良耜》等篇为豳颂，其说是欤，非欤？敢问。

疑后说可通，故朱子于大小雅诸篇之后各言之也。①

《周礼·春官》中"籥章掌土鼓、豳籥。中春昼，击土鼓，吹豳诗，以逆暑，中秋夜迎寒，亦如之。凡国祈年于田祖，吹豳雅，击土鼓，以乐田畯。国祭蜡，则吹豳颂，击土鼓，以息老物"这段文献引发了不少"一诗三体"的讨论。朱熹认为《周礼》用豳诗、豳雅、豳颂三分《七月》没有道理，"或本有此诗而亡之"。②朱倬认为用豳风、豳雅、豳颂来指涉其他一些诗篇或许可通，但是这种"一诗三体"的观点还有待考证。三"豳"的《风》《雅》《颂》各篇分别为：《豳风》有《七月》；《豳雅》有《楚茨》《信南山》《甫田》《大田》；《豳颂》有《思文》《臣工》《噫嘻》《丰年》《载芟》《良耜》③。"《臣工》《噫嘻》，非祭祀乐歌而入于《颂》，盖颂体也。抑岂祈年祈谷之时，即其地以戒农官欤？况或以此为《豳颂》，则其列于《颂》也尤宜矣。"④"《载芟》《良耜》皆颂农功而已。然农功之有成，即神贶之所在也。若为宗庙乐歌，则

---

① 朱倬：《诗经疑问》卷二，文渊阁《四库全书》本。

② 朱倬：《诗经疑问》卷二，文渊阁《四库全书》本。

③ 郭沫若：《中国古代社会研究》，《郭沫若全集》历史编第一卷，人民出版社，1982，第111页。

④ 朱公迁：《诗经疏义会通》卷十九，文渊阁《四库全书》本。

《丰年》《载芟》'烝畀祖妣'，《良耜》'续古之人'，诗人之意尤为明白而易见。"① 至于为何只有这几篇符合《豳风》《豳雅》《豳颂》的标准？似乎鲜有学者给予探讨。

朱倬还对《大武》乐章、"九夏"等学者常讨论的问题表达了自己的质疑，如《诗经疑问》卷三，朱倬注释曰：

> 《小雅》《鱼丽》《南陔》《白华》《华黍》《由庚》《南有嘉鱼》《崇丘》《南山有台》《由仪》诸诗篇次，朱子悉依《仪礼》正之，首《南陔》，次《白华》《华黍》，次《鱼丽》《由庚》，次《南有嘉鱼》《崇丘》，次《南山有台》《由仪》。至于《周颂》之《武》，《春秋传》以为《大武》之首章，《桓》为《大武》之六章，《赉》为《大武》之三章，朱子又不依《春秋传》正之，何欤？
>
> 《仪礼》之说，明白可据，故朱子厘正之。《春秋传》之说《大武》诸章既不全，其谓武王时作者又已误，如之何而正之哉？②

朱倬认为朱子依据《仪礼》排定《小雅》《鱼丽》《南陔》《白华》《华黍》《由庚》《南有嘉鱼》《崇丘》《南山有台》《由仪》诸诗篇次，而又没有依据《春秋传》排定《大武》诸章篇次，最主要的原因有两点：《大武》诸章不全；言《大武》是武王时作的说法有误。《诗经疑问》卷五中也有对《大武》乐章的讨论：

> 《大武》三章，《春秋传》楚子之言耳，与今序次不同，夫子不之改，何欤？"耆定尔功"，楚子以为卒章，今《集传》以为首章，何欤？《酌》与《般》体制极相似，其亦《大武》之诗欤？且《南陔》以下六谱列于《小雅》，《武宿夜》乃不列于《颂》，何欤？阙。③

根据《酌》与《般》体例相似的特点，朱倬产生了"其亦《大武》

---

①　朱公迁：《诗经疏义会通》卷十九，文渊阁《四库全书》本。
②　朱倬：《诗经疑问》卷三，文渊阁《四库全书》本。
③　朱倬：《诗经疑问》卷五，文渊阁《四库全书》本。

之诗欤?"的推测。这种观点被后学不断吸纳。"明何楷《诗经世本古义》认为楚庄所言三诗之外,还应当有《酌》《般》《时迈》三诗,《酌》居《大武》'六成'第二,《般》居其四,《时迈》居其五。清魏源《诗古微》认为,三诗而外,今本《周颂》尚存《大武》中的两首诗,应居第五成的一篇已佚,今存的两首是《酌》和《般》,《酌》居第二,《般》居第四。与何楷之说略有不同。清末龚橙《诗本谊》认为,另外的三诗是《酌》《般》《维清》,《酌》居其二,《般》居其四,《维清》居其五。……以上诸家之说,除在将《大武》最后一诗定为《桓》这一点略有相似之外,其他意见可谓家家各异,而以王国维之说尤为离奇。一个特点是,王氏之前,《武》《赉》《桓》三诗的排列,依照的是《左传》载楚庄所言次序,而自王国维之后,在《大武》的顺序上,基本上断以己意,无征不信的学术法则在此失去了效力。"① 自朱熹之后,人们讨论《大武》乐章时往往直接从明何楷的观点开始谈起,而忽视了元代学者对此问题的探究。朱倬将《酌》和《般》纳入《大武》乐章体系进行观照的这种尝试无疑会对后学产生过一定的影响。

朱倬还对"九夏"之三的说法进行了质疑,如《诗经疑问》卷五:

> 《时迈》《执竞》《思文》三诗,韦昭以为即《周礼》"九夏"之三也,然则"九夏"宜皆有诗矣。六诗不见于经者,将何所考欤?《时迈》《思文》以其"有肆于时夏""陈常于时夏"之语,《执竞》一诗何以知为"九夏"之一欤?《外传》以为金奏《肆夏》《繁遏》《渠》,韦昭注云:"《肆夏》一名《繁》,《韶夏》一名《遏》,《纳夏》一名《渠》。"又与吕叔玉《繁遏》之说不合,果何所折衷欤?《周礼》周公作也。《集传》于《时迈》之下曰:"此武王之世,周公所作。"《执竞》之下曰:"此昭王以后之诗。"然则"九夏"之作,果出于周公乎?果昭王以后之诗乎?
>
> 韦昭以《时迈》《执竞》《思文》为即"九夏"之三,本无明据。自余六夏之诗不见于经者,窃意当如《大武》二章、四章、五章之例,既不经见,于何而考之哉?窃意韦昭之注,《外传》本无

---

① 李山:《诗经的文化的精神》,东方出版社,1997,第149~150页。

明文，吕叔玉之说又矛盾不合。《集传》既信《春秋传》，定《时迈》为武王之世周公所作；《执竞》为祀武王、成王、康王而作，故曰昭王以后之诗，当以此为不易之论，何以韦昭、吕叔玉之说为哉？①

《外传》以为金奏《肆夏》《繁遏》《渠》。韦昭注曰："《肆夏》一名《繁》，《韶夏》一名《遏》，《纳夏》一名《渠》，即周礼九夏之三也。"吕叔玉曰："《肆夏》，《时迈》也。《繁遏》，《执竞》也。《渠》，《思文》也。"按照《外传》、韦昭、吕叔玉的观点来看，这其中确实有相互矛盾的地方。韦昭认为九夏中的三夏《肆夏》《韶夏》《纳夏》分别名为《繁》《遏》《渠》，也就是说《繁》和《遏》是彼此独立的。而吕叔玉则又认为《肆夏》《繁遏》《渠》是《时迈》《执竞》《思文》三篇。这就产生了一个矛盾：韦昭认为《繁》《遏》为九夏之二，吕叔玉则认为《繁遏》为九夏之一。朱倬也认为"九夏"之说本无明据，其他六夏也不见于经，而且韦昭和吕叔玉的观点自相矛盾，朱子不应该援引他们的观点。根据朱公迁疏义的补释，"九夏"主要有：《王夏》《肆夏》《昭夏》《纳夏》《章夏》《齐夏》《族夏》《陔夏》《骜夏》。② 杜子春云："王出入奏《王夏》，尸出入奏《肆夏》，牲出入奏《昭夏》，四方宾来奏《纳夏》，臣有功奏《章夏》，夫人祭奏《齐夏》，族人侍奏《族夏》，客醉而出奏《陔夏》，公出入奏《骜夏》。"③ "九夏"究竟对应哪些诗篇，这个问题本身就比较复杂，情形类似对《大武》乐章的讨论。朱倬认为简化"九夏"这一问题讨论的做法就是：抛开韦昭和吕叔玉的观点，而据《春秋传》的说法，定《时迈》为武王之世周公所作；《执竞》为祀武王、成王、康王而作。且不说《春秋传》是否可信，但是抛开韦、吕的说法，至少能有效规避一些观点的自相矛盾。

朱倬在质疑中还有对朱子治学方法的探讨。如《诗经疑问》卷一：

《诗集传》于《周南》之下，谓后稷十三世孙古公亶甫始居岐

---

① 朱倬：《诗经疑问》卷五，文渊阁《四库全书》本。
② 朱公迁：《诗经疏义会通》卷十九，文渊阁《四库全书》本。
③ 朱公迁：《诗经疏义会通》卷十九，文渊阁《四库全书》本。

山之阳,《豳风》之首其说亦然,则后稷至武王十六世明矣。又谓契十四世而汤有天下,夫稷与契同时者也,契至汤四百余年已十四世,汤又六百余年而武王始兴,稷至武王乃止十六世。契之后,世代何促,而稷之后,世代何长欤?抑他有所考欤?

朱子尝辨《史记》之疑,有曰:"若以为汤与王季同世,由汤至纣凡十六传,王季至武王才再世尔,是文王以十五世之祖事十五世孙纣,武王以十四世祖而伐之,岂不甚谬戾耶?"况于《集传》中亦明言诗之文意事类可以思而得,其时世名氏则不可以强而推。今朱子从史以释经,虽有可疑,亦非凿空妄说以欺人,盖有所本矣,当阙所未详也。①

朱倬认为朱子"从史释经",虽有可疑,但也并非凿空妄说以欺人,盖有所本。从此至少能看出朱倬对朱熹"以史释经"方式的认同。《诗经疑问》从不同的角度对《诗集传》展开探讨,显示了可贵的质疑精神。朱倬的这种质疑精神或与当时吴澄等人的疑经思潮有着某种联系。

## 二 从"疑传"到"改传":"经史互证" "经传辨析""诗序变改"

如果说怀疑是重新理解的开始的话,那么改动则是一种超越经典理解之上的举动,其中包含着对传统成说的抛弃,对自我言说的自信。从"疑"到"改",很好显示了学者在接近经典时的心路历程。当然,"改经"不是盲目随便的改动,而是基于一定的历史考证,事实辨析,这其中就涉及"经史互证""经传辨析""诗序变改"等变改策略。刘瑾对《诗集传》进行补充训释的过程中注意历史考证,且不是一味地补苴和罗列,不少地方也有自己的考辨。如《诗传通释》卷二:

邶、鄘、卫,三国名,在《禹贡》冀州,西阻太行,北逾衡漳,东南跨河,以及兖州桑土之野。及商之季,而纣都焉。武王克

---

① 朱倬:《诗经疑问》卷一,文渊阁《四库全书》本。

商，分自纣城，朝歌而北谓之邶，南谓之鄘，东谓之卫，以封诸侯。邶、鄘不详其始封。卫则武王弟康叔之国也。

愚按：

> 武王作《酒诰》，戒康叔而曰："明大命于妹邦。"妹邦，即纣都。则康叔封卫，明在武王时矣。邶、鄘之地，岂其始为武庚三叔之封？至成王灭武庚，诛三监，乃复以封他国，而其后又并入于卫也欤？①

刘瑾认为武王作《酒诰》，此依据可能在于：《大盂鼎》有文武王戒酒的记载，故将《酒诰》归于武王所作；受《酒诰》开篇"王若曰"的影响。但是，这两个依据还有待再次考辨。虽然《大盂鼎》明确记载了文王、武王的戒酒举措，但是不能因此就认为《酒诰》为武王所作，因为西周后期的器物《毛公鼎》同样也有"善效乃友正，毋敢湛于酒"的记载。西周政权的戒酒政策一以贯之，而非西周前期的特殊策略。刘瑾或许只留意了《大盂鼎》的说法，而忽视了《毛公鼎》的记载。关于"王若曰"，董作宾、陈梦家、于省吾、王占奎等学者对其作出了不同解释，概括如下：1."王若曰"可以省作"王曰"或"曰"，或根本省去。2."王若曰"领起的"册命既是预先写就的，在策命时由史官授于王而王授于宣命的史官诵读之"。3."王若曰""系第三者称述之词，而非王之直接命词"。4."王若曰""有法定的重要意义"。5.在简书之中，"亦有重用'王若曰'或省为'王曰'者，似已不拘"。6.依金文之例，文献中都应只有一个"王若曰"，因此《周书》某些篇章中有两个"王若曰"是不正常的，应当改正。张怀通认为："王若曰"出现在"命"或"诰"的开头，是史官在记录王的讲话时所作的标记文字，表示王的讲话已经开始，下文所记都是实录。"王若曰"也可以省作"王曰"。"王若曰"所领的"命"或"诰"，是史官记录的王的现场讲话，人致有两种类型，一是王针对册命所作的"命"，即官命之辞，这是青铜器铭文中的大宗。二是王就国家大事、方针政策所发布的"诰"，即布政之辞。"王若曰"与"某某若曰"是商周时代在上层统治者中较为通行的

---

① 刘瑾：《诗传通释》卷二，文渊阁《四库全书》本。

文本格式。① 根据这些观点来看，"王若曰"应该属于一种文本方式，并非王所写作。这样看来，刘瑾似乎运用了历史考辨的意识，但是对相关问题的判断还不尽如人意。

再如《诗传通释》卷一《何彼秾矣》篇对"平王之孙，齐侯之子"的分析：

> 或曰：平王，即平王宜臼。齐侯，即襄公诸儿。事见《春秋》。
> 愚按：
> 《集传》疑齐侯为襄公，则所谓齐侯之子，盖指桓公小白也。庄公十一年，即庄王十四年以共姬妻桓公，庄王乃平王曾孙，未知共姬为何王之女。
> 齐襄公于庄王四年亦娶王姬。《春秋》于庄公元年书"王姬归于齐者"是也。若以为此事，则襄公是僖公子，诗中所指齐侯又当为僖公矣。未知孰是。此诗义疑，故两存之。②

朱熹认为齐侯是襄公诸儿，但是刘瑾结合《春秋》记载认为襄公是僖公子，诗中所指齐侯为僖公，其中原委没有给出确切结论，认为该诗有疑问，故而保存两种不同的说法，这些表明刘瑾虽然有历史考辨意识，但是考辨能力又显不足。

刘瑾注意引入古诗词进行注释，如《诗传通释》卷二《简兮》篇，"《楚词·湘夫人》歌曰：'沅有芷兮澧有兰，思公子兮未敢言。'《越人歌》曰：山有木兮木有枝，心悦君兮君不知。'《秋风辞》曰：'兰有秀兮菊有芳，携佳人兮不能忘。'皆与此章起兴之例同。故朱子尝曰：'知此则知兴体矣'"。这里引入《楚词》《越人歌》《秋风辞》，对朱熹"知此则知兴体"观点进行补充阐释。他还对卜筮的方法表示了兴趣，"卜筮之法，所以开物成务，定天下之吉凶，成天下之亹亹者，曾谓有淫人之渎问，而尚得无凶咎之言乎？以其犹能自疑而欲决之也，则请以《蒙》之'六三'告之，盖使此氓而知'勿用取''行不顺'之戒，此

---

① 张怀通：《"王若曰"新释》，《历史研究》2008 年第 2 期。
② 刘瑾：《诗传通释》卷一，文渊阁《四库全书》本。

女而知'不有躬，无攸利'之戒，则必各求正应，岂复至于相弃也哉？"① 如《诗传通释》卷一《行露》篇，刘瑾认为："此诗贞女乃'讼'之'初六'，强暴之男则'讼'之'九四'也。'初六'阴深，不永于讼，而'九四'以刚不中正应之贞女自守非所以召讼，而男子以强暴凌之。然曰'室家不足'，则'初六'之辨明矣；曰'亦不女从'，则'九四不克讼'矣。所以能然者，以有召伯为'九五'之大人也，然以此诗之贞女，犹《周南·汉广》之贞女也，而彼之出游，人自不犯，此虽早夜自守，而犹有强暴之讼，是又被化有远近，作诗有先后，未可遽分优劣也。"显然，"初六""九四""九五"这些都是源自《周易》的说法。"初六"本卦：臀困于株木，入于幽谷，三岁不觌。《象》曰："入于幽谷"，幽不明也。"初六"变卦：无咎。《象》曰：刚柔之际，义"无咎"也。"九四"本卦：来徐徐，困于金车，吝，有终。《象》曰："来徐徐"，志在下也。虽不当位，有与也。"九四"变卦：解而拇，朋至斯孚。《象》曰："解而拇"，未当位也。"九五"本卦：劓刖，困于赤绂，乃徐有说，利用祭祀。《象》曰："劓刖"，志未得也。"乃徐有说"，以中直也。"利用祭祀"，受福也。不难发现，刘瑾将《周易》各个卦象的含义和文本主人公相对应，生发其中的内涵。

刘玉汝《诗缵绪》对朱《传》进行了补充与辨析。

> 《传》言孙与祖同体者，同昭穆也。此诗止言宋不远耳，若义不可而不得往之意，则犹在言后，作者不必尽言，而读者自可默会。……卫有妇人之诗六人，共姜、庄姜、许穆夫人、宋桓夫人、《泉水》《竹竿》之卫女。愚谓当增《雄雉》《伯兮》为八人。②

朱熹《集传》提及卫有妇人之诗六人，朱公迁将其进一步具体化，刘玉汝在共姜、庄姜、许穆夫人、宋桓夫人、《泉水》《竹竿》之卫女外，又增加了《雄雉》《伯兮》之卫女，认为有八人。妇人之诗六人和妇人之诗八人的区别，是让什么出来接受价值判断的问题。朱熹认为的

---

① 刘瑾：《诗传通释》卷三，文渊阁《四库全书》本。
② 刘玉汝：《诗缵绪》卷四，文渊阁《四库全书》本。

妇人之诗六人，不管是失位的庄姜，还是不得归宁的许穆夫人，六人之间存在共通性：虽然身处悲伤境地，但不失节义，坚守德行。《雄雉》和《伯兮》则是从妇人的角度来赞美君子，进而抒发对君子的思念。刘玉汝将这两首诗纳入妇人之诗八人，是站在另一种角度来观照妇人的德行，是对妇人六人之诗的有效补充，使得妇人的类型更加全面，也能多层次多角度展示妇人的贤淑。

朱熹没有给出解释的地方，刘玉汝则作了进一步补充，如《芄兰》篇：

> 《传》谓此诗不知所谓，不敢强解。愚意卫人之赋此，毋亦叹卫国小学之教不讲欤？周室盛时，小学、大学之教各有所服之佩，各有所习之事，各有当行之仪，而亦各有可见之能。今卫国之童子如此，岂非小学之教不讲致然欤？而大学可知矣。盖小学成而后大学施，学校废而后风俗坏。今卫俗如此，童子又如此，岂不重可慨哉！①

朱熹认为《芄兰》不知所谓，无法强解，刘玉汝则认为是感叹小学之教不讲。刘氏的这种理解有一定道理，学校教育情况反映一个社会的整体文化状况。伴随着尊朱的潮流，元代科举考试也验证着儒家教育的成果。刘玉汝本人曾在至正年间中乡试，这些也使得他能从学校教育的角度来解读经传义理。

再如《鼓钟》篇：

> 《传》谓此诗未详，又谓不可知，姑取王氏、苏氏说，而又未敢信其必然。愚谓此诗盖诗人叹古乐之将崩也。古者嘉乐不野合，而今王以盛乐久用于淮水之上……乐以象德，亦以教德也，而古人之德使人怀之不忘，其德不回……末章备言乐舞之不乱，以见先王之乐；当此之时，其盛犹如此也，然而其兆将亡矣，其盛不久矣；而歇后不言者，盖诗人寓将崩之叹于犹盛之时，致不久之忧于久用

---

① 刘玉汝：《诗缵绪》卷四，文渊阁《四库全书》本。

之日，欲使读者默会此意于言后，且使他日有志于乐者，知世乱乐崩其来有渐，非一朝一夕之故，而于此同发永慨也。①

朱熹认为此诗未详，姑且取王氏和苏氏的说法。王氏认为，幽王鼓钟淮水之上，为流连之乐，久而忘返。闻者忧伤，而思古之君子不能忘也。苏氏认为，言幽王之不德，岂其乐非古欤？乐则是而人则非也。刘玉汝认为是诗人感叹古乐之将崩。嘉乐不野合，而这里盛乐久用于淮水之上，并非久盛之兆，以此和先王"其德不回"形成对比，传达自己"将崩之叹于犹盛之时"的旨意。刘玉汝不关注朱熹所下判断的正确与否，只在朱熹未给出判断的地方给出自己的理解。他判断的理论来源是毛传"幽王用乐不与德比，会诸侯于淮上"。吴闿生《诗义会通》"欧公疑之，以为《诗》《书》《史记》无幽王东巡之事。……后儒又引《左传》幽王为太室之盟以实之，亦不为无据"。以此可见刘玉汝经学阐释的视角更加侧重在诗歌文本意义的生发拓展，注重德行的考察，至于幽王有无鼓钟于淮水之上，则不甚关注。

除对《集传》内容进行补充，刘玉汝还辨析朱传内涵，如《桑柔》篇：

> 《传》疑此诗作于共和之后，盖以灭我为已灭也。愚谓立王指厉王，共和不可言立王，共和之后为宣王，无如此之乱。盖灭谓将灭也，《传》于丧乱、蔑资言国将危亡，则此灭为将灭，亦未尝不可。盖诗人忧之之辞也，前国泯、民烬亦然。②

刘玉汝针对朱熹所言的灭我为已灭，提出"立王"为厉王，他的理论依据就是共和时期不能言立王，而且共和之后为宣王，不应该有如此之乱，认为这里的灭是将灭的意思。类似存在辨析的篇章还有《崧高》：

> 山川灵气，降生贤俊，而岳又山之最尊者，举大岳咏贤臣。……

---

① 刘玉汝：《诗缵绪》卷十一，文渊阁《四库全书》本。
② 刘玉汝：《诗缵绪》卷十五，文渊阁《四库全书》本。

然《传》先言古人后说时人，意必有所在。窃谓当从先说，盖申、甫，四岳之裔，甫侯穆王时已作《吕刑》，此诗推本大岳所生，故先甫后申，以见申伯所出之同。盖甫侯为侯国，为王官，皆尝任蕃宣者，故特于首以甫申并言。若以为同时人，则此诗先甫后申，必甫于同姓为尊，又职任非小，何以其名不传乎？严氏以为仲山甫，然仲山甫乃字也，不当以字与国并言；又《烝民》必称仲山甫，未有以甫之一字称仲山甫者，其说不通矣。然其必以甫申并言者，盖作诗咏人之法，有发端以二人同姓或齐名或同德者引起，至下却转入本人而专言之，如《下武》首章并言文武，下文却从三后转入武王，作诗起语之体有如此者，作文亦然。①

《传》先言古人后说时人有所意必；刘玉汝认为当从先说，先甫后申，以见申伯所出之同；严氏以为是仲山甫的说法有待商榷，仲山甫是字，不应该将字与国并提；以甫申并言，是作诗咏人的一种方法。以二人同姓或齐名或同德引起，转入本人而专言之，如《下武》首章并言文武，下文从三后转入武王，这也是一种作诗起语的体式。刘玉汝不仅补充了朱熹《集传》的内涵，还对严氏的说法提出了质疑，最后给出自己的判断，认为甫申并提是一种作诗起语的体式。

梁益《诗传旁通》虽然以继承朱子思想为前提，但其中也不乏自己的一些认知，比如对《诗序》问题的讨论、对诗"六义"的看法等。首先，关于《诗序》问题的讨论。《诗传旁通叙》曰：

> 辨《诗序》之作，引《后汉书·儒林传》，以为卫宏作《毛诗序》，今传于世，则《序》乃宏作明矣。按：《汉书》："初，谢曼卿善《毛诗》，乃为其训。宏从曼卿受学，因作《毛诗序》，善得风雅之旨。"朱子"《序》乃宏作"之言，盖实其说也。②

《诗序》从汉代开始就分为《大序》和《小序》，郑玄认为《大序》

---

① 刘玉汝：《诗缵绪》卷十六，文渊阁《四库全书》本。
② 梁益：《诗传旁通》卷十五《叙说》，文渊阁《四库全书》本。

是子夏作，《小序》是子夏、毛公合作。范晔《后汉书》提出《诗序》
是东汉初的卫宏所作。《隋书》认为《诗序》是子夏创，毛公、卫宏对
其进行了增益。韩愈认为子夏不序《诗》。宋代王安石认为《诗序》为
诗人自作。程颐认为《小序》是国史旧文，《大序》出于孔子。郑樵则
认为《诗序》为村野妄人所作。从朱熹到后来的清代的姚际恒、崔述、
魏源、皮锡瑞等学者，都持卫宏作《诗序》之说。这些对《诗序》作者
的争辩虽然立场分殊，但是包括梁益在内的大多数学者还是认同《诗
序》是卫宏所作。梁益对《诗序》存废过程进行了梳理：

> 《诗》之一经，有传、有笺、有疏。疏一名正义。出于毛苌氏者
> 谓之传，出于郑玄氏者谓之笺。传之为言训也，训释其书也。凡书
> 非正经者谓之传。笺之为言荐也，主于荐成《毛传》之意也。……
> 取毛氏诂训所不尽及异同者笺之，当时学者尊信康成，故《毛传》
> 得《郑笺》而盛行。……至唐孔颖达氏取《毛传》《郑笺》而疏之，
> 谓之《正义》，《诗》之制度名物于是大备。然其训说皆不敢背乎
> 《小序》，未有舍《序》而自为之说者。惟宋欧阳公、王荆公诸先生
> 出，卓然有见，高视千古之上，舍《序》舍《传》而研究经旨，理
> 明义精，挚然允当。如唐之啖助、赵匡、陆淳舍《传》言《春秋》，
> 非寻常识见所及。……迨晦庵朱子而大定矣。……
>
> 《小序》先自合为一编，后乃各引以超冠篇端，今复并为一编，
> 缀于经后，以还其旧，因以论其得失。此朱子去《序》言诗之本意
> 也。去《序》言诗，雪山王氏质、夹漈郑氏樵已有其法，朱子盖
> 取之。①

梁益认为"去《序》言诗，雪山王氏质、夹漈郑氏樵已有其法，朱
子盖取之"。实际上，对《诗序》的质疑从唐代刘知几等人已经开始，
他们主张舍《传》求《经》，这也成为了宋代疑经的先声。"自唐以来，
说《诗》者莫敢议毛、郑，虽老师宿儒，亦谨守《小序》，至宋而新义

---

① 梁益：《诗传旁通》卷十五《叙说》，文渊阁《四库全书》本。

日增，旧说几废，推原所始，实发于修。"① 北宋欧阳修、程颐等人对《诗序》中的错误提出了一些新的见解，并对《诗序》中的《小序》表示了质疑。欧阳修《诗本义》明确指出"《序》之所述，乃非诗人作《诗》之本意，是太史编《诗》假设之义也。毛、郑遂执《序》意以解《诗》，是以太史假设之义解诗人之本意，宜其失之远也"。② 南宋郑樵等人进一步发挥了这种思想，提出全面废除《诗序》的主张。朱熹对《诗序》的质疑也源自郑樵。朱熹曾说过，"《诗序》实不足信。向见郑仲樵有《诗辨妄》，力抵《诗序》，其间言语太甚，以为皆是村野妄人所作。始亦疑之，后来仔细看一两篇，因质之《史记》《国语》，然后知《诗序》之果不足信。因是看《行苇》《宾之初筵》《抑》数篇，《序》与《诗》全不相似"。这已经能看出朱熹对《诗序》的怀疑。朱子认为《小序》存在五个方面失误：以先秦具有政治功利性的"断章取义""诗以合意"等情形的"引诗""赋诗"说《诗》；以孔子"思无邪""温柔敦厚"之"诗教"说《诗》；以孟子"以意逆志"之"读者之意"说《诗》；按照"以诗证史"的历史文献学方式说《诗》；以"美刺"之社会功能说《诗》等。③ 梁益赞成去《序》言诗，反对《诗序》过分附会诗歌，但又认为《大序》以及部分《小序》对诗旨的诠释存在合理之处。

《诗传旁通叙》通过《周南·关雎》《召南·鹊巢》《召南·驺虞》《邶风·新台》《邶风·二子乘舟》《小雅·鹿鸣》《小雅·天保》几篇，对《诗序》的问题进行了讨论。如《诗传旁通叙》对于《周南·关雎》曰：

> 后妃，文王未尝称王，太姒亦未尝称后。《序》乃后人所作，不害为追称之辞。身修故国家天下治，取南丰曾氏说。……有《关雎》《麟趾》之意然后可以行《周官》之法度，此程伯子明道先生之语。《关雎》《麟趾》，仁厚之意，《周官》法度，周公六典，太平之书。④

---

① 永瑢等：《钦定四库全书总目》卷十六，文渊阁《四库全书》本。
② 欧阳修：《诗本义》卷一，文渊阁《四库全书》本。
③ 邹其昌：《朱熹诗经诠释学美学研究》，商务印书馆，2004，第27页。
④ 梁益：《诗传旁通》卷十五《叙说》，文渊阁《四库全书》本。

《关雎》这首诗，《诗序》曰："后妃之德也"，《传》《笺》承其说，但没有指明后妃为何人。朱熹《诗集传》曰："女者，未嫁之称，盖指文王之妃太姒为处子时而言也。君子，则指文王也。……周之文王，生有圣德，又得圣女姒氏以为之配。宫中之人，于其始至，见其有幽闲贞静之德，故作是诗。"欧阳修《诗本义》曰："二南之作，当纣之中世，而文王之初，是文王受命之前也。世人多谓受命之前，则大姒不得有后妃之号。夫后妃之号，非诗人之言。"① 梁益则认为"文王未尝称王，太姒亦未尝称后"。以上可见梁益和欧阳修的观点一致，认为二南之作应该在文王受命之前，既是文王受命之前，则太姒就不能有后妃之号，《关雎》所说的后妃或许是泛指，而并不是专指太姒一人。

梁益还认为"《关雎》《麟趾》，仁厚之意"。这一观点实际上和《诗序》相近。《诗序》曰："《麟之趾》，《关雎》之应也。"梁益肯定《周南》诗中蕴含伦理教化意义。"二南"历来被认为是《诗经》中地位特殊的篇章。孔子认为，对"二南"的阐释以及理解，对我们的社会和人生意义重大，究其原因，有以下几点：家庭和谐之基；国家稳定之本；礼仪教化之源。② 梁益在《诗传旁通叙》中也有阐发，"《召南·鹊巢》，诸侯蒙化成德，其道亦始于家人，即《周南·关雎》身修而国家治之意"。可见德行往往和国家稳定密切相关。

《毛诗序》认为《诗》能反映国家政治上的得失，所以也有所谓的"四始"说。"四始"的说法起于编《诗经》之后。鲁、韩、齐、毛《诗》四家皆有"四始说"。四家的"四始说"如下：《鲁诗》"四始说"见于《史记》。《史记·孔子世家》曰："《关雎》之乱以为风始，《鹿鸣》为小雅始，《文王》为大雅始，《清庙》为颂始。"《韩诗》"四始说"在《诗古微》中有所提及，"《韩诗》以《周南》十一篇为风之始，《小雅·鹿鸣》十六篇、《大雅·文王》十四篇为《二雅》之正始，《周颂》当亦以周公述文武诸乐章为《颂》之始"。《齐诗》"四始说"见于《诗纬·泛历枢》："《大明》在亥，水始也；《四牡》在寅，木始也；《嘉鱼》在巳，火始也；《鸿雁》在申，金始也。"《毛诗》"四始说"就

---

① 欧阳修：《诗本义》卷十五，文渊阁《四库全书》本。
② 曹继华：《"二南"为何在孔子心目中如此重要？》，《现代语文（文学研究）》2010年第2期。

是指《风》《小雅》《大雅》《颂》四部分。梁益《诗传旁通叙》曰：

　　　　《史记》曰："《关雎》之乱，以为风始。《鹿鸣》为小雅始，
　　《文王》为大雅始，《清庙》为颂始。"《大序》所谓"是谓四始，
　　诗之至也"为毛氏之学者宗之。而齐后苍为《齐诗》，鲁申公为
　　《鲁诗》，燕韩婴为《韩诗》，此三家者皆以《关雎》为康王政衰之
　　刺诗，故有"本诸衽席而《关雎》作"之说。扬雄谓周康之时《关
　　雎》作，习治也，习治则伤始乱也。《杜钦传》曰："佩玉宴鸣，
　　《关雎》叹之。"臣瓒曰："此《鲁诗》说也。"后汉明帝诏曰："昔
　　应门失守，《关雎》刺世。"薛汉《韩诗章句》曰："今内倾于色，
　　故咏《关雎》，记淑女以刺时。"鲁、韩之说大抵皆然。①

　　梁益赞同《鲁诗》"四始"说。宗《毛诗》的认为《关雎》是歌咏
文王教化之功的，而《齐》《鲁》《韩》三家诗则认为《关雎》是刺康
王政衰时的诗歌。其实不只是《齐》《鲁》《韩》三家，司马迁在《史
记·十二诸侯年表》中就记录了这种观点："周道缺，诗人本之衽席，
《关雎》作。"王充《论衡·谢短》引汉代经师之说"周衰而《诗》作，
盖康王时也，康王德缺于房，大臣刺晏，故《诗》作"。《毛诗序》：
"《关雎》，后妃之德也。《风》之始也，所以风天下正夫妇也。故用之乡
人焉，用之邦国焉。"这里《诗》是被当作乐章看待的。所以梁益引
《仪礼·乡饮酒》《仪礼·燕礼》等篇言《关雎》为周人用合乡乐，以作
房中之乐，妇人后妃以喻君子之诗，故谓房中之乐。他还进一步辨析
《齐》《鲁》《韩》三家言《关雎》是刺诗的说法，认为这种说法不是诗
的本义。
　　《诗传旁通》还有对诗"六义"的探讨，比如卷一，"赋、比、兴
者，作诗之体；风、雅、颂者，作诗之名。诗有六义，三经而三纬之。
风、雅、颂为经，赋、比、兴为纬。三纬之中，又复错综焉，如兴而比，
赋而兴之类。六义之旨，粲然明矣"。② "六义"这一概念最初被称为

────────────

① 梁益：《诗传旁通》卷十五《叙说》，文渊阁《四库全书》本。
② 梁益：《诗传旁通》卷一，文渊阁《四库全书》本。

"六诗"，"教六诗：曰风，曰赋，曰比，曰兴，曰雅，曰颂。注：'教，教瞽矇也。风，言贤圣治道之遗化也。赋之言辅，直铺陈今之政教善恶。比，见今之失，不敢斥言，取比类以言之。兴，见今之美，嫌于媚谀，取善事以喻劝之。雅，正也，言今之正者，以为后世法。颂之言诵也，容也，诵今之德，广以美之。'"①"《周礼》所谓'六诗'中的赋、比、兴，是作为用诗方法提出来的……汉儒沿袭用诗方法说诗，使赋、比、兴逐渐变为表现方法，开启了后人对《诗经》表现方法的研究。"②《毛诗序》所谓的"六义"即指此而言。《毛诗序》曰：

> 《诗》有六义焉：一曰风，二曰赋，三曰比，四曰兴，五曰雅，六曰颂。上以风化下，下以风刺上，主文而谲谏，言之者无罪，闻之者足以戒，故曰风。至于王道衰，礼义废，政教失，国异政，家殊俗，而变风、变雅作矣。国史明乎得失之迹，伤人伦之废，哀刑政之苛，吟咏性情，以风其上，达于事变，而怀其旧俗也。故变风，发乎情，止乎礼义。发乎情，民之性也，止乎礼义，先王之泽也。是以一国之事，系一人之本，谓之风。言天下之事，形四方之风，谓之雅。雅者，正也，言王政之所由废兴也。政有小大，故有《小雅》焉，有《大雅》焉。颂者，美盛德之形容，以其成功，告于神明者也。③

《毛诗序》所谓的"《诗》有六义"实际上是指诗有六体，即风、赋、比、兴、雅、颂，但是并没有对赋、比、兴进一步解释。孔颖达《毛诗正义》"风、雅、颂者，《诗》体之异体；赋、比、兴者，《诗》文之异辞耳。大小不同，而得并为六义者，赋、比、兴是《诗》之所用，风、雅、颂是《诗》之成形，用彼三事成此三事，是故同称为义，非别有篇卷也"，实际上已经明确了赋、比、兴是艺术手法，而风、雅、颂是《诗》的分类这一观点。

---

① 贾公彦：《周礼注疏》卷二十三，文渊阁《四库全书》本。
② 鲁洪生：《从赋、比、兴产生的时代背景看其本义》，《中国社会科学》1993年第3期。
③ 毛亨传，郑玄笺，陆德明音义，孔祥军点校《毛诗传笺》卷一，中华书局，2018，第1~2页。

　　梁益从诗歌体用的角度，对诗"六义"之间的关联进行了解释："诗有六义，三经而三纬之。风、雅、颂为经；赋、比、兴为纬。"用三经、三纬说《诗》"六义"实际上从汉代已经开始，只不过宋代将其作了进一步发挥，元代则承袭了这种说法。"'三经'是赋、比、兴，是做诗底骨子……盖不是赋，便是比；不是比，便是兴。如《风》《雅》《颂》却是里面横弗底，都有赋、比、兴，故谓之'三纬'"。① 又曰："盖所谓'六义'者，《风》《雅》《颂》乃是乐章之腔调，如言仲吕调、大石调、越调之类；至比、兴、赋又别：直指其名，叙其事者，赋也；本要言其事，而虚用两句钓起，因而接续去之者，兴也；引物为况者，比也。立此六义，非特使人知其声音之所当，又欲使歌者知作诗之法度也。"② 辅广《诗童子问》曰："风、雅、颂者，三百篇之节奏，实统于是而无所遗，故曰纲领。赋、比、兴者，三百篇之体制，实出于是而不能外，故曰管辖。"③ 又曰："声音之节，谓风、雅，颂；制作之体，谓赋、比、兴。三经谓风、雅、颂之体，一定也；三纬谓赋、比、兴之用，不一也。"④ 刘瑾《诗传通释》进一步指出："诗有六义，如网之有纲，如衣之有领，如车之有管、有辖。管与錧、輨同，车毂端铁也。辖与鎋、辖同，车轴头铁也。四者皆机要之所在也。然纲领之用在网与衣之上，则风、雅、颂之比也；管辖之用在车之中，则赋、比、兴之譬也。"⑤ 又曰"声音之节，非风则雅，非雅则颂，其在当时，固可吟咏以得其节奏。制作之体，非赋则比，非比则兴，其在今日，犹可吟咏以得其指归。盖古今之作者、教者、学者，皆不能外夫六义也。"⑥ 梁益则直接引申总括这些观点为"风、雅、颂为经；赋、比、兴为纬"。朱熹将风、雅、颂及赋、比、兴从音乐性质以及表现手法区分为两组，⑦ 廓清了《毛诗序》对"六义"所作的过多附会和牵连。朱子言诗歌"盖不是赋，便是比；不是比，便是兴"，显示出赋、比、兴作为诗歌创作方法的普遍适用性。

①　黎靖德编，王星贤点校《朱子语类》卷八十，中华书局，1986，第2070页。
②　黎靖德编，王星贤点校《朱子语类》卷八十，第2067页。
③　辅广：《诗童子问·诗传纲领》，文渊阁《四库全书》本。
④　辅广：《诗童子问·诗传纲领》，文渊阁《四库全书》本。
⑤　刘瑾：《诗传通释·诗传纲领》，文渊阁《四库全书》本。
⑥　刘瑾：《诗传通释·诗传纲领》，文渊阁《四库全书》本。
⑦　冯浩菲：《六义两分论》，载《历代诗经论说述评》，中华书局，2003，第53~58页。

朱子的这种诠释，相对于汉儒不离政治教化说《诗》而言，是一种重大突破。梁益则继承了朱子的这一观念，认为"赋、比、兴者，作诗之体；风、雅、颂者，作诗之名。……风、雅、颂为经；赋、比、兴为纬"，进一步凸显了诗歌的艺术性质，揭示了诗歌的创作手法。

梁益主张去《序》言诗，反对《诗序》对诗歌的过多附会，但反对的同时，仍然对《大序》及部分《小序》给予了肯定，这也显示出他不死守门户的学术思想。对三经、三纬的认知显示其对前人学术思想的继承和发挥。梁益对"音韵"问题也有提及，"诗之音则后魏太常刘芳有《毛诗音证》，梁徐邈等有《毛诗音》。后徐氏音亡，而陆德明之音所引多本于徐氏。德明，名元朗，以字行。德明，吴人，故多吴音"。① 梁益认为陆德明之音多源于徐邈，多为吴音。

梁益对一些文献资料的记载表示了质疑。如《棫朴》篇，《诗传旁通》对《集传》"文王九十七乃终"进行了注释：

文王九十七乃终

《文王世子》篇："文王谓武王曰：'女音汝何梦矣？'武王对曰：'梦帝与我九龄。'文王曰：'女以为何也？'武王曰：'西方有九国焉，君王其终抚诸？'文王曰：'非也。古者谓年龄，齿亦龄也。我百尔九十，吾与尔三焉。'文王九十七乃终，武王九十三而终。"文王未尝称王，武王曷为称父君王？此记《礼》者之误。②

以"文王未尝称王，武王却称父君王"来说明记《礼》者的失误，这种判断从前提和结论的关系角度讲是成立的，但问题是"文王未尝称王"这个前提本身就存在争议，所以最后得出的结论就未必准确。关于周文王生前是否称王，此前主要有两种观点：一是认为周文王晚年已经称王，如《史记·周本纪》就是这样记述的；二是认为周文王没有称王，唐代以后这种观点逐渐占上风。有学者根据清华大学藏战国简《保训》篇相关资料，③ 又提出新的观点，认为《保训》作为周文王临终前

①　梁益：《诗传旁通》卷十五《叙说》，文渊阁《四库全书》本。

②　梁益：《诗传旁通》卷十，文渊阁《四库全书》本。

③　刘国忠：《〈保训〉与周文王称王》，《光明日报》2009 年 4 月 27 日。

给姬发留下的遗嘱，其中"惟王五十年"一语表明周文王自即位起就已
经称王了。① 当然还有一些学者认为称文王为君王是一种追称。"文王是
否称王"这一问题的讨论目前还在继续，从梁益的判断角度来看，显然
他赞同"周文王没有称王"的观点，所以他认为"此记《礼》者之误"。
这反映出梁益细致的治学态度和勇于质疑的学术精神，但对问题预设前
提把握的不足，又使他的立论经不起严格的推敲，暴露出考据功力的
薄弱。

再如《绵》篇，《诗传旁通》对"皋门""应门"注释曰：

> 皋门、应门、五门，三门之说，胡庭芳《诗纂》甚明，此不再
> 述。越上一朋友尝与益言《诗传集成》非胡氏书，益亦无以质其真
> 伪。一日检故书，中有鄱阳李养吾谨思送胡庭芳《入闽序》，言庭芳
> 再入闽而《诗纂》成，而《序》作于延祐甲寅之前二十余年，则今
> 日之《诗传附录纂疏》不可谓非其书也。②

梁益对《诗集传附录纂疏》真伪问题进行了梳理：此前有朋友提到
过《诗传集成》非胡氏书，虽然自己也有怀疑，但是没有史料作为判断
支撑；鄱阳李养吾送胡一桂《入闽序》提到胡一桂再次入闽才写成《诗
集传附录纂疏》。《入闽序》作于延祐甲寅之前二十余年，《诗集传附录
纂疏》为泰定丁卯（1327）年间刊刻，但这不代表直到这个时候胡一桂
才完成写作。元代不少学者完成著述的时间和最后刊刻的时间往往不一
致，就像朱公迁《诗经疏义会通》虽然成书于至正丁亥年，但是直到明
正统甲子年才付书林叶氏刊行。

对一个作品的考察需要注意两点：作品的关注点在哪里；它是以怎
样的方式呈现出这些关注点的。《诗经疏义会通》关注什么？从朱公迁
所援引的文献典籍和诸家学说中，或许能获得一些答案。朱公迁主要援
引的典籍有《史记》《汉书》《诗童子问》等，主要援引的诸儒有孔氏、
欧阳氏、程子、陈氏、辅氏等。从援引的典籍看，他注重历史的观照

---

① 参见于振波、车今花：《关于周文王的即位与称王——读清华简〈保训〉札记》，《湖
　南大学学报（社会科学版）》2011 年第 2 期。
② 梁益：《诗传旁通》卷十，文渊阁《四库全书》本。

方式，这从该书编排体例中的"诸国世次图"和"作诗时世图"就可以看到。从援引的诸儒来看，其注重向欧阳修、辅广等学习。

欧阳修是宋代极具革新精神的学者，其《诗本义》的出现为宋代《诗经》学的发展开辟了另一条道路。他在诗文创作方面主张复古革新。自唐以来，说诗者不敢对毛、郑学说提出异议，直到宋代开始破旧立新，而此情形则从欧阳修开始。"或问：诗之序卜商作乎？卫宏作乎？非二人之作，则作者其谁乎？应之曰：《书》《春秋》皆有序，而著其名氏，故可知其作者，《诗》之序不著其名氏，安得而知之乎？虽然，非子夏之作则可以知也。曰：何以知之？应之曰：子夏亲受学于孔子，宜其得诗之大旨，其言风雅有变正，而论《关雎》《鹊巢》系之周公、召公，使子夏而序诗，不为此言也。"① 欧阳修的这种质疑态度基于文学革新精神，更基于其宏阔的历史视野。其对《诗序》的质疑并非没有来由，他往往根据历史事实，对一些问题进行辩驳。如《豳风·鸱鸮》，郑玄认为武王崩后三年，周公将要摄政，管叔、蔡叔散布流言，说公将不利于成王，周公于是避居东都二年，成王多得周公官属而诛之，故周公作此诗救成王之乱。欧阳修根据《尚书·金縢》，认为武王崩，成王幼小，周公摄政，管蔡疑其不利于幼君，遂有流言，周公乃东征而诛之。欧阳修在《诗本义》卷五《鸱鸮》篇曰："周公诛管、蔡，前世说者多同，而成王诛周公官属，六经诸史皆无之，可知其臆说也。"② 这也表明其怀疑精神的资料支撑来源于历史。

辅广是朱熹重要的弟子，主要继承朱熹《诗集传》的诗学思想，注重从文学角度说诗。他的学术影响力在百花盛放的宋代《诗经》学领域似乎不显突出，但是进入元代，随着朱学地位的提升，以及元至正年间《诗童子问》在当时社会的刊刻流传，辅广的学术思想逐步被更多的《诗经》学者关注并加以学习，朱公迁对辅广学术思想的接受也正是基于这样的文化背景。朱公迁对欧阳修和辅广学术思想认同和学习的过程，实则是其自身《诗经》学观念形成的过程。欧阳修和辅广虽然诗学观念不完全相同，但是存在相似的地方，即回到诗歌本身。

---

① 欧阳修：《诗本义》卷十四《序问》，文渊阁《四库全书》本。
② 欧阳修：《诗本义》卷五，文渊阁《四库全书》本。

《诗经》学的发展经历了从先秦礼仪诗学，到汉代经学诗学，到唐代注疏诗学，再到宋代义理诗学的漫长过程。如何回到诗歌本身去解读？如何在诗歌中感受诗歌原初的情致和风韵？欧阳修和辅广等《诗经》学者用他们自身的《诗经》学实践给出了最好的阐释。从欧阳修发"诗本义"先端，到朱熹主张"以诗说诗""讽诵涵咏"，再到辅广倾向品鉴诗歌，《诗经》学的阐释越来越关注诗歌生成的历史土壤和艺术方法。

　　朱公迁对诗《小序》的修定，是其《诗》学观念的重要表现方式。《诗经》大小《序》从产生之日起，就伴随着对它无休止的争论。其中规模和影响力最大的要算宋代尊序和反序的争论。欧阳修首先开启疑序先声，程颐则认为"学《诗》必须求《序》"。继欧阳修而起的反《序》的先锋是郑樵，他在《诗辨妄》中提倡"声歌之说"，反对《诗序》。在南宋初年，和郑樵反《序》观念相对的是严格尊从《序》说的范处义，其《诗补传》明确表示："《补传》之作，以《诗序》为据，兼取诸家之长。"范处义和郑樵之后，吕祖谦和朱熹的争论，是宋代《诗序》论争最有影响力的一次。"二程反对欧阳修、苏辙等怀疑《诗序》之说，范处义反对郑樵攻《序》之论，都没指明对方，只是有针对性地表示了不同看法而已。朱吕之争却不然，不仅争论的深度和广度都超过前此两次，而且双方书信往还，都是直接争议此事，又在各自的著作中，点明主题，加以辩论，当然这种辩论甚至责难也都是属于学术讨论性质的。"[①]实际上，宋代的这种《诗序》之辩，根本目的不是要争出什么高下，而是在更深广的层面上探讨诗歌的旨意。元代学者对《诗序》的热情并未消减，只是褪去了那种你来我往的激情辩驳，走向更深层次的《诗序》体认。对《诗序》的尊与不尊，他们不会用言语直接传达，而是通过对朱熹《诗集传》的增释，通过对诗歌旨意的冷静展示从容实现。

　　朱公迁全面罗列《诗序》的同时，又根据朱子《集传》内容对部分《诗序》进行了改定，这一举动很值得玩味。在尊从的同时，又表现出了一种渴望超越的意愿，这或许也是元代学者在《诗经》阐释过程中表

---

① 洪湛侯：《诗经学史》（上），中华书局，2002，第331页。

现出来的纠结与困惑。一个学术思想高度统一的时期，文化精神如何延展？变与不变之间如何保持平衡？"变化到底起于甚么呢？变化是起于对立。有轻重的对立故有动摇，有强弱的对立故有竞争，有智慧的对立故有诈乱。要想没有诈乱，就要使天下的人无智无愚，更换句话说，便是不许有超过水平线上的智者。要使没有竞争，便要使无强无弱，也就是要使天下的人不许有超过水平线上的强者。要想没有动摇，那就只好使两端的轻重适得其中。"① 朱学独尊的元代，如何在不冒犯朱学神圣地位的同时，保有自己的学术判断，这也是更多的学者面对的挑战。朱公迁对《诗序》的尊从既不同于完全尊《序》的一派，也不同于苏辙等人的取《小序》首句的"半尊《序》"一派，而是完全根据《集传》内容进行改定。这一做法在宋代少见，但在元代似乎并非朱公迁首创。许谦也对《诗序》进行必要的改造，而且标注出"异"字，以示与《诗序》的差异。朱公迁对《诗序》的这种处理方式和许谦接近，是出于偶然巧合，还是内在学术思想上的相互借鉴？针对朱熹《诗序辨说》明确提出存在"序误""序非"的诗篇进行粗略统计，竟然惊异发现：凡是朱子标明《序》说存在失误的篇章，朱公迁都对其进行了修定，而且其修定的内容竟然和许谦《诗集传名物钞》所列《诗序》惊人相似。具体情形详见表1。

表1　《诗序》、朱公迁据集传改的《序》、许谦改定的《序》对照

| | 《诗经》篇名 | 《诗序》 | 朱公迁根据集传改的《序》 | 许谦改定的《序》 | 朱、许《序》同异比较 |
|---|---|---|---|---|---|
| 1 | 《考槃》 | 刺庄公也。不能继先公之业，使贤者退而穷处。 | 美隐处也。贤者隐处而乐其乐，诗人述而美之。 | 诗人美贤者。 | 微异 |
| 2 | 《君子于役》 | 刺平王也。君子行役无期度，大夫思其危难以风焉。 | 妇人思君子也。 | 大夫妻思其君子。<br>异 | 相同 |

① 郭沫若：《中国古代社会研究》，第129页。

| 《诗经》篇名 | 《诗序》 | 朱公迁根据集传改的《序》 | 许谦改定的《序》 | 朱、许《序》同异比较 |
|---|---|---|---|---|
| 3 《采葛》 | 惧谗也。 | 淫奔自述也。 | 淫奔。异 | 相同 |
| 4 《葛藟》 | 王族刺平王也。周室道衰，弃其九族焉。 | 流离自叹也。 | 民流离失所。异 | 微异 |
| 5 《丘中有麻》 | 思贤也。庄王不明，贤人放逐，国人思之，而作是诗也。 | 淫妇望所私也。 | 淫妇。异 | 相同 |
| 6 《缁衣》 | 美武公也。父子并为周司徒，善于其职，国人宜之，故美其德，以明有国善善之功焉。 | 爱武公也。武公继桓公为周司徒，善于其职，周人爱之而作是诗也。 | 周人爱武公。 | 相同 |
| 7 《将仲子》 | 刺庄公也。不胜其母以害其弟。弟叔失道而公弗制，祭仲谏而公弗听，小不忍以致大乱焉。 | 淫奔自述也。虽淫奔而有所畏，故犹以为庶几焉。 | 淫妇。异 | 相同 |
| 8 《羔裘》 | 刺朝也。言古之君子以风其朝焉。 | 美大夫也。贤而在位，德足以称其服也。 | 美大夫。异 | 相同 |
| 9 《遵大路》 | 思君子也。庄公失道，君子去之，国人思望焉。 | 淫妇被弃，留所私也。 | 淫妇为人所弃。异 | 微异 |
| 10 《女曰鸡鸣》 | 刺不说德也。陈古义以刺今，不说德而好色也。 | 贤夫妇相警戒也。 | 诗人述贤夫妇。异 | 微异 |
| 11 《褰裳》 | 思见正也。狂童恣行，国人思大国之正己也。 | 淫女戏所私也。 | 淫女语所私。异 | 相同 |
| 12 《有女同车》 | 刺忽也。郑人刺忽之不昏于齐。太子忽尝有功于齐，齐侯请妻之，齐女贤而不取，卒以无大国之助，至于见逐，故国人刺之。 | 淫奔相说也。 | 淫奔。异 | 微异 |

续表

| | 《诗经》篇名 | 《诗序》 | 朱公迁根据集传改的《序》 | 许谦改定的《序》 | 朱、许《序》同异比较 |
|---|---|---|---|---|---|
| 13 | 《丰》 | 刺乱也。昏姻之道缺，阳倡而阴不和，男行而女不随。 | 淫奔背约复自悔也。 | 淫女悔不奔。异 | 不同 |
| 14 | 《风雨》 | 思君子也。乱世则思君子不改其度焉。 | 淫奔相说也。 | 淫奔之女见所期之人而悦。异 | 相同 |
| 15 | 《扬之水》 | 闵无臣也。君子闵忽之无忠臣良士，终以死亡，而作是诗也。 | 淫奔相结也。 | 淫者相谓。异 | 微异 |
| 16 | 《出其东门》 | 闵乱也。公子五争，兵革不息，男女相弃，民人思保其室家焉。 | 恶淫奔也。 | 君子见淫奔者而作。异 | 微异 |
| 17 | 《卢令》 | 刺荒也。襄公好田猎毕弋，而不修民事，百姓苦之，故陈古以风焉。 | 田猎相称誉也。 | 誉猎者。异 | 微异 |
| 18 | 《十亩之间》 | 刺时也。言其国削小，民无所居焉。 | 思归也。政乱国危，不乐仕进，思与其友同归焉。 | 贤者不乐仕于危国。异 | 微异 |
| 19 | 《伐檀》 | 刺贪也。在位贪鄙，无功而受禄，君子不得进仕尔。 | 美贤也。贤者自食其力，不以无功而食禄也。 | 诗人美君子不素食。异 | 微异 |
| 20 | 《唐·无衣》 | 美晋武公也。武公始并晋国，其大夫为之请命乎天子之使，而作是诗也。 | 武公请命也。桓叔之子武公灭晋，以其宝器赂周厘王，请命而为诸侯也。 | 武公请命于天子。异 | 相同 |
| 21 | 《山有枢》 | 刺晋昭公也。不能修道以正其国，有财不能用，有钟鼓不能以自乐，有朝廷不能洒埽，政荒民散，将以危亡，四邻谋取其国家而不知，国人作诗以刺之也。 | 答《蟋蟀》也。 | 答前篇。异 | 微异 |

续表

| | 《诗经》篇名 | 《诗序》 | 朱公迁根据集传改的《序》 | 许谦改定的《序》 | 朱、许《序》同异比较 |
|---|---|---|---|---|---|
| 22 | 《有杕之杜》 | 刺晋武公也。武公寡特，兼其宗族，而不求贤以自辅焉。 | 好贤也。有好贤之心而恐不足以致之也。 | 君子好贤。异 | 相同 |
| 23 | 《蒹葭》 | 刺襄公也，未能用周礼，将无以固其国焉。 | 义疑也。或谓朋友求之切而不可得焉。 | 不知所指。异 | 不同 |
| 24 | 《秦·无衣》 | 刺用兵也。秦人刺其君好攻战，亟用兵而不与民同欲焉。 | 乐攻战也。 | 秦人乐攻战。异 | 相同 |
| 25 | 《东门之池》 | 刺时也。疾其君之淫昏，而思贤女以配君子也。 | 淫奔自述也。 | 男女会遇。异 | 不同 |
| 26 | 《隰有苌楚》 | 疾恣也，国人疾其君之淫恣，而思无情欲者也。 | 刺时也。政烦赋重，不如草木之无忧也。 | 民苦政赋，不如草木。异 | 微异 |
| 27 | 《九罭》 | 美周公也。周大夫刺朝廷之不知也。 | 东人爱周公，愿其留而悲其去焉。 | 东人愿周公留。异 | 微异 |
| 28 | 《天保》 | 下报上也。君能下下，以成其政，臣能归美，以报其上焉。 | 下报上也。盖以答《鹿鸣》《四牡》《皇华》《常棣》《伐木》之意焉。 | 下报上。 | 相同 |
| 29 | 《鱼丽》 | 美万物盛多，能备礼也。文武以《天保》以上治内，《采薇》以下治外，始于忧勤，终于逸乐，故美万物盛多，可以告于神明矣。 | 燕飨通用之诗也。 | 燕飨通用。异 | 相同 |
| 30 | 《南山有台》 | 乐得贤也，得贤则能为邦家立太平之基矣。 | 燕飨通用之诗也。 | 燕飨通用。异 | 相同 |
| 31 | 《蓼萧》 | 泽及四海也。 | 燕诸侯也。诸侯朝于天子，天子燕之以示慈惠焉。 | 燕诸侯。异 | 相同 |

| | 《诗经》篇名 | 《诗序》 | 朱公迁根据集传改的《序》 | 许谦改定的《序》 | 朱、许《序》同异比较 |
|---|---|---|---|---|---|
| 32 | 《菁菁者莪》 | 乐育材也。君子能长育人材，则天下喜乐之矣。 | 燕宾客也。 | 燕宾客。<br>异 | 相同 |
| 33 | 《雨无正》 | 大夫刺幽王也。雨自上而下者也，众多如雨，非所以为政也。 | 责去位也。饥馑之后，群臣离散，居者以责去者焉。 | 饥馑臣散，不去者责去者。<br>异 | 相同 |
| 34 | 《无将大车》 | 大夫悔将小人也。 | 忧行役也，劳苦忧患不得已焉。 | 行役劳苦忧思。<br>异 | 微异 |
| 35 | 《瞻彼洛矣》 | 刺幽王也。思古明王，能爵命诸侯，赏善罚恶焉。 | 美天子也。天子会诸侯于东都以讲武事，诸侯美之，作是诗也。 | 诸侯美天子。<br>异 | 相同 |
| 36 | 《鸳鸯》 | 刺幽王也。思古明王，交于万物有道，自奉养有节焉。 | 诸侯颂天子也，盖以答《桑扈》之意焉。 | 诸侯答《桑扈》。<br>异 | 微异 |
| 37 | 《宾之初筵》 | 卫武公刺时也。幽王荒废，媟近小人，饮酒无度，天下化之，君臣上下，沉湎淫液，武公既入，而作是诗也。 | 武公饮酒悔过也。 | 卫武公饮酒悔过。<br>异 | 相同 |
| 38 | 《都人士》 | 周人刺衣服无常也。古者长民，衣服不贰，从容有常，以齐其民，则民德归壹。伤今不复见古人也。 | 闵时也。乱离之后，昔时都邑之盛，人物仪容之美，不可复见也。 | 乱后思昔日都邑人物之盛。<br>异 | 微异 |
| 39 | 《棫朴》 | 文王能官人也。 | 咏歌文王之德也。文王之德之盛，天下之人归之也。 | 咏歌文王之德。<br>异 | 相同 |
| 40 | 《瓠叶》 | 大夫刺幽王也。上弃礼而不能行，虽有牲牢饔饩，不肯用也。故思古之人不以微薄废礼焉。 | 燕宾客也。 | 燕饮之诗。<br>异 | 微异 |

| | 《诗经》篇名 | 《诗序》 | 朱公迁根据集传改的《序》 | 许谦改定的《序》 | 朱、许《序》同异比较 |
|---|---|---|---|---|---|
| 41 | 《旱麓》 | 受祖也。周之先祖，世修后稷、公刘之业，大王、王季申以百福干禄焉。 | 咏歌文王之德也。盛德所以受福也。异 | 咏歌文王之德。 | 相同 |
| 42 | 《既醉》 | 大平也。醉酒饱德，人有士君子之行焉。 | 父兄答《行苇》也。飨君子恩意之厚，愿其受福而无穷也。异 | 父兄答《行苇》。 | 相同 |
| 43 | 《凫鹥》 | 守成也。太平之君子，能持盈守成，神祇祖考安乐之也。 | 绎宾尸也。祭之明日又祭，遂以宾礼而燕尸也。异 | 绎而宾尸。 | 相同 |
| 44 | 《执竞》 | 祀武王也。 | 祭武王、成王、康王也。异 | 祭武王、成王、康王。 | 相同 |
| 45 | 《臣工》 | 诸侯助祭遣于庙也。 | 戒农官也。 | 戒农官。 | 相同 |
| 46 | 《噫嘻》 | 春夏祈谷于上帝也。 | 戒农官也。 | 戒农官。异 | 相同 |
| 47 | 《丰年》 | 秋冬报也。 | 秋冬报赛也。或谓年谷始登，荐宗庙也。 | 秋冬报赛田事。 | 相同 |
| 48 | 《丝衣》 | 绎宾尸也。高子曰灵星之尸也。 | 祭而饮酒也。 | 祭而饮酒。异 | 相同 |
| 49 | 《駉》 | 颂僖公也。僖公能遵伯禽之法，俭以足用，宽以爱民，务农重谷，牧于坰野，鲁人尊之，于是季孙行父请命于周，而史克作是颂。 | 颂鲁侯也。鲁侯牧马之盛，由其立心远而正，故诗人美之。 | 僖公富盛。异 | 微异 |

49 篇朱公迁和许谦所改的《序》中，有 28 篇内容完全相同；有 18 篇除语言有微小差别外，意义相同；只有 3 篇表述存在差异。林泉生《明经题断诗义矜式》所作的"题断"和朱公迁所改的很多《序》也不谋而合。对于这些彼此之间微妙的牵连，是否可以推测：在元代似乎有

改定的《诗序》流传，至于最初改定者是谁，则需要进一步探讨。对《诗序》进行改定，这毋庸置疑反映出研究者的质疑精神和变革态度。但问题是修改的标准和作出的新的判断究竟是什么？朱熹《诗集传》中只是传达出一些"序误""序非"的讯息，并没有说应该是什么。这本身就是一些很开放性的问题，但是为何朱公迁、许谦、林泉生他们对《诗序》修改后，得出的结论却惊人一致？是谁在学习和借鉴谁？抑或是在他们更早已经有改定的《诗序》在社会上流传？源头是谁？他们改定的标准又是什么？再抑或是当时元代《诗经》学存在相互交流切磋的现象，大家交流沟通后给出的判断一致？要解决这些问题，有必要先梳理朱公迁和许谦学术思想的渊源。朱熹诗学思想被他的弟子和诗学传人在社会上广泛传播，尤其值得关注的是他的弟子一派的传《诗》。朱熹弟子一派的传诗，总括其要有三脉：浙江金华一脉、江西余干一脉、江西鄱阳一脉。其中浙江金华一脉为：朱熹、黄榦、何基、王柏、金履祥、许谦。江西余干一脉为：朱熹、黄榦、饶鲁、吴澄、虞集。江西余干另一脉为：朱熹、黄榦、饶鲁、吴中、朱以实、朱公迁、洪初、王逢。江西鄱阳一脉为：朱熹、黄榦、董梦程、胡方平、胡一桂。不难发现，以上朱学思想的传承中，各脉有共通的源头，即朱熹和弟子黄榦。这也就能够理解为何朱公迁和许谦虽然属于不同两脉，但在对《诗序》的处理上有着如此之多的相似点。更重要的是：朱公迁的"疏义"中有援引许谦观点的情形，从这一点可以推测，朱公迁向许谦学习的可能性较大。但另一个问题是林泉生的诗学源头在哪里？林泉生是永福人，与卢琦、陈旅、林以顺并称"闽中文学四名士"。从目前很少的文献资料中，似乎很难厘定林泉生的学术思想源自哪一派，好在还能从他们具体的《诗经》学著述进行挖掘与推断。

　　同中求异，往往能看出各自的特征。朱公迁和许谦有三首《诗序》的厘定存在分歧。《丰》诗原《小序》为："刺乱也。昏姻之道缺，阳倡而阴不和，男行而女不随。"朱公迁据诗传改定的《诗序》为："淫奔背约复自悔也。"许谦给出的《诗序》为："淫女悔不奔。"朱公迁认为该诗落脚点在"淫乱背约"后的"自悔"；许谦则认为该诗的重点是"悔不奔"，言外之意是"后悔该奔而未奔"。两种阐释，两种效果。朱公迁的解读有礼仪规诫的效果，不管之前的行为如何，现在"自悔"了；而许谦的阐释则给我们呈现了一个游走在道德边缘、热情奔放女子的内心世界。"想奔却没奔",而且现在"后悔"了。思想挣扎之后的悔意更加流露出礼法与情感的碰撞。《蒹葭》诗原《小序》为:"刺襄公也,未能用周礼,将无以固其国焉。"朱公迁据诗传改定的《序》为:"义疑也。或谓朋友求之切而不可得焉。"许谦给出的《诗序》为:"不知所指。"朱公迁在给出"义疑"的判断后,又推断认为"或谓朋友求之切而不可得焉"。许谦直接说"不知所指"。都是对意义指涉的质疑,但表达方式又存在差异。朱公迁表达质疑后,还要再次附上自己的推断,这和他对整个《小序》的改定模式如出一辙。许谦则更加干脆和直接,"不知所指"点到即止,不增加任何推断结论。《东门之池》诗原《小序》为:"刺时也。疾其君之淫昏,而思贤女以配君子也。"朱公迁据诗传改定的《诗序》为:"淫奔自述也。"许谦给出的《诗序》为:"男女会遇。"朱公迁界定的"淫奔"实则和朱子的判断相联系。许谦的解释仅是一种客观展示,没有作出太多的道德评价。

以上对诗歌阐释的差异,可以看出朱公迁处理《小序》的特点:尊从朱熹的观点,尤其明显体现在"淫诗"说;有羽翼朱子背后的超越意识,有着强烈的表达意图,这种意图来自于内在的变革情结。

# 三　元代《诗经》学之困境:朱学独尊与继续
## 增益朱说可能性的减弱

《诗经》学经过汉代经学的洗礼,唐代注疏的积淀,两宋义理的论辩,步入了"朱学独尊"的元代。这种喧哗之后的沉寂,厚重之后的释然,使得元代《诗经》学面临重重困境与选择。是亦步亦趋跟从?还是从实际出发进行革新?为何要尊朱?而非他人?是他们没有进行革新的力量吗?抑或是他们在更深的层面,在更好的方式上进行着某种调和?

元代学者尊朱并非出于被迫,而是一种自觉选择。朱熹思想在二程和邵雍等理学家思想基础之上演变而来,是对北宋以来各家思想的兼容、批判和创造。他的理学理论建构是他诗学观的哲学背景和理论指导。影响朱熹的诗学的理气论、心性论、工夫论以及境界论,这些都对元代学者心理起着抚慰作用。朱学独尊彰显着他们对儒家文化的接纳,元代四书学的繁盛和经学的发展就能说明这一点。不同民族、不同文化、不同文字都能整合在一个平台下，足见元代强大的包容性和自由性。元代学者很少在究竟是尊朱，还是尊陆，抑或尊吕等这些问题上产生困惑，也没有太深的门户之见，他们表现出的宽容和淡定，引导着他们自发进入朱熹的思想世界。尊朱有着统治阶级制度层面的认同，也基于朱学自身的价值。

元代为何会出现"诗学"困境？一种主导思想被确立为官方文化，就注定了要在约束中进行后期的发展。不同于汉代《诗》学的是元代《诗》学有更多的自由度。"经夫妇、成孝敬、厚人伦、美教化、移风俗"这些潜移默化在汉代人心理中的伦理道德制约着诗学的发展。汉代学者解经的自由只在表达的形式，而不在蕴含的内容。元代学者解经的自由源自压力的消解和内在的自觉。压力的消解是内部张力的释放，它令人进入轻松自在的状态。"自在"固然很好，但如何从"自在"进入"自为"，却是经学家面临的最大困境。元代学者解经自觉或不自觉地绍述着朱子的《诗集传》。他们是不敢废弃朱子之说而另立新说？抑或是在没有建构出新的诗学理论之前，他们聪明地选择了承袭，并在承袭中拓展着对经义的理解？这种心理很值得玩味。一种去个性化的诗学阐释，真是无力和无效的吗？这种困境究竟是诗学发展的偶然？还是潜在"自为"的必然？如何在困境中振起？能在困境中行走多远？这些都值得进一步关注。

## 四　"窃意"与"愚按"：经学实践脉络下的立场表达

自己直接说与跟着别人说，这是言说的两种方式。但在元代《诗经》学实践中值得关注的还有一类就是，别人说完之后，自己再加"窃意"与"愚按"这样的注释语。看似谦卑谨慎的表述下实际上包含着自身强烈的经学态度与思想立场。《诗缵绪》中刘玉汝所下按语很多都用"窃谓""愚谓"标出。梳理统计其全部涉及按语的地方，发现有两处地方非常特别，有"玉汝"字样。将自己的名字直接标注出来，这在元代《诗经》学著述中很少见。这种现象又意味着什么？如《青蝇》篇：

　　玉汝按：毛传《青蝇》《宾筵》在《鱼藻》《采菽》前，今从《传》，以《鱼藻》《采菽》接《车舝》为正雅，《青蝇》《宾筵》居《采菽》后为变雅，盖雅之正变实于此而分也。或曰毛传以《六月》为变雅之首，今从《集传》，移置毛传所次二十篇于《菁莪》后、《六月》前，乃以《青蝇》首变雅而不首《六月》，其有说乎？曰诗有正变，其变必以渐，而以正风相反者，惟《邶》最明而且备故。《邶》首变风，然风之变非一日也。《邶》首庄姜之诗，而《鄘》《卫》首共伯武公之诗，则武公之初，风已变矣。变大雅之中有厉王诗，武公之《抑》列于其中，则厉王之时大雅四变矣。而小雅武公之《宾筵》乃列于幽王之后，而以宣王《六月》首变雅，岂得其序乎？夫《六月》固雅之变，然宣王之前已有变雅，《六月》焉得为始？又《鹿鸣》《六月》不见正变之所以异，而可以《六月》对《鹿鸣》为变雅之首乎？今若以《青蝇》《宾筵》之诗为首，既得《小雅》先后之序，又《青蝇》信谗，非复君臣和乐之情，《宾筵》沈耽，无复礼乐宴饮之意，《角弓》非《常棣》《伐木》之兄弟昏姻，《菀柳》非《天保》之下下保上，正与《鹿鸣》以下五诗相反。则此数篇固当为变雅始，而皆厉王时诗矣。若《六月》为宣王征伐夷狄之诗，既不足为正变之别，又《黍苗》乃隔越于《六月》以下数十篇之后，岂非其错简乎？以此推之，则《六月》又焉得为变雅首乎？且《大雅·崧高》在《烝民》诸诗之前，则《黍苗》亦当在《六月》之前何疑？以此次第其先后之序，又岂不甚顺甚明邪？①

　　上段涉及几个问题：从《传》，以《鱼藻》《采菽》接《车舝》为正雅，《青蝇》《宾筵》居《采菽》后为变雅；诗有正变，其变必以渐，以《青蝇》《宾筵》之诗为首，既得《小雅》先后之序，又正与《鹿鸣》以下五诗相反；《黍苗》乃隔越于《六月》以下数十篇之后，或为错简。《毛诗正义·诗序疏》："变风变雅必王道衰乃作者，夫天下有道则庶人不议，治平累世则美刺不兴，何则？未识不善则不知善为善，未见不恶则不知恶为恶。太平则无所更美，道绝则无所复讥，人情之常理

_____

① 刘玉汝：《诗缵绪》卷十二，文渊阁《四库全书》本。

也。故初变恶俗则民歌之，风、雅正经是也。始得太平民颂之，《周颂》诸篇是也。若其王纲绝纽，礼义消亡，民皆逃死，政尽纷乱。……成王太平之后，其美不异于前，故颂声止也；陈灵公淫乱之后，其恶不复可言，故变风息也。班固云：'成康没而颂声寝，王泽竭而诗不作。'此之谓也。然则变风变雅之作，皆王道始衰，政教初失，尚可匡而革之，追而复之，故执彼旧章，绳此新失，觊望自悔其心，更遵正道，所以变诗作也。以其变改正法，故谓之变焉。"孔颖达认为变风变雅源自王道的衰微，变诗作的目的在于变改正法。

风雅正变的最早源头是先秦的音乐理论。《礼记·乐记》："凡音者，生人心者也。情动于中，故形于声。声成文，谓之音。是故治世之音安以乐，其政和；乱世之音怨以怒，其政乖；亡国之音哀以思，其民困。声音之道，与政通矣。"最初自然音律的和谐启发着人类对和谐礼乐制度的探寻。节别之和，伦理之和，国家之和，诸多的这些和谐被统摄在礼乐文明之中。宴饮的有序，仪礼的得体，言语的恰当，这些传达着和的讯息。《礼记·乐记》："先王之制礼作乐也，非以极口腹耳目之欲也，将以教民平好恶，而反人道之正也。"宴饮传达的正是这种"人道之正"。和着节拍，尽情欢饮，彼此之间的关系被进一步拉近，宴饮的和谐最终促进着人群的和谐。乡饮酒礼，鼓瑟而歌《鹿鸣》《四牡》《皇皇者华》，然后笙入堂下，磬南北面立，乐《南陔》《白华》《华黍》。《仪礼·乡饮酒礼》所记载的"乡饮酒"活动中，"升歌""笙奏""间歌"和"合乐"所用乐章占到正《风》、正《小雅》诗篇的百分之四十。这是所谓"正歌"，还有所谓"无算乐"，当也不出"正"风、雅的范围。"和"之美不仅在于外在形式，更深植于内在精神，是人对自然生命节奏的应和。[1] 和谐的打破意味着内在精神的离散。"《青蝇》信谗，非复君臣和乐之情，《宾筵》沈耽，无复礼乐宴饮之意，《角弓》非《常棣》《伐木》之兄弟昏姻，《菀柳》非《天保》之下下保上"这些都昭示着一种和谐的破坏，平衡的失守，五伦的丧失。

关注风雅正变，这不足为奇，但是"玉汝按"字样的出现，却分外引人注意。"玉汝按"，而非"愚谓""窃谓"，这说明什么？与经传文本

---

[1]　刘冬颖：《诗经"变风变雅"考论》，中国社会科学出版社，2005，第143页。

直接对话，谨慎的表达已经变为直解的言说，这无疑是一种自信心的体现，如《角弓》篇：

> 毛传《楚茨》之《隰桑》二十篇相连，《集传》谓《楚茨》十二篇当为正雅，《黍苗》《隰桑》当为宣王时诗。今以《楚茨》十二篇上接《菁莪》《黍苗》二篇，下接《六月》，固主《集传》也。中间《青蝇》而下六篇乃在元次者，从毛传也。不特六篇，虽二十篇本相连在后，今移于前而仍相连，亦用毛传也。凡诗中篇次之移置或依《仪礼》《周礼》，或仍毛传，或主《集传》，或用孔疏，各有所据，玉汝何敢以私意臆说僭移妄易，以乱圣经哉？①

"诗中篇次之移置或依《仪礼》《周礼》，或仍毛传，或主《集传》，或用孔疏，各有所据"，而在《青蝇》篇则分析了变风变雅的问题，对篇章的次第进行详细考辨。从两段论述来看，刘玉汝对毛传、孔疏的说法持保留意见，他也在试图给出自己的判断。值得思考的是"玉汝何敢以私意臆说僭移妄易，以乱圣经哉？"这句话该如何理解？刘玉汝既然口称圣经，那从逻辑角度来讲，他应该遵从，应该从先儒立论的角度为之找寻理论支撑的依据，但是在《青蝇》篇，他更多是对变风、变雅诗篇次第的质疑。这里矛盾就产生了，一方面说是圣经，一方面却在直指其持论的缺陷，这种自我言说的矛盾无疑是一种退让之下的反驳。"玉汝何敢"，则是用反语的方式在传达对先儒言论的质疑。

对经典的质疑，应该说不是从刘玉汝才开始的，宋代孙复等人早就对传注表示了质疑。如果推及更早，唐中期以啖助、赵匡、陆淳等为代表的怀疑学派思想就已经开始形成。疑传尊经是宋初儒学的基本特征。不少儒者主张回归经典，他们怀疑早期传注的权威性，认为儒学的真正复兴，不在于记诵传统传注的训诂，而是要结合现实社会需要，抛开传注，直探经文本义。

元代学者对《集传》的态度整体上是认同与遵从的，但也不乏一些质疑和改动。从区域而言，元代疑改经书的状况大多出现在金华和江西。

---

① 刘玉汝：《诗缵绪》卷十二，文渊阁《四库全书》本。

如金华地区的金履祥、许谦等有着疑经倾向；江西地区的吴澄改经尤为突出。可以推测，同为江西人的刘玉汝受吴澄改经思想的影响也不是没有可能。吴澄主张调和朱熹和陆九渊的学术思想。程朱理学和陆九渊的心学在"追求天理"这个共通性下，又有着诸多差异。程朱理学由内向外，由人心达至天理，这种天理是"宇宙自然"，源自宇宙秩序，往往借助"易"的形象来认识天理；而陆九渊的心学则认为天理就是人心，发现天理需要"致良知"，需要求诸于内，三纲五常是人本身的"善""恶"本性。刘玉汝质疑经传的方式耐人寻味，反映着经学阐释方式的变化，如《闷宫》篇：

> 愚按：《传》云《鲁颂》独《闷宫》一诗为僖公诗无疑，今从《传》说，则《闷宫》前三诗，安知非僖公以前诗乎？僖公之前，伯禽之后，鲁岂皆无贤君欤？又《泮水》旧以为颂僖公，故与《闷宫》言服淮夷事，皆以为愿望僖公之辞可也。今《泮水》既未见为僖公诗，则自伯禽以后至于僖公之前，岂其淮夷始终未尝有一日服从中国之迹乎？故愚不能无疑。尝读《史记·鲁世家》载孝公之事，若有与《泮水》诗合者。窃以为《泮水》一诗，鲁人颂孝公之诗欤……今《泮水》言鲁侯至泮而饮酒，是养老乞言也……安有宣王亲征有功，而鲁不与乎？又况孝公贤而适当其时，则伐淮夷而淮夷服。鲁人以是美其君，不为过矣。以此观之，《泮水》所言，似皆是实事，似未可与《闷宫》无其事而愿之者例视也。①

《传》言《鲁颂》独《闷宫》一诗为僖公诗无疑，可是《泮水》旧也以为颂僖公，两者情形应该一样，但是如今《泮水》未见为僖公诗，所以对《传》言存疑。《泮水》诗和《史记·鲁世家》记载孝公事情相合，是鲁人颂孝公之诗。根据《常武》所言事实，推测《泮水》所言似皆是事实，与《闷宫》无其事而愿之者不同。刘玉汝基于历史考证，大篇幅引入《史记》来佐证自己的判断，这在《诗缵绪》中并不多见。

---

① 刘玉汝：《诗缵绪》卷十八，文渊阁《四库全书》本。

# 第五章　元代经学的《诗经》学形态

与《诗经》学的"元代形态"不同，关注元代经学的《诗经》学形态，旨在揭明元代经学维度中的《诗经》学形态，探寻元代《诗经》学在章句训诂与义理阐发方面的实践，聚焦一些元代《诗经》学探讨的核心命题，比如"诗序"，"比兴"，《大武》乐章，"豳风""豳雅""豳颂"，"《诗》与史"，孟子"以意逆志"，古音，叶韵，"天道"与"孝道"等，并在"名物"等《诗经》学展开方式中推进元代经学区域性特征探究。

## 一　章句训诂与义理阐发

朱熹《诗集传》在义理阐释方面杂采毛、郑学说，吸纳齐、鲁、韩三家思想，加进自己的判断，同时吸收同时代学者的观点；在字音方面采用吴棫的叶韵说，为《诗经》注音。这些方法，都使其在注释《诗经》方面表现出了一种简约晓畅的风格。刘瑾在《诗集传》的基础之上，倾力于辑录各家学说，尤其注重对义理思想的阐发，他辑录各家言论，引用严氏、苏氏、吕氏、辅氏等学者的观点辅翼己说，其中严粲《诗缉》引用借鉴较多。严氏治诗的原则是"集诸家之说为《诗缉》，旧说已善者不必求异，有所未安乃参以己说，要在以意逆志，优而柔之，以求吟咏之情性而已"[1]。严粲对诗歌意义的探讨主要放在未开拓的领域，对前人解释清楚的部分就加以保存，如果和自己的判断有出入，就会给出自己的评价。刘瑾对吕祖谦的学术思想也表示了极大的关注，例如《诗传通释》卷一《采蘋》篇，吕祖谦曰："采之，盛之，湘之，奠之，所为者非一端，所历者非一所矣。烦而不厌，久而不懈，循其序而有常，积其诚而益厚，然后祭事成焉。季女之少若，未足以胜此，而实

---

① 严粲：《诗缉·条例》，文渊阁《四库全书》本。

尸此者，以其有齐敬之心也。"刘瑾则认为："必采而后盛以筐筥，必盛而后烹以锜釜，则非循序有常者不能也。曰采，曰盛，曰湘，无一不亲；曰筐，曰筥，曰锜，曰釜，无一不具，则非严敬整饬者不能也。"刘瑾结论的得出，语言的表达显然受到吕祖谦学术思想的影响，都比较注重诗歌义理的探讨。

《诗传旁通》对朱熹《诗集传》阐释主要体现在：补充朱说未详处；修正朱说有误处。补充朱说侧重以下方面：首先，于地理名物、典章制度、历史典故、天文历法等方面补充。其重视地理名物训释，如卷一释"汉""江"；卷二释"泾""渭""楚丘"；卷三释"卫""顿丘""宗周""汝""清河"；卷四释"魏""解""汾""唐""晋""曲沃"；卷六释"郊牧"；卷十三释"岐""河"；卷十四释"商丘""荆楚""鬼方"等。这些显示着梁益对地理注释的重视，如卷三《载驱》篇，《诗传旁通》对"汶水"和"济水"的注释曰：

> 汶水出莱芜县西南，经济北至东平寿张县入济。莱芜，今隶兖州。一云出奉符县原山西北。
>
> 济水从荥阳县北东过敖山北，东合荥渎。……东过阳武县北，又东过封丘县，东过酸枣县之乌巢泽北，又东过乘氏县南，分为荷水，东北过巨野，濮水入之，东北过寿张，汶水从东北来入之，北过须城渔山之东，左合马颊水，北过临邑，东北过卢城北，东北泺水入之……又东北过华不注山，华水入之，东北过蒲台县，东过邹平……①

梁益在此详细交代了"济水"的具体流向，所经区域，同时援引《释名》《春秋》《说文》等典籍对其进行补充解释。

再如对《诗传旁通》对"邰"的注释：

> 《史记·刘敬传》："周之先自后稷，尧封之邰。"张守节《正义》曰："雍州武功县西南二十三里故邰城是也。"《说文》曰：

---

① 梁益：《诗传旁通》卷三，文渊阁《四库全书》本。

"邰，炎帝之后，姜姓所封国，弃之外家。"毛苌曰："邰，姜嫄国，尧见天因邰而生后稷，故因封之于邰也。"邰，后稷所封……永兴郡武功县西南有故斄城，有后稷姜嫄祠，隋为稷州。斄有二：帝喾娶于有斄氏曰姜嫄，生后稷，而后稷亦封于邰；稷之十三世孙古公亶甫亦娶于邰氏，是曰太姜。稷封之斄在于武功，姜姓之邰在于琅邪。琅邪之斄，古公所娶也。①

梁益援引《史记》《正义》《说文》对邰进行注释，接着罗列邰的八种不同称谓，最后指出"稷封之斄"和"姜姓之邰"二斄的历史原委。

除对地理关注，梁益还注意名物训释，如《小雅·常棣》篇，《诗传旁通》注释曰：

常棣，棣也。唐棣，移也。郭璞《尔雅注》曰："山中有棣树，子如樱桃，可食。"舍人曰："常棣，一名棣。"陆玑曰："许慎云：'白棣'，似李而小，如樱桃，今官园种之。又有赤棣树亦似白棣，叶如刺榆而微圆，子正赤，如郁李而小，五月始熟。关西、天水、陇西多有之。"……郭璞曰："今白移也，似白杨，江东呼夫移。"陆玑《草木疏》曰："奥李也。奥，音郁。一名雀梅，亦曰车下李，所在山皆有，其花或白或赤，六月中熟，大如李，可食。"崔豹《古今注》曰："一名移梅，又曰移柳，又曰蒲移。"……常棣、唐棣二木不同，无可疑者，而或有误。音常为棠音者，故并纂之。②

梁益援引《尔雅注》《草木疏》《古今注》等对"常棣"和"唐棣"进行了补充注释，还引陆佃"常棣如李而小，子如樱桃，正白，华萼上承下覆，甚相亲尔"的观点，和朱熹《诗集传》"此燕兄弟之乐歌"相呼应，"华萼上承下覆"的情形就如同兄弟之间的手足情深。注释江河必详叙其源流分合；注释地理必名其方位沿革，这都彰显了梁益的注释特色。

① 梁益：《诗传旁通》卷五，文渊阁《四库全书》本。
② 梁益：《诗传旁通》卷六，文渊阁《四库全书》本。

　　梁益注意对典章制度进行补充注释。如《四牡》篇，《诗集传》和《诗传旁通》对"《外传》章使臣"的注释分别如下：

　　《诗集传》曰：

　　　　按《序》，言此诗所以劳使臣之来，甚协诗意，故《春秋传》亦云，而《外传》以为章使臣之勤。所谓使臣，虽叔孙之自称，亦正合其本事也。①

　　《诗传旁通》注曰：

　　　　《国语》谓之《春秋外传》。谓《鲁语》曰："叔孙穆子聘于晋，晋悼公飨之，乐及《鹿鸣》之三而后拜。晋侯使行人问焉，对曰：'伶箫咏歌及《鹿鸣》之三，君之所以贶使臣，臣敢不拜贶？夫《鹿鸣》，君所以嘉先君之好也，敢不拜嘉？《四牡》，君所以章使臣之勤也，敢不拜章？'"②

　　《诗序》曰："《四牡》，劳使臣之来也，有功而见知则说矣。"郑《笺》曰："文王为西伯之时，三分天下有其二，以服事殷，使臣以王事来往于其职。于其来也，陈其功苦以歌乐之。"可见"劳使臣"是《诗序》和郑《笺》共同表达的意思。朱子只说"所谓使臣，虽孙叔之自称"，梁益则详细给出了典故，补充了朱子学说。

　　再如，《雨无正》篇，《诗集传》和《诗传旁通》对"汉侍中"的注释分别如下：

　　《诗集传》曰：

　　　　暬御，近侍也。《国语》曰"居寝有暬御之箴"，盖如汉侍中之官也。③

---

① 刘瑾：《诗传通释》卷九，文渊阁《四库全书》本。
② 梁益：《诗传旁通》卷六，文渊阁《四库全书》本。
③ 刘瑾：《诗传通释》卷十一，文渊阁《四库全书》本。

《诗传旁通》注曰：

> 《后汉书·百官志》："侍中，比二千石，掌侍左右，赞导众事，顾问应对。……"注曰："侍中，员本八人，……侍中与中官俱止禁中。……献帝初即位，置侍中、给事、黄门侍郎员各六人。"①

朱熹只说"盖如汉侍中之官也"，梁益则援引《后汉书·百官志》对"侍中"这一官职进行了详细注释，同时展示了这一官职在汉代的演变情形。对《诗集传》进行有效增益是梁益注释的一大特色，但是从梁益对"汉侍中"的注释来看，他对所引文字也有随意删减组合的倾向。梁益把《后汉书·百官志》正文的"本注"部分和"脚注"部分纳入一个注释体系中，如果不翻阅《后汉书》原文，往往很难区分"正文"和"注脚"。他还把"注脚"中蔡质《汉仪》的注释和《献帝起居注》混在一起引用，这些都反映出梁益注释求其增益，而忽其精准的特点。

再如《天保》篇，《诗集传》和《诗传旁通》对"宗庙之祭"的注释分别如下：

《诗集传》曰：

> 宗庙之祭，春曰祠，夏曰禴，秋曰尝，冬曰烝。②

《诗传旁通》注曰：

> 《周礼·春官·大宗伯》："以祠春享先王，以禴夏享先王，以尝秋享先王，以烝冬享先王。"《公羊春秋》桓八年传："春曰祠，夏曰礿，秋曰尝，冬曰烝。"《礼记·王制》篇曰："天子诸侯宗庙之祭，春曰礿，夏曰禘，秋曰尝，冬曰烝。"郑氏注曰："此盖夏、

---

① 梁益：《诗传旁通》卷八，文渊阁《四库全书》本。
② 刘瑾：《诗传通释》卷九，文渊阁《四库全书》本。

殷之祭名，周则改之，春曰祠，夏曰礿，以禘为殷祭。《诗·小雅》
'礿祠烝尝，于公先王'，此周祭宗庙之名也。礿与禴同，并音药，
薄也。说者曰：夏物未成，其祭尚薄也。尚薄者，以薄为尚也。或
曰：新菜可礿也。尝谓尝新谷，烝谓进品物，烝之为言进也。说祠
者曰：物品少而文词多之谓祠。"①

朱熹《诗集传》取《周礼》说"春曰祠，夏曰禴，秋曰尝，冬曰
烝"。梁益则先引《公羊春秋》"春曰祠，夏曰礿，秋曰尝，冬曰烝"和
《礼记》"春曰礿，夏曰禘，秋曰尝，冬曰烝"的说法，接着用郑氏的注
释对其进行辨析，认为"此盖夏、殷之祭名，周则改之，春曰祠，夏曰
礿"。最后对"礿"和"祠"进一步详细注释。这种增益注释的方法对
于辨析概念差异、梳理概念演变有着一定的作用。结论优劣的判断，不
同观点的取舍，这些并不是梁益倾力的地方，他于客观展示中，把判断
和取舍的主动权交给了读者。

梁益注意对历史典故进行补充注释。如《诗传旁通》卷一对"后稷
十三世孙古公亶父"的注释：

《史记》自后稷至亶甫，父死子继，凡十三世，而《世本》所
纪与《史记》不同。
　《史记》：后稷　不窋　鞠一作鞠陶　公刘　庆节　皇仆　差弗
　　　　　　毁隃　公非　高圉　亚圉　公叔祖类　古公亶甫
　《世本》：后稷　不窋　鞠　公刘　庆节　皇仆　差弗　伪榆
　　　　　　公非　辟方　高圉　侯牟　亚圉　云都　太公组绀
　　　　　　诸盩　亶父
　胡氏宏《皇王大纪》曰："殷王小乙甲寅二十六祀，齫亶父迁于
岐，改号曰周"……罗氏泌《路史》曰："不窋生鞠，是为鞠陶……
凡一十七世。按《世本》云公非、辟方、高圉、侯牟、亚圉、云都、
组绀、诸盩、亶甫而已……杜预《释例》云高圉，不窋九世孙。
《史记索隐》亦以辟方、侯牟为二人，斯得之矣。独《史记》无辟

————————
① 梁益：《诗传旁通》卷六，文渊阁《四库全书》本。

方、侯牟、云都、诸盩，至皇甫谧遂以为公非、高圉、亚圉、祖绀之子，盖牵于单穆公十四世之说，而合二人为一尔"……金氏履祥《通鉴前编》曰："按迁岐之事，据《西汉书·娄敬传》则古公迁岐下，距伐商百有余年，当在廪辛之世。据《东汉书·西羌传序》则古公迁岐，又当武乙之时……《竹书》载太丁良久，与经世历不同，皆不可考……"①

梁益认为《史记》自后稷至亶甫，父死子继，凡十三世，与《世本》所记不同，接着援引胡宏、罗泌、班固、杜预、皇甫谧、金履祥等人的观点逐一陈说。客观陈述中，观点的异同已经明晓。再如《卫风·考槃》篇，《诗集传》和《诗传旁通》对"盆缶节歌"的注释分别如下。《诗集传》曰：

槃，盘桓之意。言成其隐处之室也。陈氏曰："考，扣也。槃，器名。盖扣之以节歌，如鼓盆拊缶之为乐也。"二说未知孰是。②

《诗传旁通》注曰：

庄子妻死，箕踞鼓盆，惠子曰："鼓盆而歌，不已甚乎？"《庄子》。赵王为秦王鼓瑟，秦王为赵王击缶。《史记》。《李斯传》："击瓮，叩缻，弹筝，搏髀，歌呼呜呜。"《史记》。《杨恽传》："酒后耳热，仰天拊缶，而呼呜呜。"《汉书》。缻，甫有切，与缶同。秦人好击缶，以节歌为乐，其俗如此。③

毛《传》"考，成。槃，乐也。山夹水曰涧"，郑《笺》"有穷处成乐在于此涧者"。陈氏"扣之以节歌，如鼓盆拊缶之为乐也"。面对"考槃"不同的解释，朱熹认为"二说未知孰是"。而从梁益援引《庄子》《史记》《汉书》补充注释来看，他更倾向于陈氏的观点，认为有击缶为

---

① 梁益：《诗传旁通》卷一，文渊阁《四库全书》本。
② 刘瑾：《诗传通释》卷三，文渊阁《四库全书》本。
③ 梁益：《诗传旁通》卷三，文渊阁《四库全书》本。

乐的意思。类似这样的考证还有卷一释"三分天下有其二""武王克商有天下""文王徙丰""武王迁镐";卷三释"武公入相";卷六释"后稷至公叔祖类";卷八释"孟子以谗被宫";卷十一释"巨迹之说";卷十二释"武公年数""淮夷来求"等。对这些涉及历史事件的条目,梁益均援引历史典籍,各家言论,给出翔实资料,补充了《集传》疏漏,丰富了《集传》内容,其特点不在分析评价定于一,而在讲众说差异,有助读者作出判断。

梁益注释还涉及了较丰富的天文历法和礼仪制度知识,显示出较宽的学术视野。如《十月之交》篇,《诗传旁通》注曰:

日食

《春秋左氏传》昭公七年四月朔,日有食之。晋平公曰:"《诗》所谓'彼日而食,于何不臧'者,何也?"士文伯对曰:"不善政之谓也。国无政,不用善,则自取谪于日月之灾,故政不可不慎也。"春秋自隐公元年至哀公十四年二百四十二年之中,日食凡三十有六。……按朱子《集传》取孔疏说,谓月二十九日有奇而一周天,又逐及于日而与日会。陈尚德谓月二十七日有奇而周,又二日有奇,始与日会。

日食分至说

《左氏》昭公二十一年秋七月壬午朔,日有食之。公问于梓慎曰:"是何物也?祸福何为?"对曰:"二至二分,日有食之,不为灾。日月之行也,分,同道也;至,相过也。其它月则为灾,阳不克也,故常为水。"《朱子语录》曰:"横渠说日月皆是左旋,盖天行甚健,一日一夜,周三百六十五度四分度之一"……朱子又曰:"历家只算所退之度,却云日行一度,月行十三度有奇,此乃截法,故有日月五星右行之说,其实非右行也。横渠云:'天左旋处,其中者顺之,少迟则反右矣。'此说最好。"……天左旋,日月亦左旋,恐人不晓,所以《诗传》只载旧说。①

___

① 梁益:《诗传旁通》卷八,文渊阁《四库全书》本。

　　梁益援引《春秋左氏传》《朱子语录》《诗本义》等多种典籍,对"日食""日食分至说"等作出了详尽解释。史载元代在历法方面已经有很多探索,元朝统一后,"议改修新历,立局以庀事,诏郭守敬与王恂率南北日官分掌测验,而张文谦、张易领其事"。① 梁益注释中大篇幅涉及天文历法,或许与元代对历法的重视有着某种关联。

　　不但对《诗集传》进行补充注释,梁益还对朱说的失误之处进行修正,如《商颂·殷武》篇对"鬼方"的注释。

　　《诗集传》曰:

　　　　《易》曰:"高宗伐鬼方,三年克之"盖谓此欤?②

　　《诗传旁通》注曰:

　　　　《集传》云:"盘庚没,而殷道衰,楚人叛之,高宗伐其国,平其地。《易》曰:'高宗伐鬼方,三年克之。'盖谓此欤?"愚益按:朱子此《传》以鬼方为荆楚,南方之地也。《史记·黄帝纪》:"北逐荤粥。"荤音熏,粥音育。司马贞云:"荤粥,匈奴别名。唐虞已上曰山戎,亦曰熏粥。夏曰淳维,殷曰鬼方,周曰猃狁,汉曰匈奴。"司马贞《史记索隐》此说以鬼方为北方之地也。朱子虽不取《索隐》之言,然鬼方实指北而非南耳。③

　　梁益引用《史记索隐》的说法指出了朱说的失误。

　　除了对朱说进行补充和修正之外,他还对朱说没有涉及的地方也进行了必要注释,"处刘汉之朝而不知刘氏之为尧后,居李唐之世而不知李氏之为少昊裔者,考订有所未到。赵氏得姓之繇,例推援为造父之后,抑不知夏氏之季已有讳梁字者见于正史,则赵氏得姓其不止于造父也明矣。商氏之初有讳隐字者官为牧师,则赵氏得姓其不止于造父也审矣。《百家谍》《风俗传》《易纬书》《氏族谱》俱言张、王、李、赵皆黄帝

　　① 陈邦瞻:《元史纪事本末》卷三《郭守敬授时历》,文渊阁《四库全书》本。
　　② 刘瑾:《诗传通释》卷二十,文渊阁《四库全书》本。
　　③ 梁益:《诗传旁通》卷十四,文渊阁《四库全书》本。

之所赐姓，抑又知赵氏得姓其不止于造父也，亦较然矣。按：此于《诗传》虽无所系，宋氏有国，其姓亦当知，故通之。"① 梁益"旁通"的地方是对朱说的进一步拓展，丰富了《诗集传》内涵。

朱公迁对《诗集传》的训释同样体现在增益、修正、考辨方面。他对朱子集传的内容进行增益。如《何彼秾矣》中朱熹认为"此乃武王以后之诗，不可的知其何王之世。然文王、太姒之教，久而不衰，亦可见矣"。朱公迁则进一步补充"《召南》诗皆道文王时事，于此类无有也。或成周时有此诗，即取之；或后所作，而夫子录之，皆不可考。但合《甘棠》《秾李》二诗观之，可见《二南》本于文王之化，而未必皆作于文王之时也"②。朱熹认为"不可的知其何王之世"，朱公迁进一步解释后认为《二南》未必皆作于文王之时。再如《定之方中》，朱子认为，"定，北方之宿，营室星也。此星昏而正中，夏正十月也"。朱公迁补充曰，"此据《月令》为说，与《尧典》中星异。《尧典》冬至日在虚，昏中昴。九峰蔡氏《传》谓：'今冬至，日在斗，昏中璧。'约五十一度，此正岁差之法，七十五年差一度之验也。及至元辛巳，方回作《山经》又云：'今冬至，日在箕九度，昏中室。'盖又差矣。然则十月定中，七月流火，三月三星在天，皆是在当时为然耳"③。朱公迁首先指出朱子观点依据的文献资料，接着引出《尧典》，明辨其中的差异，再引蔡《传》和方回《山经》作为资料佐证。又如《斯干》，朱公迁对朱熹涉及"梦"的传文详尽补充，"郑氏曰：'阴阳之气，谓休王前后。'贾氏释云：'凡五行，值时者王，生王者休，王所生者相，王所胜者死，相所胜者囚。如春则木王、水休、火相、土死、金囚也。'贾说如此而不释前后二字，窃意休前为囚，王后为相，休王前后，岂兼休囚王相而言与？已上梦时之月日，观建庆所在，辨阴阳之气，以推吉凶也""郑氏曰：'日月星辰，谓日月之行及合辰所在也。'愚按：贾氏释文于此甚详，今以其说考之，此盖又推后来事应之日月也。某年月日有何梦，则逆知某年月日有何应，盖彼时日月五星所行于十二辰，次在某处，其日支干与梦之日支干，若何相配。合事至此，当验也。然其占梦之法，则贾说亡

---

① 梁益：《诗传旁通》卷十五，文渊阁《四库全书》本。
② 朱公迁：《诗经疏义会通》卷一，文渊阁《四库全书》本。
③ 朱公迁：《诗经疏义会通》卷三，文渊阁《四库全书》本。

之矣。六梦，一曰正梦，无感而自梦也；二曰噩梦；三曰思梦，因惊愕思念而梦也；四曰寤梦，因觉时道之而梦也；五曰喜梦，六曰惧梦，则又因喜惧而成梦也"①。朱公迁先引郑氏和贾氏说，再分析贾说中合理的成分以及不足之处，最后再给出自己的解释。他还对朱熹没有解释的地方给出自己的理解，以回护朱子思想，如《泮水》篇，朱熹曰，"蹻蹻，盛貌"。朱公迁曰，"郑氏以音为德音，辅氏以为《集传》遗此一句，愚谓'其音昭昭'即色笑之声音也，二语相贯，是以朱子略之"。这种对经传的增释有效拓展了读者的视野。

对集传解释不足的地方，朱公迁给予修正和辨析。如《诗经疏义会通》卷一，朱子认为国风是"诸侯采之以贡于天子，天子受之而列于乐官"，朱公迁对此提出了不同看法，"朱子谓凡国风皆诸侯采之以贡于天子者，此亦据成周时语之耳。东迁以后，未必然。若卫有《新台》《墙茨》，齐有《南山》《敝笱》，丑恶如此，未必其君所贡者，但风行地上，无往弗遍，歌谣传诵，随地而闻，不必采而后得，贡而后达也。故班固以为诗遭秦火而全者，以其风诵而不独在于竹帛故也。夫其传之后来且然，况当世乎？"②朱公迁首先认为朱子说法未必正确，然后用卫有《新台》《墙茨》，齐有《南山》《敝笱》作为反证，最后再用班固的看法来强化自己的观点。整个训释可谓有理，有据，有节。

注意对《诗集传》版本进行考辨，也是朱公迁注释的一个特色。如《载芟》篇，朱子集传为"此诗未详所用，然辞意与《丰年》相似，其用应亦不殊。下篇放此"。朱公迁则认为，"初本无'其用应亦不殊'一句，改本无'下篇放此'一句。今按：无上句则不足以定此诗之用，无下句则不足以定后篇之用，必合二本而两存之。则或祭宗庙，或报田祖先农方社，而三诗所用无不同矣"③。朱公迁注意到了初本和改本之间的差异，还从"诗之用"的角度进行综合分析比对，提出自己"必合二本而两存之"的看法。涉及版本之间差异探讨的，在《诗经疏义会通》中也还有几例，如《丰年》篇，朱子曰："此秋冬报赛田事之乐歌，盖祀

① 朱公迁：《诗经疏义会通》卷十一，文渊阁《四库全书》本。"土死"，《四库全书》本原作"王死"，据《周礼注疏》卷二十五改。
② 朱公迁：《诗经疏义会通》卷一，文渊阁《四库全书》本。
③ 朱公迁：《诗经疏义会通》卷十九，文渊阁《四库全书》本。

田祖先农方社之属也。"朱公迁则认为："《集传》初本作'谷始登而荐
于宗庙之乐歌',改本作'报赛田事之乐歌'。辅氏以初本为是,赵氏以
改本为是。经文只言'烝畀祖妣',未尝如《甫田》有'以社以方,以
御田祖'等语,则似难舍经文而用《小序》之说也。不知改本何以又用
《小序》,且其说又有'《序》误'二字,尤为可疑。但今不敢质言,特
备两说,以俟明者。"① 朱公迁对初本和改本的提法进行比对分析,显示
出他对朱熹《诗集传》版本流传和文本内容的熟悉。

　　朱公迁对集传内涵拓展宽泛,所下按语精辟简练。《邶风·柏舟》
篇,朱子曰,"言石可转,而我心不可转;席可卷,而我心不可卷。威
仪无一不善,又不可得而简择取舍,皆自反而无阙之意"。朱公迁曰,
"不可转,其志确也;不可卷,其节坚也,不可选,其德备也。存诸中
者不可移,形于外者无不善,庄姜之贤,具于此章"。朱熹以"石可
转"和"席可卷"引发出的对象都是心,而朱公迁却分别用"志确"
"节坚""德备"来对应"不转""不卷""不选",视野比朱熹更开
阔,意义展示上更有层次性和可感性。再如《诗经疏义会通》卷三末,
朱子援引张载云:"卫国地滨大河,其地土薄,故其人气轻浮;其地平
下,故其人质柔弱;其地肥饶,不费耕耨,故其人心怠惰。其人情性
如此,则其声音亦淫靡。故闻其乐使人懈慢,而有邪僻之心也。郑诗
放此"。朱公迁认为:"卫多君子,于诗可见,如《淇奥》之武公,固
非诸国所有。而文公兴卫,亦卓卓可称者。其余如《凯风》之孝子,
《北门》之忠臣,《北风》之智者,《干旄》之贤大夫,《简兮》之贤伶
官,《考槃》之隐君子,岂不特然于变风时?其次则《乘舟》之争死
者,亦有可悯之一节。又如贤妇人六人,则庄姜、共姜、许穆、宋桓
夫人、《泉水》《竹竿》之女也。若《燕燕》之能淑慎,《伯兮》之守
专一,《雄雉》之知德行,《谷风》被弃而有同死之德音,又在六妇人
以外。然则卫不特多君子而已,亦可谓多贤妇人矣"②。朱公迁的这段
概括可谓精辟,用简练的话语对诸诗旨意进行总结,同时列举了"贤
妇人六人":庄姜、共姜、许穆、宋桓、《泉水》女、《竹竿》女,进

---

① 朱公迁:《诗经疏义会通》卷十九,文渊阁《四库全书》本。
② 朱公迁:《诗经疏义会通》卷三,文渊阁《四库全书》本。

一步认为卫虽然君子不多，但多贤妇人。这种认知提供了另一重诗歌解读的视角，要比朱熹圆融通达。

除直接对集传意义进行拓展外，朱公迁一般喜欢先援引其他学者的意见，再给出自己的见解，如对《吉日》的解释，朱熹认为，"发，发矢也。豕牝曰豝。一矢而死曰殪。兕，野牛也。言能中微而制大也。"朱公迁先援引孔氏的理解，"小豝言发，谓射即中之；大兕言殪，谓射之即死"。然后再给出自己的理解，"愚谓中微见其巧，制大见其力"。从朱熹、孔氏、朱公迁这三个层次不难看出，朱公迁解释集传时往往先给集传找到它的持论依据，再根据集传内涵和这种依据点给出自己的理解，在回护朱子学说的过程中体现了一种小心谨慎的态度。

再如《桑柔》篇，朱公迁在篇末"《桑柔》十六章，八章章八句，八章章六句"处先引吕氏的观点，"此诗本厉王之乱在于用小人，故于听任之道，屡致意焉"。再给出自己的解释，"吕氏之说甚得诗意。然五章言'告尔忧恤，诲尔序爵'，规之也。八章言'自独俾臧，自有肺肠'，怪之也。十一章言'维彼忍心，是顾是复'，则责之甚也。十三章言'匪用其良，覆俾我悖'，则怨之深也。至最后三章，不及于王，而惟推见小人之心术，则怨王之意，不可胜道矣。夫以忍心不顺之徒，贪婪反复寇盗之辈，充斥在朝如此，欲免于乱，得乎？又按：此诗十六章，义最烦剧。今既略疏章旨于传文之下，但一篇之意必合而观之，然后可通。盖首章为遭乱呼天之词；二章、三章、四章述征役者之怨词；五章教以用贤救乱，则为陈善纳诲之词；六章则仕进不如力农；七章则在朝在野，同一祸患；八章则怨王之不智而不能用贤，以致民人之惑；九章则怨友之不信而不能相善，以致善人之困；十章言愚人不识祸几，而忠言不敢进；十一章言弃贤用盗，而以不仁诲其民；十二章言君子小人趋向之异；十三章又深怨王之用小人；十四章至十六章，又反复以责小人，而见用小人者为可深怨也。《小雅·正月》《大雅·桑柔》皆诗人深悲甚痛之词，故言之长也如此。然彼多忧惧，此多哀怨，则有不容不辨也"。① 在这段分析中，朱公迁不厌其烦逐章列举各章意旨，目的在于证明吕氏观点的正确和章节意义的

_____

① 朱公迁：《诗经疏义会通》卷十八，文渊阁《四库全书》本。

复杂。

　　类似情形再如对"《节南山》十章，六章章八句，四章章四句"的阐释，"此诗十章，以'不平谓何'为主。一章居高肆恶，而国家祸患不知省；二章谋邪作辟，而天人祸谪不知惩；三章昧于所事，致上天绝己而不知退；四章怠于所事，以私党宰国而不知已；五章天虽云变，而尚可消其变；六章天益生乱，而不肯止其乱；七章则君子避乱无所；八章则小人习乱成俗；九章言天祸我王，尹氏则怙恶而嫉善；十章又归本于王，欲其改恶而为善也"①。朱公迁在对诗篇章节意义进行阐释时，还注意到了前后章节意义上的起承转合。

　　结合朱公迁同时代的《诗经》学著述，不难发现他们最大的特点就是援引。但朱公迁的这种援引和刘瑾等人的做法还有很大差别。刘瑾著述中的大量援引目的在于文本意义的不同展示，往往援引不同学者观点只为说明一个问题，具有吴派经学的堆积材料的倾向。朱公迁的援引目的何在？不妨先看看他的自序，"说诗之难久矣，自孔子说《烝民》懿德之旨，孟子说《北山》贤劳之意，而后世难其人。汉儒章句训诂详，于诗则病甚。继之者说愈烦，意愈窒。辽辽乎千四百年，至明道先生说《雄雉》二章得孔孟说诗之法。又数十年得朱子而备焉。盖《诗》主咏歌，与文体不同，辞若重复而意实相承也，意则委婉而辞若甚倨也，是则说诗者之难也。朱子取法孔子，又取法于孟子，又取法于程子，少以虚辞助字发之，而其脉络较然自明，三百篇可以读矣。然虚辞助字之间，似轻而重，似泛而切，苟有卤莽灭裂之心焉，未必不以易而视之也，是则读诗者又当知其难也。诸家自立异者不论，惟辅氏羽翼《传》说，条理通畅，甚有赖焉，而多冗长不修，亦时时有相矛盾者，且或《传》之约者与之俱约，微者与之俱微，犹若未能尽也。小子鲁钝肤末，何足与言！间因辅氏说而扩充之，剖析传文以达经旨。而于未发者必究其蕴；已发者不羡其辞，庶几乎微显阐幽之意，而因传求经不难也。抑尝从事于涉矣，持其无敢慢之心，坚其欲自得之志。语助之声，随而为之上下也；立言之趣，从而与之周旋也。优柔餍饫，积日累月，乃若有默契焉。此不敏之资，困学之方，而未敢以为是也。夫惟以意逆志者，必有大过

①　朱公迁：《诗经疏义会通》卷十一，文渊阁《四库全书》本。

于兹，悯而教之则幸矣"。① 朱公迁的自序中主要涉及四层意思：其一，汉儒章句训诂太详尽，反而于《诗》无益；其二，诗歌主要在于咏歌，与文体不同，朱子主要效法孔子、孟子、程子的学术思想，了解他们的《诗》学观点，诗意可明；其三，指出辅广羽翼朱子《集传》，虽然条例畅达，但部分地方仍然自相矛盾，也有"《传》之约与之俱约""微者与之俱微"的不足；其四，提出自己的《诗》学方法：拓展辅广学说，剖析传文，以达经旨；集传阐释不够的地方，探其渊源，详尽其说；以意逆志。以上不难看出朱公迁的《诗》学思想，其援引多是对文本内部关联的探讨，指向性在于文本解读和意义梳理。

王逢对朱熹《集传》以及朱公迁《诗经疏义》进行补充训释。如《诗经疏义会通·纲领》，朱熹曰，"风雅颂者，声乐部分之名也"。王逢曰，"风有风之诗，雅有雅之诗，颂有颂之诗，犹军法之部伍，有一定不易之分也"。王逢运用比喻的手法，将风、雅、颂的区别比喻为军法的部伍，可谓形象生动。王逢大多时候的"辑录"均是对朱公迁疏义的进一步说明。如《诗经疏义会通·纲领》，朱熹对孔子"起予者商也，始可与言《诗》已矣"这句话进行解释"礼必以忠信为质，犹绘事必以粉素为先。起，犹发也。起予，言能起发我之志意"。朱公迁对朱熹的这段解释进一步拓展，认为"此章因论诗而知文质之先后，又为学之本末，见子夏善于学诗如此。朱子引之，亦以明学诗之法。盖学诗者不可泥于章句，而不知言外之意也"。而王逢则在朱公迁的基础上进一步阐发，"子贡因论学而知诗，子夏因论诗而知学，此所谓引而伸之，触类而长之，是也。夫子皆言始可与言《诗》已矣，是亦进而教之之道也。《通释》曰：'此引《论语》言诗凡十章，而皆不仍其先后之次，朱子于此得无意乎？切以浅见推之，"雅颂各得其所"一章，首明三百篇之定体也。诗体之音节既定，则可学矣，故次两章记夫子常以诗为教也。既学则必有成效，如所谓"兴观群怨"之类是也。故以此二章次之。然学贵乎知要，善读诗而有得，虽"思无邪"之一言，"白圭"之一章，用之有余；不善者，虽三百其篇而无用也。故此三章又次之。若子贡、子夏之问答，

---

① 朱公迁：《诗集传疏义序》，《诗经疏义会通》，明嘉靖二年书林刘氏安正书堂刻本。

又皆得诗人意外意者，故以此二章终焉，但未知朱子之意然否？'"① 从孔子到朱熹，从朱熹到朱公迁，从朱公迁到王逢，对同一个问题不断延展解释，其意义内涵在逐步走向深入。

再如《诗经疏义会通·纲领》，朱熹引张子的话，"置心平易，然后可以言《诗》。涵咏从容，则忽不自知而自解颐矣。若以文害辞，以辞害志，则几何而不为高叟之固哉？"朱公迁曰："此一条亦言学《诗》之法。"王逢曰："从容，舒缓貌。解颐，笑也，语出《匡衡传》。"② 王逢的这条训释为解释《集传》中"从容"和"解颐"的意思，对《集传》字词而不是内容作注的这种方式，在王逢的训释中还有不少，如《葛藟》最后一节，朱熹曰："兴也，夷上洒下曰漘"，"漘之为言唇也"。朱公迁曰："洒，七罪反，陗也，高峻也。上平坦而下水深为漘。"王逢曰："《尔雅》注：'洒，先典反，深也。'许氏曰：'洒，犹洗也。岸上面平夷，而其下为水洗荡啮入，若唇也。'"③ 王逢援引《尔雅》和许谦的观点对"洒"和"漘"进一步拓展解释。这种"注无定法""探根追源"的方式极大丰富了《集传》的内涵。

刘玉汝注重诗篇章法探讨。如《东山》篇："章首四句，每章重言，有与下文意相关涉者，有似相关涉者，有全不相关涉者。盖后章用前章首句以起辞，如《七月》《伐木》之类，诗有此体也。但有用一句或二句者，此则用四句，又是一体也。"④ "后章用前章首句以起辞"，这实际上是重章叠唱的一种方式，对后来的诗歌创作也有一定的影响。魏晋时期出现的"辘轳体"，如果追溯最早的源头也应该和这种方式有关。"辘轳体"是一种章法结构，诗篇前章最后一句和后章第一句相同，如曹植《赠白马王彪》："修坂造云日，我马玄以黄。玄黄犹能进，我思郁以纡。……欲还绝无蹊，揽辔止踟蹰。踟蹰亦何留？相思无终极。……感物伤我怀，抚心长太息。太息将何为？天命与我违。……自顾非金石，咄唶令心悲。心悲动我神，弃置莫复陈。……仓卒骨肉情，能不怀苦辛？苦辛何虑思？

---

① 朱公迁：《诗经疏义会通·纲领》，文渊阁《四库全书》本。
② 朱公迁：《诗经疏义会通·纲领》，文渊阁《四库全书》本。
③ 朱公迁：《诗经疏义会通》卷四，文渊阁《四库全书》本。
④ 刘玉汝：《诗缵绪》卷八，文渊阁《四库全书》本。

天命信可疑。"① 这种章法上起承转合的重章叠唱方式和"顶真"的修辞方式相似，但"顶真"是句法方式，而"辘轳体"是章法方式。

刘玉汝还留意诗歌编排问题。如《草虫》篇："按孔疏及《仪礼》，此篇当在《采蘋》后，说见下篇之末。按：此篇当从《仪礼》及孔疏，移置于《采蘋》后，则《采蘩》《采蘋》处其常，《草虫》处其变，尤与《周南》之三诗相对而相似。按：《鹊巢》见诸侯身修而得贤妃，《采蘩》见夫人身修而诸侯之家齐，《采蘋》《草虫》见大夫身修而得贤妻，《行露》听讼见大夫之身修，《羔羊》退食见大夫之家齐，《殷其靁》《摽梅》见士庶之家齐，而诸侯之国治矣。"② 他认为《草虫》的编排顺序应该遵照《仪礼》和孔疏的说法，移至到《采蘋》后。孔颖达曰："《仪礼》歌《召南》三篇，越《草虫》而取《采蘋》。盖《采蘋》旧在《草虫》之前，孔子以后简札始倒，或者《草虫》有忧心之言，故不用为常乐耳。"根据今本《毛诗》，《召南》在《采蘩》《采蘋》之间应有《草虫》一诗。《仪礼》不引，孔颖达认为有两种可能：一是古《诗经》原本《采蘋》在《草虫》之前。二是《草虫》诗也许不适合此场合，故不用。现存毛本《诗经》之诗篇篇次有可能已经不是孔子删《诗》时的原貌了。苏辙所言《诗经》篇次"非孔氏之旧"，而是"传者失之"，确有依据。

再如《菁菁者莪》篇：

愚按：毛传《菁莪》后为《六月》，以《六月》为变雅之首。《集传》谓《楚茨》而下十篇，疑正雅错脱在变雅；又谓《鱼藻》《采菽》与《楚茨》等相类。按：《楚茨》十篇原在《鼓钟》后、《青蝇》前，《鱼藻》二篇在《宾筵》后、《角弓》前；今若从传，移置此十二篇于《菁莪》之后，不惟可复正雅之全，且使武、成、康之际，祭祀、朝会、田猎、燕飨、务农、讲武之典略备于正雅之中，而一代之盛治为可考说者，不必曲说而辞意自明白，岂不韪欤？③

---

① 曹植：《曹子建集》卷五，文渊阁《四库全书》本。
② 刘玉汝：《诗缵绪》卷二，文渊阁《四库全书》本。
③ 刘玉汝：《诗缵绪》卷九，文渊阁《四库全书》本。

这里涉及正雅、变雅的脱简问题。毛传认为《六月》为变雅之首。集传认为《楚茨》而下十篇大概是正雅错脱在变雅，《鱼藻》《采菽》与之相似。刘玉汝认为，应该把《楚茨》《信南山》《甫田》《大田》《瞻彼洛矣》《裳裳者华》《桑扈》《鸳鸯》《頍弁》《车舝》《鱼藻》《采菽》这十二首诗移至《菁菁者莪》之后，以复正雅之全。显然朱熹是在毛传的基础上作推断，而刘玉汝则根据朱熹的推断，将"正雅错脱在变雅"这一问题进一步具体化，试图恢复错脱的诗文。又如《鸿雁》篇，"此诗与前《都人士》篇先后相应。前曰万民离散，已不复见昔时之美矣；至是宣王，能劳来还定安集之，故有此诗。以此推之，则《都人士》之非昔者，其以厉王暴虐、稼穑卒痒而致此，具赘卒荒欤，岂必如幽王戎狄之祸而后有此哉！此言前《都人士》者，指所移置《都人士》在《六月》前者，言之见正雅。"① 以上需要注意两点：所谓"前《都人士》篇"是指移《都人士》篇于《六月》前；前《都人士》篇和《鸿雁》篇前后呼应。"此篇若与下三篇俱移置《六月》前，乃与后《鸿雁》诗相应。盖此离散彼安集，亦一错简之证也，见《鸿雁》篇末。"② 这种判断的理论支撑仍然是此前"正雅复其全"的观点。对诗篇篇章顺序的关注不仅停留在错简层面，更有对内在义理的观照，如《静女》篇，"详考《邶风》，《柏舟》已变而未淫。《凯风》始淫，而犹有安母之七子能孝，《雄雉》之妇人知德，《匏有苦叶》之淫乱有刺，《谷风》之去妇犹有从一之望，《泉水》之卫女犹知不归之义。其淫奔之风，至《静女》而始甚。然其驯至有渐也，使当《凯风》以来渐坏之际，得贤君以拯救之，岂不可以复于正？而卫之君臣不然。狄已病邻而不知恤，乐已杂优而不知觉。贤人则使之仕不得志，忠臣则使之无以为家。俗日坏而君日昏，使人思避而去之。则卫国之俗，乌得不流而为《静女》之淫乎？《静女》既作，卫风既坏，而又加以《新台》《二子乘舟》之诗作，夫妇之伦渎，父子之恩伤，卫虽未灭，而其灭也可必矣。读者以邶诗循序而观之，而后知变与正之积渐次第，至明且备，诚非诸国所能及。以首变风，诚可为万世之戒惩。"③《邶风》中的篇章从《柏舟》到《凯风》

---

① 刘玉汝：《诗缵绪》卷十，文渊阁《四库全书》本。
② 刘玉汝：《诗缵绪》卷十二，文渊阁《四库全书》本。
③ 刘玉汝：《诗缵绪》卷三，文渊阁《四库全书》本。

《雄雉》《匏有苦叶》《谷风》《泉水》《静女》，再到《新台》《二子乘舟》，体现了社会风俗逐渐变坏的趋势："狄已病邻而不知恤，乐已杂优而不知觉。贤人则使之仕不得志，忠臣则使之无以为家。"读者从《邶风》的这种编排顺序可以知道变与正的积渐次第，明晓对后世的戒惩之意。

刘玉汝在诗歌阐释中很多地方吸收和借鉴了孔子和孟子的思想。这既有着时代的共通性特征，又具有自身独特的价值和意义。首先，从评诗人角度解读诗歌。如《墙有茨》篇，"读此诗者，一当知宣顽之恶，二当知诗人刺恶之意，三当知夫子存诗致戒之意。宣姜之恶，不可道也，而诗人以此意申之再三，既欲见隐之不可掩，尤欲见丑辱之深可恶。夫子之意，杨氏得之，杨氏之言，发明慎独之功最为明切。圣人训戒正在于此。读者当惕然知畏矣。"① 这段话涉及三个层次：当知宣顽之恶，这是文本层面；当知诗人刺恶之意，这是作诗人层面；当知夫子存诗致戒之意，这是评诗人层面。刘玉汝阐发的意图很明显，在诗歌理解过程中不可拘泥于一个层面。此前朱公迁、王逢等虽然已经注意诗歌篇章的整体联系，但更多是针对诗歌的文本层面个别涉及作诗人的态度判断，而很少涉及评诗人的意图探寻。刘玉汝提出的三个层次无疑对全面理解诗歌有着重要的意义。类似情形，再如《桑中》篇，"卫自《凯风》以来，积而至于《静女》，风斯淫矣。而又益之以《新台》，甚之以《墙茨》《偕老》，于是在位之世族效之而《桑中》作，则当时之民可知矣。此卫风之极也。国虽欲不亡，得乎？夫子删卫诸诗，其得失先后，浅深始终，历历可考。比之诸国之风，其事为独详，其序为最明，而必存此诗。圣人岂不知淫恶之不足录哉？盖垂戒之大政在于此。读者徒知淫行之恶而不务去；徒知淫祸之酷，而不知戒，是岂圣人删诗劝惩之本旨哉？"② 这段话包含两层含义：夫子删卫诸诗；圣人编诗时采录卫诸诗，意图在劝惩。编诗人不单纯是客观展示诗歌本身，更重在揭示诗歌背后的指涉，使读者从恶者身上反其恶，善者身上扬其善，进而达到教化的目的。

此前不少《诗经》学者，比如王逢等也喜欢援引孟子观点，但他们

---

① 刘玉汝：《诗缵绪》卷四，文渊阁《四库全书》本。
② 刘玉汝：《诗缵绪》卷四，文渊阁《四库全书》本。

的援引侧重在"引"后给出己意。刘玉汝对孟子思想的接受已经从援引句段发展到不露痕迹的自由融合与变通发挥，有江西诗派"点铁成金"①的效果。比如《唐风·杕杜》篇：

> 岂无他人，自释所以独行之故。所谓独行，固非特立独行。人不得而亲，亦非狷介自守，而与人不亲，特以无父母兄弟宗族之助，而不免于孤特耳。是以人之生也，五者之大伦，不可缺一也。父母俱存，兄弟无故，犹必资朋友以自辅，况孤特而求助于人？斯亦当然之事也。而五伦本乎天性，天性之发，必先父母，次兄弟，又次宗族，然后及于朋友他人也。施之得其序，然后无愧于己，无悖于理，而人之亲己者亦得尽其情。若不敬其亲而敬他人，则谓之悖理矣；不爱其亲而爱他人，则谓之悖德矣，人亦岂能亲己哉？今其人先言不如我同父；同父不可得，则莫如我同姓；同姓又不可得，然后求助于行路之人，则为之朋友者可知矣。②

"父母俱存，兄弟无故"出自《孟子·尽心上》"君子有三乐，而王天下不与存焉。父母俱存，兄弟无故，一乐也；仰不愧于天，俯不怍于人，二乐也；得天下英才而教育之，三乐也。君子有三乐，而王天下不与存焉。"刘玉汝选取了孟子话语中的一句来展开自己的论述，在他看来，五伦源自天性；天性之发，必先父母，然后是兄弟、宗族，再推及到朋友。遵从一定的次序，才能无愧于自己，无愧于事理。他已经不是大篇幅地援引诸儒观点，不是战战兢兢，小心翼翼地在圣人论说之下谨慎给出己说，而是自己站出来说话，在纵横捭阖，"点铁成金""夺胎换骨"的阐发中，呈现自己的观点。他关注孟子，但又没有陷于孟子言论中不可自拔。他不是为了去证明孟子的言论，而是将孟子言论作为自己观点的佐证。类似这种化用，在刘玉汝的阐释中还有不少，比如《伐柯》篇：

---

① "点铁成金""夺胎换骨"是以黄庭坚为代表的江西诗派的一种诗歌创作方法。"点铁成金"一方面强调字句的出处，一方面强调陈言的化用。"夺胎换骨"强调效法前代诗歌的同时要加入自己的立意。

② 刘玉汝：《诗缵绪》卷七，文渊阁《四库全书》本。

用二事正说、覆说以比一事，而一事之二意备见，又是比之一体。非《传》则此意不明。盖旧说以"之子"指周公，与《九罭》同，故其说牵强。今以"之子"指妻，为比，比体既定，而诗意涣然矣。或疑同牢之礼无笾豆，此以词害意也。①

"以辞害意"是指因拘泥于辞义而误会或曲解作者的原意。"以辞害意""以意逆志"都是一种理解诗歌的方法，始见于《孟子·万章上》：

咸丘蒙曰："舜之不臣尧，则吾既得闻命矣。《诗》云：'普天之下，莫非王土；率土之滨，莫非王臣。'而尧既为天子矣，敢问瞽瞍之非臣，如何？"曰："是诗也，非是之谓也。劳于王事而不得养父母也。曰：'此莫非王事，我独贤劳也。'故说诗者，不以文害辞，不以辞害志。以意逆志，是为得之。如以辞而已矣，《云汉》之诗曰：'周余黎民，靡有孑遗。'信斯言也，是周无遗民也。"②

这段话核心思想是讲读诗的方法："说诗者，不以文害辞，不以辞害志"，要"以意逆志"，这也是探寻诗歌本义的有效手段。《孟子·告子下》篇曰：

公孙丑问曰："高子曰：'《小弁》，小人之诗也。'"孟子曰："何以言之？"曰："怨。"曰："固哉，高叟之为诗也！有人于此，越人关弓而射之，则己谈笑而道之；无他，疏之也。其兄关弓而射之，则己垂涕泣而道之；无他，戚之也。《小弁》之怨，亲亲也。亲亲，仁也。固矣夫，高叟之为诗也！"曰："《凯风》何以不怨？"曰："《凯风》，亲之过小者也；《小弁》，亲之过大者也。亲之过大而不怨，是愈疏也；亲之过小而怨，是不可矶也。愈疏，不孝也；不可矶，亦不孝也。孔子曰：'舜其至孝矣，五十而慕。'"③

---

① 刘玉汝：《诗缵绪》卷八，文渊阁《四库全书》本。
② 《孟子注疏》卷九上，文渊阁《四库全书》本。
③ 《孟子注疏》卷十二上，文渊阁《四库全书》本。

《小弁》涉及的是一场发生在上层贵族家庭内部的父子矛盾冲突，其内容表现的是父对子的迫害及子对这些迫害的愤懑与无奈。① 高子和孟子的话，在各自的立场来看，都有一定的道理。对父母表示愤懑是不孝顺的，所以此诗是"小人之诗"。孟子认为对于"怨"应该辩证看待：如果长辈有小错，怨恨是不对的；如果长辈有过于严重的错误，而后辈不加以纠正，反而是对亲情的疏离。这种判断有其独特之处，"表面上看，孟子说诗没有很好落实自己提出的'知人论世'和'以意逆志'方法，但是我们还是很容易感受到孟子说诗中存在的观念、套路和模式以及它们之间一致的逻辑线索。在这样的情况下，孟子明显淡化了孔子注重《诗》的审美特征和涵养个人情操的方面，但需要补充说明的是，这并不是说孟子不注重审美和修养，事实上，孟子的'充实之谓美'的经典论述以及'知言养气'的思想，均对中国古代诗学思想产生过深远的影响。"②

"以意逆志"固然能有效获得作者的创作意图，但是孟子所处的时代已经和《诗》的创作年代相距久远，读者和创作者之间的历史情境已经发生变化，读者之"意"很难准确切合作者之"志"。孟子说《诗》同样有着断章取义的倾向，实际《诗》学实践中并没有很好落实。先秦时期"赋诗言志"现象非常普遍，断章取义也时常出现，就像顾颉刚所说的那样，他们对诗是一种为自己享用的态度，怎么享用取决于自己。外交场合彼此注意的已经不是对方的语言辞令，而是辞令背后的"志"。王应麟《困学纪闻》曰，"以意逆志，一言而尽说诗之要，学诗必自孟子始。"孟子"以意逆志"发说诗之端，后来经过汉宋儒者的不断发挥，成为中国古代文学批评的主要方法。汉宋儒者同样用以意逆志的方法解诗，但是"逆志"的态度却不同，用艰险求之和平易求之，最后取得的结果相反。汉儒在干道思想与香草美人传统下，受到谏书影响，更多时候采取艰险求之的逆志方式；宋儒注重道德涵养，强调修辞立其诚，更多则为平易求之的逆志方式。同样是对孟子思想的吸收与借鉴，但结论迥异。刘玉汝对孟子"以意逆志"思想的发挥，和以上汉宋儒者观点的

---

① 李山：《诗经析读》，南海出版公司，2003，第287页。
② 魏家川：《先秦两汉的诗学嬗变》，学苑出版社，2007，第133页。

差别又有不同。他理解的"以意逆志"不是孟子的断章取义，也不是汉宋儒者提倡的"艰险求之"和"平易求之"，而是结合欧阳修"诗本义"的要求，更好去探讨作诗人的意图，诗歌的意图，进一步弥合孟子《诗》学实践的悖论。

刘玉汝对孟子思想的接受，有着元明心学的痕迹。宋明理学家一直以孔孟传人自居，一般来说他们对汉代以来的诸家注释都保留了自己的意见，形成汉学与宋学两派。汉学以考据为主，宋学以义理为主，也就是性命之学。陆九渊的"六经注我"是对孔孟之道的继承；"我注六经"是借六经阐发自己的思想。每个人对六经的理解不同，"有一千个读者就有一千个哈姆雷特"，最后所得结论只不过是自己的理解，至于六经本身的含义则处在不可知之列。刘玉汝吸收了心学的这种思想，解释诗歌过程中竭力地体现着"我注六经"的热情。六经已经不是被注释的对象，而沦为了自己言论的注脚。如《衡门》篇：

> 身之所居，心之所乐，若是其薄也，而曰可以。且饮食男女，人之大欲，而曰岂、必。其人之寡欲无求如此，宜其隐居而有以自乐也。《孟子》曰："养心莫善于寡欲"。①

孟子"养心莫善于寡欲"的言论只是刘玉汝观点的佐证。这和从孟子观点出发，最后表达自己的观点的方式有很大不同。戴震认为圣人之道在六经，汉儒得其制数，而失其义理；宋儒则得其义理，而失其制数。在清儒看来，汉儒和宋儒对六经的阐发均失之偏颇，没有做到两全。而实际上，戴震对六经的注释也没有将这两者很好结合，他的《孟子字义疏证》并没有按照孟子的意思来说，而只是借此批判程朱理学。刘玉汝的诗歌阐释恰恰是融合这种"制数"和"义理"的有效尝试。再如《吉日》篇：

> 篇首言猎前期事，中言猎时事，末言猎终时事：一篇备见猎之始终。从其群丑，有驱禽待射意。悉率，有竞劝意。于三品惟举中

---

① 刘玉汝：《诗缵绪》卷七，文渊阁《四库全书》本。

而言，有不敢自谓足充上杀之意。此宣王西都四时之田，本为常典，然久废而中兴，所以可美。又此诗虽美田猎，而最见中兴之人心。盖周室中衰，人心离散；宣王中兴，能修政事，一有田猎，人即兴起而乐趋之。故诗人中间两称天子，见其从天子而来。首言可以从禽，则有先事趋赴之心；中言悉率、以燕，则有亲上爱君之心；末言献禽，则有尊君奉上之心。人心如此，此宣王所以中兴，中兴所以可美也。孟子云："闻车马之音，见羽旄之美，举欣欣然有喜色"。东莱谓："见上下之情者，此篇最可见也"。①

刘玉汝认为《吉日》篇虽然是美田猎之事，但是能看出中兴时期的人心。宣王中兴，能治理政事，见田猎，人们就快乐趋之。这和孟子所言"闻车马之音，见羽旄之美，举欣欣然有喜色"的意思相似，也能见吕祖谦所谓的"见上下之情者"。这里刘玉汝对诗歌的理解与孟子和吕祖谦一脉相承，只是已经把孟子和吕祖谦的观点作为了自己言论的注脚，在为自己的观点张本，显示了经学阐释的变化。这种阐释虽然在文本意义的内在探寻方面有着内在的一致性，但是阐释的主体性在不断增强，注释性却在走向弱化。

## 二　诗序与核心论题：以"朱说"为参照的疑改与辨析

朱熹对待《诗序》的态度存在矛盾之处，他在《诗经》经义篇旨的解说上认同《大序》，而对《小序》却主张"须先去了《小序》"，认为"《诗序》实不足信。"但问题是，朱熹又在解诗过程中不自觉地部分认同着《小序》。这种对《小序》"暧昧纠缠"的态度，导致对部分诗文判断上的难以厘定。《诗序辨说》认为《诗》《序》相合者与不合者各约百篇，《诗》《序》部分相合者约七十篇，拿不准的约三十篇。而拿不准的，一般认同《序》说。元代大多数《诗经》学者，像刘玉汝、梁寅、梁益、朱倬等人，他们在解《诗》过程中，尽量少言《诗序》，或者直接"弃《序》言《诗》"，这就很聪明地回避掉了朱熹的有关《诗序》

---

① 刘玉汝：《诗缵绪》卷十，文渊阁《四库全书》本。

的纠缠，而将精力集中到其他的训释方面。马端临却和他们持相反的观点，认为《诗序》不可废除。"夫本之以孔孟说《诗》之旨，参之以《诗》中诸《序》之例，而后究极夫古今诗人所以讽咏之意，则《诗序》之不可废也审矣。"① 这种不同的声音，显示出元人对《诗经》学的另一种思考。

元代学者对《诗序》的两种相反态度，沿袭了宋代《诗经》学中尊序与废序的论争，其表现形式又有不同，同时论争的阵营力量不够均衡，大多仍是暗合"弃《序》言诗"的思路。刘瑾以巧妙的方式弥合着《序》与《诗》的矛盾。一般《小序》放在每首诗歌之前，而刘瑾《诗传通释》先是经文，然后是传文，接着是篇章以及章句数目，最后是《诗序》和朱子的"《诗序》辨说"。这种安排规避了解诗过程中《诗序》对读者诗义理解"强行植入"，进而导致对整个诗歌主旨先入判断的情形。《诗序》放在最后，它只提供一种认知角度，起到参考作用。这种体例上的独具匠心，也将他本人置身于诗歌阐释的自由之境。这种对《诗序》的态度，应该是接受了朱熹中期的观点，既有肯定，也有辩证的分析和批判，较为理性，并非单纯否定或肯定。

许谦作为朱熹的第五代弟子，其治学显然受到老师的影响，注释《诗经》多以朱熹《诗集传》为蓝本，在尊崇与回护老师思想的同时，也体现了自己鲜明的注释特色。对诗歌篇章旨意的高度概括，是其注释的最大特色。朱熹对《诗序》的接受是一个反思和重建的过程。继郑樵反对《诗序》之后，朱熹进一步考证辨析《诗序》的是非得失，逐步开始从诗歌的含义中去把握诗歌的旨意，摈弃用《诗序》解释诗歌的传统，打破了《诗序》的束缚。许谦在注释《诗集传》的时候，并非全盘接受《诗序》，也非彻底废除《诗序》，而是进行了全新的阐发，结合《诗序》，加入自己的诗学判断，重新给出诗歌的篇章旨意，比如《雄雉》篇，许谦给出的篇章旨意概括为"妇人思其夫（异）"②。该篇《诗序》原为"刺卫宣公也。淫乱不恤国事，军旅数起，大夫久役，男女怨旷，国人患之而作是诗。"朱熹认为："《序》所谓'大夫久役，男女怨

---

① 马端临：《文献通考》卷一百七十八《经籍考五》，文渊阁《四库全书》本。

② 许谦：《诗集传名物钞》卷二，文渊阁《四库全书》本。

旷'者得之。但未有以见其为宣公之时，与'淫乱不恤国事'之意耳。此诗亦妇人作，非国人之所为也"。朱熹显然对《诗序》表示了质疑，但也只是说"此诗亦妇人作"，而许谦则根据《诗序》和朱熹的判断，给出了自己的解释："妇人思其夫"，这足以见得许谦在继承朱熹思想的过程中，又融入了自己的变革精神。

许谦给出篇章旨意的标准是什么？如《汉广》篇，许谦给出的诗旨为"江汉游人"；《诗序》给出的注释为"德广所及也。文王之道被于南国，美化行乎江汉之域，无思犯礼，求而不可得也。"朱熹则认为"此诗以篇内有'汉之广矣'一句得名，而《序》者谬误，乃以'德广所及'为言，失之远矣。然其下文复得诗意，而所谓文王之化者，尤可以正前篇之误。先儒尝谓《序》非出于一人之手者，此其一验，但首句未必是，下文未必非耳。苏氏乃例取首句而去其下文，则于此类两失之矣。"在朱熹看来，"首句未必是"，也就是说"德广所及"与诗歌含义相去甚远；"下文未必非"，也就是说"求而不可得"不是没有这样的可能。朱熹判断的依据自然是根据诗歌的含义。而许谦则综合了《诗序》和朱熹的看法，给出了"江汉游人"的判断，对诗歌内涵也给出了自己的注释："汉之游女不可求，非必女子之知义端静而人不可求。实见者虽悦其容貌之端静，而自知其于义无可求之理，而赋此诗也。"① 关于这首诗歌的《诗序》，《韩诗》认为是"说人也"。这个判断与《韩诗》断章取义的特点密不可分。相比较《毛诗》和《韩诗》的《诗序》而言，许谦"江汉游人"的判断更具合理成分。

许谦注释《诗集传》过程中体现着对《诗序》的辩证接受，如《诗集传名物钞》卷一《驺虞》篇，许谦给出的概括为"美王道成"。《诗序》的注释为"《鹊巢》之应也。鹊巢之化行，人伦既正，朝廷既治，天下纯被文王之化，则庶类蕃殖，蒐田以时，仁如驺虞，则王道成也。"显然，许谦截取了《诗序》的最后一句作为篇章旨意的概括。再如《诗集传名物钞》卷一《野有死麕》篇，许谦给出的篇旨概括为"诗人美女子贞洁"。《诗序》："恶无礼也。天下大乱，强暴相陵，遂成淫风。被文王之化，虽当乱世，犹恶无礼也。"《诗序》多是从评诗人的角度给出

① 许谦：《诗集传名物钞》卷一，文渊阁《四库全书》本。

的，把诗歌当作客观的创作对象，来分析品鉴诗歌，从中找寻相应的时代背景及创作动机。而许谦给出的概括往往是从作诗人的角度给出的判断，把诗歌真正当成诗歌，站在诗歌创作者的角度阐明诗歌创作的缘由及立场。许谦的这种注释方式无疑受到了欧阳修、朱熹等人的影响，有意识抛开读者的主观意识，而主动进入诗歌内在肌理的探讨。《诗集传名物钞》卷二《静女》篇，许谦给出的概括为"淫奔之男"。《诗序》："刺时也。卫君无道，夫人无德"。朱熹认为"此《序》全然不似诗意"，应该是"淫奔期会之诗"，而许谦则抛出"淫奔之男"的概括，其立论可谓大胆。《静女》的篇旨定义为"淫奔之辞"倒也无可厚非，毕竟是受到朱熹"淫诗说"的影响，但是"淫奔之男"的判断从何而来？既然是"淫奔期会之诗"，那为什么不是"淫奔之女"，而是"淫奔之男"？这个问题若从作诗人，即诗中抒情主人公的角度来看的话，就可以理解了，诗歌俨然展示了一个男子焦急等待心爱的女子到来的一个场景。等的人是男子，被等的人是女子，所以诗篇旨意被许谦界定为"淫奔之男"。权且不说这种概括是否恰当，但是相比较《诗序》牵强的怨刺学说而言，已经表现出了许谦对诗歌本身旨意的有意关注。

对许谦概括篇章旨意时使用的"异古"和"异"的标注，也应该给予一定重视。《诗集传名物钞》各篇名之后的诗旨概括中，许谦使用了"异"字样的地方共有116处，而使用"异古"字样的地方有1处。"异""异古"无疑是在传达许谦给出篇旨概括时和他人不同的信息，但是这种不同又体现在什么地方？"异"是和什么相异？是和《诗序》相异，还是和朱熹的观点相异，还是和所有这些判断都相异？"异古"又是指什么？"古"是指古说，还是其他？《卷耳》篇，许谦给出的注释为"后妃作文王拘幽时也"，在此概括之后，许谦标注了"异古"二字。《诗序》曰："《卷耳》，后妃之志也。又当辅佐君子求贤审官，知臣下之勤劳，内有进贤之志，而无险诐私谒之心，朝夕思念，至于忧勤也。"朱熹认为："此诗之《序》，首句得之，余皆传会之凿说。后妃虽知臣下之勤劳而忧之，然曰'嗟我怀人'，则其言亲昵，非后妃之所得施于使臣者矣。且首章之'我'独为后妃，而后章之'我'皆为使臣，首尾衡决不相承应，亦非文字之体也。"许谦对诗旨的概括和《诗序》及朱熹对诗义的辨析存在明显分歧。朱熹只认为"后妃之志"有一定的道理，而许谦却认为"后妃作文王拘幽时也"。这种判断的依据是什么？这里的"异古"又是什么？许谦在随后的经文注释中提到"盖文王拘幽之际，臣民有奔走之劳，真有至于病者。至此则将云何乎？惟有长吁而已矣。盖其思虽切而无邪，忧虽深而不过。而一倡三叹之中，至诚恻怛之心、不愆礼义之则，洋溢于言语之表。非德之至，其孰能与于此？"① 许谦对诗篇旨意概括时显然结合了一定的时代背景，但是所谓的"异古"究竟指什么呢？推论或许只有一个：是和古文经学家的说法相异，也就是和《毛诗序》对篇章旨意的概括相异。《诗集传名物钞》其他篇章旨意的概括后标注"异"字样的均和《诗序》及朱熹的解释存在出入，而没有标注"异"字样的，篇旨概括往往和《诗序》比较接近。许谦这种对《诗序》的变相改动，反映了他变革的治学精神。他对《诗序》的处理既不是简单接受，也不是全盘否定，而是结合诗义，重新给出自己言简意赅的判断，并且明确标注出同异之处，有利于读者的深入阅读和比较研究。

　　许谦结合历史记载对经文和传文内涵进行考辨。《东山》篇，对于该诗究竟是何时而作，许谦给出了自己的判断："愚详味词意，恐果东伐归后之诗。其证有三：东征之役固成王亲行，而传谓'周公伐奄，三年讨其君'，是周公亦行矣，其期正与'于今三年'相应，一也。诛管蔡、伐奄，盖尝有战阵之劳矣。居东未尝战，而此曰'勿士行枚'，二也。先儒谓三代虽改正朔，而月数未尝易。然则《诗》《书》以月言者，皆夏正之月也。《多方》称：'五月丁亥，王来自奄，至于宗周。'古者，师行日三十里，则行役归途在三四月间也。成王迎周公乃在秋熟未获之时，诗称'十月获稻'，则周公归在九月间也。而《东山》草木虫鸟皆夏月气象，三也。若成王主兵，劳诗不当在《豳风》，则当时以周公之作倒附之《七月》诸诗，亦未可知也。况《风》《雅》音节各有不同乎，朱子尝言之矣。但周公居东有二：自流言之行，公则避而居东。二年，有风雷之变而迎公以归，然后作《大诰》。东征三年而归。此诗则作于东征而归之时也。"② 许谦认为《东山》作于东伐归后，并且给出了三条理由："周公伐奄，三年讨其君"的说法和"于今三年"相呼应；"诛管

---

① 许谦：《诗集传名物钞》卷一，文渊阁《四库全书》本。
② 许谦：《诗集传名物钞》卷四，文渊阁《四库全书》本。

蔡、伐奄，盖尝有战阵之劳矣"，和诗中"勿士行枚"相一致；根据夏正之月的记载习惯，成王迎周公在秋熟未获的时候，而诗中"十月获稻"表明周公归在九月间，与"《东山》草木虫鸟皆夏月气象"的记载相吻合。许谦往往运用历史记载和历法知识，结合诗句进行详尽分析，显示了宽广的学术视野和扎实的考辨能力。

许谦接受朱熹思想时比较冷静客观。《邶风·柏舟》篇，"此诗旧说男子作，朱子以为妇人诗，盖观其辞气而得之。以'卑顺柔弱'四言举一篇大旨。此读诗凡例也。读诗者每于一篇，吟哦上下，优游涵泳，以意随之而求诗人志之所在，庶不负朱子之教也。"① 许谦肯定了朱熹的判断，认为该诗是妇人之诗，并且对朱熹优游涵泳的读诗方式表示了认同。《诗集传名物钞》卷二《卫诗谱》"卫自康叔至釐侯，九世。釐侯四十二年卒。子武公和立，五十五年卒。子庄公杨立，二十三年卒。子桓公完立，十六年，弟州吁弑之自立。是年，国人杀之，立宣公晋，十九年卒。子惠公朔立，三十一年卒。子懿公赤立。九年，狄灭卫，戴公申立而卒。弟文公毁立，二十五年卒。子成公郑立，三十五年卒。子穆公遬立，十一年卒。《卫》诗三十九篇，今可谱者二十二篇。自釐侯至穆公十二君，二百六十六年，可见者如此耳。其十七篇不知何世，不可谱。朱子说诗与郑不同，故不从郑《谱》。"② 这段话中，很重要的是最后一句"朱子说诗与郑不同，故不从郑《谱》"，这种表明立场的态度，其判断的出发点在于是否和朱熹思想相抵牾，显示出许谦对朱熹思想的回护和尊崇。许谦《诗集传名物钞》又云，"右十七诗。前十诗有所疑而不敢必，后七诗不可知何世"。③ 这里，许谦在有所怀疑的地方不轻下断言，在不清楚的地方不妄下结论，又显出他的一种质疑精神和实事求是的治学态度。

朱公迁吸收和借鉴朱熹对"兴""比"的阐发，关注"兴""比"的意义拓展。如《关雎》篇，"朱子谓'凡言兴者，文意皆放此'，故尝以此求之，凡兴体有义相因者，有语相应者，相因相应兼备者多，义不相因而语又不相应者绝少，如此诗首章以物之偶兴人之偶，挚而有别，义相因也。二章、三章以事理当然为兴，而且上下呼唤成文，则义既相

---

① 许谦：《诗集传名物钞》卷二，文渊阁《四库全书》本。
② 许谦：《诗集传名物钞》卷二，文渊阁《四库全书》本。
③ 许谦：《诗集传名物钞》卷二，文渊阁《四库全书》本。

因而语又相应也。中间文势又有反顺不同，其例不一，详具各章。"① 朱公迁指出兴的几种类型：有义相因；有语相应；相因相应兼备；义不相因而语又不相应。针对这几种类型，他以《关雎》为例进行阐释，认为诗的首章是义相因，二、三章是既义相因而语又相应。

再如《沔水》篇，朱熹曰，"水盛隼扬，以兴忧乱之不能忘也。"朱公迁补充曰，"水方盛而未杀，隼方扬而未止，忧念方来而未息，此皆理势之不可遏者，故用彼字相呼而为兴也。"②《四月》篇，"烈烈，犹栗烈也。发发，疾貌。穀，善也。"朱公迁曰，"日寒则风疾，其气相似也。民穀而我害，其情何不相似乎？但乱则俱害矣，而云然者，自伤之甚尔。乱世之物情与冬之惨憀同，故以起兴。"③《旱麓》篇，朱熹曰，"言旱山之麓，则榛楛济济然矣。岂弟君子，则其干禄也岂弟矣。干禄岂弟，言其干禄之有道，犹曰其争也君子云尔。"朱公迁曰，"此皆莫之致而至者，故以自然之理为兴。旱麓无意于榛楛，而榛楛自生之，以其地之美也。君子无意于福禄，而福禄自归之，以其德之盛也。"④《沔水》《四月》《旱麓》三篇中，朱公迁就为何起兴和怎样起兴作了详尽分析，拓展了兴的意义内涵。

不仅在一篇内部关注这种手法，朱公迁还在篇章之间进行横向比较，如《何彼秾矣》篇，朱子曰："以桃、李二物兴男女二人也。"朱公迁据此进一步说，"此其起兴，与《终南》《九罭》《鱼丽》同。"⑤ "兴""比"实际上是诗歌艺术手法的运用。朱熹在《诗集传·关雎》和《螽斯》中认为"兴者，先言他物以引起所咏之辞也。""比者，以彼物比此物也"。其在《朱子语类》中进一步提到，"诗之兴，全无巴鼻，后人诗犹有此体，如'青青陵上柏，磊磊涧中石。人生天地间，忽如远行客。'又如'高山有涯，林木有枝，忧来无端，人莫之知！''青青河畔草，绵绵思远道。'皆是此体。"⑥ 这些都说明继欧阳修提出探讨"诗本义"之后，朱熹开始更多关注诗歌的艺术手法。在朱熹的世界里，诗之"六义""义理"占据了很人比重，他有着诗性的情结，却并未真止抵达诗

---

① 朱公迁：《诗经疏义会通》卷一，文渊阁《四库全书》本。
② 朱公迁：《诗经疏义会通》卷十，文渊阁《四库全书》本。
③ 朱公迁：《诗经疏义会通》卷十二，文渊阁《四库全书》本。
④ 朱公迁：《诗经疏义会通》卷十六，文渊阁《四库全书》本。
⑤ 朱公迁：《诗经疏义会通》卷一，文渊阁《四库全书》本。
⑥ 黎靖德编，王星贤点校《朱子语类》卷八十，中华书局，1986，第2070页。

歌灵魂舒展、情志毕现的世界，毕竟他受礼法的约束和牵绊太多。他的学生辅广逐步从诗歌的章法入手，开始阐释诗歌的整体旨意。

宋代真正意义上开始注重诗歌品评和鉴赏的是谢枋得。如《北风》，"一章曰'同行'，二章曰'同归'，三章曰'同车'，一节紧一节，此风人之法度也。"① 再如《草虫》，"'惙惙'忧之深，不止'忡忡'矣。'伤'则恻然而痛，'悲'则无声之哀，不止于'惙惙'矣。此未见之忧，一节紧一节也。'降'则心稍放下，'说'则喜动于中，'夷'则心气和平。此既见之喜，一节深一节也。此诗每有三节，虫鸣、螽趯、采蕨、采薇之时，是一般意思，'忡忡'、'惙惙'、'伤悲'之时，是一般意思；'则降'、'则说'、'则夷'之时，是一般意思。"② 谢枋得这种对诗歌的鉴赏方法直接影响到后来《诗经》学的发展。"在中国历史上，《诗经》文学意义的真正发现，不是经学家自己，而是谢枋得、林希逸等一批研究'文章血脉'的批评家。这就注定了《诗经》的文学研究，压根就是与经学研究同床异梦的，它们属于两种不同的思维系统，最终必然要分道扬镳。"③ 刘毓庆提及的"文章血脉"恰恰就是诗歌的文学性。

朱公迁在诗歌阐释时，注意篇章之间的关联。如《式微》篇，"卫有他国之诗六篇，《式微》《旄丘》《河广》，作于卫者也。《载驰》《泉水》《竹竿》，为卫而作者也。作于卫者，卫国之所录；为卫而作者，卫国之所传。况黎、许国小，宋无风，《泉水》《竹竿》不知出何国，列于卫，何怪乎？"④ 朱公迁首先提到卫有他国之诗六篇，然后分"作于卫者"和"为卫而作者"两类进行分析，最后传达出对《泉水》《竹竿》列于卫的困惑。这种把诗篇放在整体中去观照的方式，显示着朱公迁宏阔的学术视野。

除注意篇章之间的关联外，朱公迁还注意诗篇内部的关联，如《玄鸟》篇最后一章，"此一节言人心归极者众，良由山河巩固而致然。然山河之所以不改其旧者，以天命之不替于今耳。居中制外，其所以然者

---

① 谢枋得：《诗传注疏》卷上，清乾隆《知不足斋丛书》本。
② 谢枋得：《诗传注疏》卷上，清乾隆《知不足斋丛书》本。
③ 刘毓庆：《从经学到文学——明代"诗经"学史论》，商务印书馆，2001，第277页。
④ 朱公迁：《诗经疏义会通》卷二，文渊阁《四库全书》本。

如此，福之在武丁孙子可见也。此与上一节相应。"① 再如《竹竿》，"一章归而乱辞以决之，二章思归而以正义决之，三章、四章则思不能忘，而义若不能决也。然则所以自处者，有道矣。《竹竿》《泉水》《载驰》三诗为一类，《载驰》之诗其情迫，此与《泉水》其词缓，势不同也。然《载驰》驰驱而出矣，闻大夫之言而后反；《泉水》亦与诸姬伯姊谋，而后知义理之必然而无疑；此则断之以心，不待谋而后决，告而后知，比之《泉水》《载驰》，尤为贤也。"② 朱公迁首先分章解说该诗的诗义，然后再从语言和旨意方面，把该诗和其他两首诗歌进行类比，认为《载驰》"情迫"，该诗和《泉水》"词缓"；比之《泉水》《载驰》，该诗"尤为贤也"。朱公迁注重篇章联系的这种诗学特点，和辅广以及谢枋得相似。"谢枋得之后，元及明初的二百多年间，是《诗经》的文学研究作为经义附庸的时代。由于经义取士日趋高涨，《诗经》研究开始走向了'为制义而讲经'的道路，功令所在，士子趋之若鹜。宋末出现的那种自由讲经的气氛随之消失，《诗经》刚刚萌芽的文学研究，转而作为'时文之法'而融入了经义讲章之中，一批为'时文之用'的讲《诗》之作应时而生。如朱公迁、刘玉汝等，虽皆对诗义、辞章有过考虑，然究其本，仍当有意于举业所用。"③ 元代"为制义而讲经"的倾向确实存在于林泉生等人的诗学阐释中；但是如果把当时出现的所有《诗经》学著述都归入"为制义而作"则又显片面。元延祐二年恢复科举，开科取士。从1238年到1314年，科举并没有在北方举行，从1274年到1314年南方也未曾举行科举。从1279年到1450年，大部分的高层官职都是经由荐举或其他方式擢拔。元顺帝至元六年（1340）十二月，当朝统治者曾经再次恢复停罢两科的科举制度，朱公迁正好是第二年领浙江乡试。但是这种机缘巧合并不代表他的诗学观点就一定是为了迎合"制义"。人在机会选择面前表现出的个人意愿往往要高于社会既定规则，除非他别无选择，或者社会代替他作出了选择。朱公迁诗学阐释中看不到林泉生那样的"讲经"痕迹，相反更多是对诗歌艺术与内涵的讽诵品鉴，是对诗歌整体旨意的全面观照，而这恰好是辅广和谢枋得诗学思想的要旨。

---

① 朱公迁：《诗经疏义会通》卷二十，文渊阁《四库全书》本。
② 朱公迁：《诗经疏义会通》卷三，文渊阁《四库全书》本。
③ 刘毓庆：《从经学到文学——明代"诗经"学史论》，商务印书馆，2001，第277页。

　　朱公迁对《集传》的探讨还涉及一些重要的命题，如《大武》乐章问题等。《大武》乐章问题历来被诸多学者不断征引和探讨，时至今日也没有最后定论。朱熹《集传》中把《赉》篇定为《大武》之三章，其文献支撑就是《左传》宣公十二年楚庄王话语中《武》即《大武》。李山认为《大武》乐章依次为：《武》、酌、《赉》、阙、阙、《桓》，《赉》是《大武》第三章①。何楷、魏源、高亨、杨向奎、李炳海等学者②尽管对《大武》乐章的排列顺序有不同看法，但对"《赉》是《大武》之三章"这一点也持相同观点。朱公迁认为"《桓》诗有武王字，以为《大武》之六章犹可。此诗无武王字，而以为《大武》之三章，则未必然也。"③ 这里朱公迁从诗文内部的线索去探讨《大武》乐章的章数，认为《赉》并非《大武》乐章第三章，但是没有给出究竟是第几章的结论。同样不认为"《赉》是《大武》乐章第三章"的学者还有王国维和孙作云。王国维认为《大武》乐章依次为：《昊天有成命》《武》《酌》《桓》《赉》《般》，《赉》是《大武》乐章的第五章。孙作云认为《大武》乐章依次为：《酌》、《武》、《般》、《赉》、阙、《桓》，《赉》是《大武》乐章第四章。对《大武》乐章的讨论，大家都有各自的理论预设。朱公迁虽然没有提出新的见解，但对朱熹观点的质疑本身体现了他的一种反思精神。他留意历史，但又不局限于《左传》提供的材料，而是根据诗文内涵给出自己的判断。

　　王逢对朱熹《集传》和朱公迁《诗经疏义》进行阐释时，重点关注"《诗》与史"的问题以及孟子"以意逆志"的问题。其探讨"《诗》与史"的问题如《鼓钟》篇，朱熹曰，"此诗之义有不可知者，今姑释其训诂名物而略以王氏、苏氏之说解之，未敢信其必然也。"王逢辑录众说云，"胡氏曰：'欧公云："《鼓钟》，《序》但言刺幽王，不知刺何事。据诗文，则是作乐于淮上矣。然旁考《诗》《书》《史记》，皆无幽王东巡之事。《书》曰徐夷并兴，盖自成王时，徐夷及淮夷已皆不为周臣；

---

① 李山：《周初〈大武〉乐章新考》，《中州学刊》2003 年第 5 期。
② 关于《大武》乐章的顺序，各家的排序看法如下。何楷：《武》《酌》《赉》《般》《时迈》《桓》。魏源：《武》、《酌》、《赉》、《般》、阙、《桓》。高亨：《我将》《武》《赉》《般》《酌》《桓》。杨向奎：《武》《时迈》《赉》《酌》《般》《桓》。李炳海：《武》《酌》《赉》《般》《时迈》《桓》。
③ 朱公迁：《诗经疏义会通》卷十九，文渊阁《四库全书》本。

宣王时尝遣将征之，亦不自往。初无幽王东至淮徐之事，然则不得作乐于淮上矣，当阙其所未详。"严氏谓："古事亦有不见于史而因经以见者，《诗》即史也。"其论固当，然而诗文亦不明言其为幽王也，故《集传》以为未详，又曰"未敢信其必然"，得之矣。'"① 欧阳修把《诗》与《书》《史记》并提，严粲也认为"《诗》即史"。这虽然是一个细小信息，但可以看出王逢是赞同这种说法的。文中子提到过"《诗》即史"的观点，"其述《书》也，帝王之制备矣，故索焉而皆获；其述《诗》也，兴废之由显，故究焉而皆得；其述《春秋》也，邪正之迹明，故考焉而皆当。"② 明代何楷《诗经世本古义》又作了进一步发挥，"夏商之文献，皆不足矣，宋犹存《商颂》五篇，杞无一焉，惟周室先祖之诗藏在故府，幸不放失。圣人以为此二代文献之犹存者也，故取公刘迁幽诸诗以续五子之后，取王季、文王诸咏以广《商颂》之遗，其于二代盖彬彬矣。《书》断于穆，《春秋》始于平，中间若厉、宣、幽三王之际，皆周室改革之大者而其事迹杳如也。舍《诗》将安所征之？故《诗》者，联属《书》与《春秋》之隙者也。孟子曰：王者之迹熄而《诗》亡，《诗》亡然后《春秋》作，诸儒推测未有得其解者也。"③ 何楷认为《诗》可以还原当时周家历史，具有据《诗》观史的效果，但是他强行把《诗》纳入《书》和《春秋》的体系，甚至认为可以互为补正，这就有点自圆其说的意味了。他对孟子的"《诗》亡然后《春秋》作"这句话本身存在误读。孟子语境中的"《诗》"是一种采诗观风的制度，而非《诗经》本身。以文本篇名的顺序替代文本内涵，这本身就是何楷强行附会的一种表现。朱公迁关注历史，他用历史引证《诗经》的合理性；王逢关注历史，他用别人对《诗经》的引证，确证自己对历史合理性的观照；何楷也关注历史，他把《诗经》本身当成合理性的历史。朱公迁、王逢、何楷对历史与《诗》关系的不同理解中流露着诸多时代渐变的讯息，也悄然预示着一个更为激进，更为主观的时代的到米。

　　王逢还关注孟子"以意逆志"的思想，如《云汉》篇，朱熹曰，"言大乱之后，周之余民，无复有半身之遗者。"王逢辑录众说云，"孟

① 朱公迁：《诗经疏义会通》卷十三，文渊阁《四库全书》本。
② 吕祖谦：《吕氏家塾读诗记》卷一，文渊阁《四库全书》本。
③ 何楷：《诗经世本古义》序，文渊阁《四库全书》本。

子曰:'说《诗》者不以文害词,不以词害志,以意逆志,是为得之。如以词而已矣,《云汉》之诗曰"周余黎民,靡有孑遗",信斯言也,是周无遗民也。'朱子曰:'若但以其词而已,则如《云汉》之言,是周之民真无遗种矣。惟以意逆志,则知作诗者之志,在于忧旱,而非真无遗民也。'"① 孟子和朱子都讲"以意逆志",所谓"意"是读者之意;所谓"志"是作者之志。何为"逆"?《说文解字》解释为"迎",也就是要读者充分发挥自己的主观能动性,去积极探索,迎合作者的旨意。周裕锴认为,"以意逆志"是孟子对《诗》的"意图重建"的努力。② 孔子曰《诗》可以观,通过《诗》可以观天地万物,可以明世间百态。《左传》也引《诗》,但它是更宽泛意义上的赋诗言志,这些仍然属于"观志"层面,真正发生变化的就是孟子,他提出"逆志",也就是不仅要观,还要逆,得有强烈的自我意识,唯有如此,才能把握诗歌的本义。何为诗歌本义?欧阳修作了精彩回答,他认为"诗人之意""圣人之志"是诗本义;"太师之职""经师之业"是诗本末。③ 孟子显然已经将主动探讨诗人旨意的目的放在了首位,而不是简单的阅读和体认。孟子"以意逆志"的观点,开辟了一条从诗歌接近诗人的道路;王逢同样注重探寻诗歌的本义,诗人的意图,但是不一定得强行迎合作者的意图,而是寻求这个本义之外的另一种新的内涵,新的视角。

刘玉汝主张古音理论,反对朱熹叶韵理论。"叶韵"又称为"协韵"。关于"叶韵",南北朝时期的沈重在《毛诗音》中就提到过"叶韵"说。叶韵说的兴起,促进了人们对古韵的探讨。宋代吴棫作《毛诗补音》《韵补》,自成系统的叶韵体系,对古音加密。吴棫《韵补》将古韵分为九部,认为古人用韵较宽,立古韵通转之说,为后来研究古韵开了先河。后来朱熹基本上沿用"叶韵"理论,并广泛应用在《诗集传》中。他对"叶韵"的关注有一定原因,认为"诗之音韵,是自然如此,这个与天通"④,强调和谐的音韵本身就是人与天进行沟通的媒介。这种认知不是没有来由,放眼八千多年前的裴李岗时期,人们已经开始关注

① 朱公迁:《诗经疏义会通》卷十八,文渊阁《四库全书》本。
② 周裕锴:《中国古代阐释学研究》,上海人民出版社,2003,第36页。
③ 欧阳修:《诗本义》卷十四"本末论",文渊阁《四库全书》本。
④ 黎靖德编,王星贤点校《朱子语类》卷八十,中华书局,1986,第2079页。

人与天的沟通。20世纪80年代在河南舞阳贾湖遗址发现了一批新石器时代的骨笛，很多为五孔、六孔、七孔和八孔的形制。这些骨笛不但能吹奏出完备的五声音阶，而且能吹奏出六声音阶和七声音阶，显示了贾湖音乐文化的最高水平。这些骨笛全是用丹顶鹤的肢骨截去两端骨关节做成，令人除了感慨古人的聪明才智之外，更对他们制作骨笛的初衷产生兴趣。《左传·成公二年》记载，仲叔于奚救了孙桓子，卫人答应赏赐给城邑，仲叔于奚最后辞谢了，而要求曲县与繁缨。卫人答应了，仲尼听到后说，"惜也，不如多与之邑，唯器与名不可以假人，君之所司也。名以出信，信以守器，器以藏礼，礼以行义，义以生利，利以平民，政之大节也。若以假人，与人政也。政亡，则国家从之，弗可止也已"。[①] 孔子所谓的"器"就是指乐器和礼器。古人看重乐器，因为它与礼乐密不可分。作为"时间艺术"的音乐，其核心就是"节奏"，这和礼乐的合于规范有着某种内在的联系。笛子在古人眼里有沟通天地的作用，它的前身是丹顶鹤。一只美丽的丹顶鹤发出天籁般的长鸣，在原野之上翱翔，自由而安详，这也是《诗经·小雅·鹤鸣》"鹤鸣于九皋，声闻于天"最早的情景。恰恰是这鹤鸣声，拉开了最早天地沟通的序幕。《乐记》同样有"大乐与天地同和"的阐发。音乐沟通天人，作为音乐之本的诗歌，同样也能沟通天人。刘熙载《艺概》云："《诗纬·含神雾》曰：'诗者，天地之心'，文中子曰：'诗者，民之性情也'，此可见诗为天人之合。"[②] 这或许也是朱熹提出"叶韵"说的理论来源。朱熹还认为，"音韵"具有"天地之和，求声气之元，超然远览，以谐神人"的作用。而作为"音韵"体现的"诗乐"意义同样值得关注。古之学者八岁入小学，学习六甲五方书计之事，十五岁入大学，学习先圣之礼乐，理义以养其心，声音以养其耳，采色以养其目，舞蹈降登、疾徐俯仰以养其血脉。"诗乐"的这种沟通作用被朱熹具体化到"叶韵"中，也是他"天人合一"思想的一种体现。"天人合一"就其性质而言不是一个"实体"范畴，而是一个生成性或过程性的情感范畴、本体范畴、境界范畴，真正能够获得这一"天人合一"目标的不是"逻辑"而是"审美"。[③]

---

① 杜预注，孔颖达疏《春秋左传注疏》卷二十五，文渊阁《四库全书》本。
② 刘熙载撰，袁津琥校注《艺概注稿》卷二，中华书局，2009，第215页。
③ 邹其昌：《朱熹诗经诠释学美学研究》，商务印书馆，2004，第148~149页。

刘玉汝继承了朱熹"天人合一"的思想，用《周南》《召南》应和"易"的思想，寻求文本关联的"合一"，也对朱熹的"叶韵"提出了不同的看法。他提出以"古音"代替朱熹的"叶音"，发陈第"古诗无叶音"说的先声。陈第认为古今音存在差别，是不断变化发展的。他在《读诗拙言》中指出"一郡之内，声有不同，系乎地者也；百年之中，语有递转，系乎时者也。况有文字而后有音读，由大小篆而八分，由八分而隶，凡几变矣，音能不变乎？"① 在《古音考自序》中也说，"士人篇章，必有音节，田野俚曲，亦各谐声。岂以古人之诗而独无韵乎？盖时有古今，地有南北，字有更革，音有转移，亦势所必至。故以今之音读古之作，不免乖剌而不入。"② 陈第也认为"古无叶音说"。在《毛诗古音考》中，他共考证了《诗经》韵字490多个。每个字条下，都有"本证"与"旁证"，"本证"取《诗》中与押韵之字为证，"旁证"取先秦及汉魏以降之韵文为证。此外陈第还提出了一些探求古音的方法，具有一定的操作性。比方说，以谐音求古音，以古注音求古音，以形声声符求古音，以古韵语求古音，以异文求古音，以方言求古音。这些方法对后来的古音学研究有一定的指导和启示意义。

陈第的这些古音研究方面的见解，也和刘玉汝的古音观念有一定的传承关系。元人不是只有刘玉汝关注古音，熊朋来说诗也多就古音而发，其《经说》卷二"《何人斯》'舍'字音'舒'"条："'尔之安行，亦不遑舍'，非但与'车'、'盱'协音作舒，便合读作舒，以经证经，《春秋》定六年，齐人弑其君荼（音舒），《公羊》作舍字，音舒自古有之。"③ 熊氏《经说》卷七《评韵释》又云："古字多假借通用，后儒增强重出以为博，若推其例，不可胜增。《易》《诗》《书》协韵，自唐人声韵音释行世，古韵遂废。《集韵》之后，南北增韵又数家，颇收汉晋人诗赋中用古韵者增入韵中，而《易》《诗》《书》古音则不问，无乃掎摭星宿遗羲娥乎？"④ 这也反映出时代的变迁，造成人们对周秦古音接受的差异。吴莱在《渊颖集》中，对于"叶音"的问题，也提出过自己的

---

① 陈第著，康瑞琮点校《毛诗古音考》，中华书局，1988，第 201 页。
② 陈第著，康瑞琮点校《毛诗古音考》，第 7 页。
③ 熊朋来：《经说》卷二，文渊阁《四库全书》本。
④ 熊朋来：《经说》卷七，文渊阁《四库全书》本。

看法，"古之言诗，本无定声，亦无定韵，声取其谐，韵取其协。平固未始尝为平，仄固未始尝为仄，清固未始不叶为浊，浊固未始不叶为清。自近世王元长、沈休文之徒，始著四声，定八病，无复古人深意。新安吴械材老乃用是而补音补韵，先儒亦尝取是而叶《诗》叶《离骚》。盖古今之字文不同，南北之语言或异，而音韵随之。是虽不待于叶而自能叶焉者也。①"吴莱传达了古人在诗歌音韵使用方面，自由用音，不依赖叶音，而自能协和音韵的意思。元代在音韵学方面取得的成就也不亚于宋代。文字学方面，像周伯琦《六书正讹》、戴侗《六书故》、李文仲《字鉴》等。音韵学方面，像周德清《中原音韵》、刘鉴《切韵指南》，还有黄公绍著，熊忠改编的《古今韵会举要》等。这些文字学和音韵学方面的巨著对后代的音韵研究有重大影响。另外卢以纬的《语助》，则是我国第一部研究文言虚词的专著，具有一定的开拓价值。元代在文字和音韵方面取得的成绩也影响到了对古音问题的相关探讨。戴侗在《六书故》中提出了"因声求义"和"声近义通"重要训诂学命题。他以《诗经》协韵来说明某字的古音古义，因此《六书故》的注音中常有以古音作又音者，如"天"字注他前、他真二切，"明"字注母滂、母兵二切，"梦"字注盲忠切，又莫滕、莫恒二切，"彭"字注蒲庚、蒲当二切。其中"天"字他真切（古韵真部）、"明"字母滂切、"彭"字蒲当切（古韵阳部）、"梦"字莫滕切（古韵蒸部），皆为《诗经》古音。②吾丘衍也认为文字谐声与音韵有一定的关系，"若能依《说文》谐声之法别为通韵，则《毛传》《楚辞》、古赋、《选》诗之韵，了然可知。"③

明确提出以"古音"代替朱熹"叶音"，这是刘玉汝非常重要的一个观点，"《传》叶音于某字下云叶某反。愚按《诗》音韵反切，古今不同。宋吴氏才老始为《叶音补韵》，其考证诸书最为有据。朱子取而用之于《诗传》，其间有未安者，又从而厘正之，使读者音韵铿锵，声调谐合，讽咏之间诚深有助。然古人淳厚质实，当风气未开之时，其言语声音皆得天地自然之声气，而合于天地自然之律吕。自唐虞至于秦汉，凡圣贤君子，民俗之言语，文章歌谣词曲之见于经史子传百家之书者，

---

① 吴莱：《古诗考录后序》，《渊颖集》卷十二，文渊阁《四库全书》本。
② 张民权：《元代古音学考论》，《陕西师范大学学报》2003 年第 4 期。
③ 吾丘衍：《闲居录》，文渊阁《四库全书》本。

莫不相合，盖古人之正音也。后来光岳气分而大音不全，方言里语，渐以讹谬。而为韵书者，又不能正之，而一从俗音。其意惟欲，取便一时，而不知其非古矣。今吴氏《补韵》以正音为叶韵，则是以后来之俗音为古人之正音，岂其然哉！今叶音之'叶'字，窃谓当以'古'字易之，如友下云'古羽已反'。谓之'古'，庶几人知音韵之正，以复先王之旧，以本天地声气之初，以终朱子厘正未尽之说。而未知然否也。"① 这段强调几点：其一，音韵反切，古今音不同。叶韵说未必可行。其二，朱熹以吴棫的叶韵说为借鉴，并且加以改进，但不知古人自唐虞至于秦汉，大凡经籍，在语音方面都能相合，即古人之正音。其三，由于方言俚语渐起，后人误以叶韵，也就是后来的俗音为正音，这也是造成语音讹谬的原因。其四，今"叶"音之"叶"字，应改为"古"字。刘玉汝分析了古音和叶音的差别，叶音讹误的原因，最后提出自己主张"古音"的观点。后来的顾炎武提出的"古韵复古"，正是源自刘玉汝大胆的"古音"论断。可惜的是，在当时朱子学说盛行的元代，刘玉汝的这种认知未能获得更多人的认同。

刘玉汝不仅留意"古音"，还注重"用韵"的方法，如《葛覃》篇，"首章'中谷'无韵，合下章'中谷'以重韵为韵。诗有本章重韵为韵者，《简兮》末章是也；有合两章、三章重韵为韵者，此篇与《瞻彼洛矣》是也。此古人用韵之体。后人以重韵为嫌，非古矣。"② 他指出诗有本章重韵为韵的，比如《简兮》末章；有合两章、三章重韵为韵的，比如《葛覃》和《瞻彼洛矣》。再如《卷耳》篇，"'二南'诗皆三章，此独四章。首章即见本意，次章、三章对举申咏，末章变文而以咏叹结之。又四'矣'字，皆结词，后来四韵律诗之体，盖本于此矣。"③ 他在此分析了章句吟咏的情形，指出四韵律诗之体本于此。

注重"兴""比"手法的概括归纳，也是刘玉汝关注的一个重点。朱熹《诗集传》与《毛传》不同，其以章为单位，标示兴体、兴法；而其中见解也与《毛传》同异互现。刘玉汝吸收和借鉴了朱熹的思想，也关注赋、比、兴手法的运用，但不是给《诗经》所有篇目标注赋、比、

---

① 刘玉汝：《诗缵绪》卷一，文渊阁《四库全书》本。
② 刘玉汝：《诗缵绪》卷一，文渊阁《四库全书》本。
③ 刘玉汝：《诗缵绪》卷一，文渊阁《四库全书》本。

兴，而是集中对一些篇章的手法进行概括、归纳、讨论。刘玉汝对
"兴"的手法的概括最为详尽。《文心雕龙·比兴》篇云："毛公述传，
独标兴体"这是古文经学《毛传》解《诗》的发明，亦是《毛诗》与
今文经学《鲁》《齐》《韩》三家的不同。《诗缵绪》提及"兴有二例：
有无取义者，有有取义者。传前以彼此言者，无取义也；后言挚而有别
和乐恭敬者，兼比也。兼比，即取义之兴也。传兼二义，故云'后凡言
兴者仿此'。"① 刘玉汝强调：兴有有取义和无取义两种；兼比一类的，
是有取义之兴；以后言兴的都和此处相似。

关于兴的讨论前代已经有不少，为何刘玉汝直接给出己意呢？朱熹
对兴的界定，存在一个不断发展变化的过程。②

其一：

　　"兴"乃兴起之义。③

　　大概兴诗不甚取义，特以上句引起下句。④

　　因所见闻，或托物起兴，而以事继其声……兴有取所兴为义者，
则以上句形容下句之情思，下句指言上句之事实；有全取其义者，
则但取一二字而已。要之，上句常虚，下句常实。⑤

其二：

　　兴者，先言他物以引起所咏之词也。⑥

其三：

　　兴则托物兴词。⑦

① 刘玉汝：《诗缵绪》卷一，文渊阁《四库全书》本。
② 此处参考了邹其昌《朱熹诗经诠释学美学研究》第 100 ~ 101 页对"兴"的判定。
③ 朱熹：《朱熹集》，四川教育出版社，1996，第 1879 页。
④ 朱熹：《朱熹集》，四川教育出版社，1996，第 5461 页。
⑤ 束景南：《朱熹佚文辑考》，江苏古籍出版社，1991，第 345 页。
⑥ 朱熹：《诗集传》卷一，凤凰出版社，2007，第 2 页。
⑦ 朱熹集注，夏剑钦、吴广平校点《楚辞集注》卷一，岳麓书社，2013，第 5 页。

本要言其事，而虚用两句钓起，因而接续去者，兴也。①

以上不同时期对兴的判断，可以看出朱熹思想的变化。

"其一"中，朱熹对"兴"的认知与金文"兴"字的意义内涵相近：举起、抬起、兴起。"其二"中，朱熹已经关注到不同事物之间的联系，以一物兴起另一物。这种思想的源头可以追溯到新石器时代。新石器时代的器物纹饰中大量存在对鱼、对鸟的物象，这应该不是一个偶然现象，其中包含着交感互渗的内涵，是后来"比兴"手法的先声。交感互渗是一种横向的关系，存在于物类之间；比兴是一种纵向的关系，在天地周流不息的变化中被不断强化和确证。朱熹的这种观照有着《易》"立象以尽意"的意味。"其三"中，朱熹已经注意语义之间的关联，更多强调的是所兴起的那个事物，这和现在对兴意义的理解比较接近。《朱子语类》曰：

> 问："《诗传》说六义，以'托物兴辞'为兴，与旧说不同。"曰："觉旧说费力，失本指。如兴体不一，或借眼前物事说将起，或别自将一物说起，大抵只是将三四句引起，如唐时尚有此等诗体。如'青青河畔草''青青水中蒲'，皆是别借此物，兴起其辞，非必有感有见于此物也。有将物之无，兴起自家之所有；将物之有，兴起自家之所无。前辈都理会这个不分明，如何说得《诗》本指。只伊川也自未见得。看所说有甚广大处，子细看，本指却不如此。若上蔡怕晓得《诗》，如云'读《诗》，须先要识得六义体面'，这是他识得要领处。"②

"托物兴辞"为兴，与旧说"一物兴一物"不同。"托物兴辞"不一定要亲眼见到，亲耳听到那个"物象"，重要是后面的"辞"和"物"之间有某种意义上的关联，更强调审美主体的情感因素和"物象"的审美属性。刘玉汝将这种说法进一步明确化："有取义"和"无取义"。这种划分关注点在"取义"上，不管是"以一物兴一物"，还是"托物兴

---

① 黎靖德编，王星贤点校《朱子语类》卷八十，中华书局，1986，第 2067 页。
② 黎靖德编，王星贤点校《朱子语类》卷八十，第 2070～2071 页。

辞"，"物"的前提似乎不是很重要，关键是有无"取义"的问题。如《桃夭》篇，"诗人因所见桃华以起兴，此专指首章言。次、末二章则因首章言华，遂取实与叶以申所咏，不必皆实见矣。盖桃始华，所见者也，当此之时，安有实与叶哉？诗之托兴多如此，如《黍离》之苗、穗、实亦然，不必别为之说，盖亦一体也。"① 不管所托的物怎样，关键落脚点在所托之物兴起的实际意义。

刘玉汝认为，兴不仅存在于章句内部，而且存在于诗篇整个篇章，如《兔罝》篇：

> 此诗全篇兴体也。全篇兴与各章兴之例不同。盖以全篇为兴也，诗人以文王人才之众多，偶见兔罝之人，遂托兔罝以兴其人才之可用，复以此人兴文王之人才众多。诗中所兴者，兔罝之人耳。文王人才众多之意，犹在一篇所言之外。故曰全篇兴，观《传》"犹"字可见。盖"犹"者，谓兔罝之人犹如此，则文王人才之众多可知。此又兴之一体，不可不知也。诗中有此体者，惟此与《隰有苌楚》二篇而已。或曰：如此则当为比。曰比者，以彼物状此物，盖二物也。若此诗，则以此事兴此事，非有二事也。故只当为兴，不可以为比也。②

此处提出了另一种兴的类型：全篇兴。全篇兴和各章兴不同，见兔罝之人，托兴其人才之可用，这是各章内兴；人才其可用，复兴文王人才之众多，意在一篇之外，这是全篇兴。《诗经》中有此体者，只有《兔罝》和《隰有苌楚》两篇。比体和兴体不同。比是"两物"，是以彼物状此物；兴是"一事"，是以此事兴此事。《兔罝》为兴，不为比。这种判断非常简洁，省去了很多中间推理过程，使复杂问题简单化。但是他没有进一步分析"两物"和"一事"的区别，没有将问题说透。实际上，比强调的是横向的一种比对关系；兴传达的是纵向的一种承接关系。刘玉汝所谓的"一事"，实际上是"一个事理"，即所托之物和所兴之事

---

① 刘玉汝：《诗缵绪》卷一，文渊阁《四库全书》本。
② 刘玉汝：《诗缵绪》卷一，文渊阁《四库全书》本。

之间存在的共通的事理。就好比《关雎》，"关关雎鸠，在河之洲"是一对和鸣的雎鸠，是托物；"窈窕淑女，君子好逑"是一对和谐的夫妻，是兴辞。和鸣的雎鸠和淑女、君子虽然为两类事物，但是他们之间有共通的特性：和谐。这也就是刘玉汝所谓的"一事"。

朱熹《诗集传》大量涉及"兴而比"的方法。刘玉汝则认为是"兴又比"，认为"窃谓当曰兴又比。盖兴有兼比者，《关雎》是也，《传》止曰兴也；比兼兴者，《绿衣》是也，《传》亦止曰比也；至《下泉》比兼兴，乃发例曰比而兴；《野有蔓草》《溱洧》《黍离》《頍弁》赋兼兴，则发例曰赋而兴。盖兴在赋、比中，非赋、比外别有兴，故其例如此。《頍弁》赋而兴后比，则曰赋而兴又比，是比在赋、兴外者，当曰又比也。今《汉广》比在兴后，则当用《頍弁》例，曰兴又比也。若曰兴而比，则与比而兴、赋而兴者不辨矣。故《汉广》《椒聊》《巧言》之四章，皆当曰兴又比。《氓》之三章、末章当云比又兴、赋又兴云。"① 他的观点大致为：兴兼比者，传止说兴，比如《关雎》；比兼兴者，传止说比，比如《绿衣》；比兼兴者，曰比而兴，比如《下泉》；赋兼兴者，曰赋而兴，比如《野有蔓草》《溱洧》《黍离》《頍弁》。《頍弁》是赋而兴后比，则曰赋而兴又比，是比在赋、兴外者，当曰又比也。《汉广》比在兴后，则应该和《頍弁》一样，曰兴又比也。但是如果曰兴而比，则于比而兴、赋而兴的情形相混，不方便区分。《汉广》《椒聊》《巧言》之四章，皆当曰兴又比。《氓》之三章、末章当云比又兴、赋又兴云。刘玉汝对兴内涵的探寻又较朱熹更进一步。

刘玉汝也关注"比"的手法，在《螽斯》篇中，对"比"作了详尽分析，如下：

比有二例：有专比，有兼兴。专比之中又有二例：有全篇比，《鸱鸮》《伐柯》是也；有全章比，《螽斯》是也。每章三句皆只说螽斯，暗藏所咏之事而不露，故曰全章比。三章一意，惟易叠字为韵，以致其殷勤再三称美之意。无浅深，无次序，与前篇同。但前

① 刘玉汝：《诗缵绪》卷一，文渊阁《四库全书》本。

篇有称有愿，此则有称无愿。①

比有两例：专比和兼兴。专比中又有两例：全篇比和全章比。全篇比，如《鸱鸮》《伐柯》；全章比，如《螽斯》三章暗藏所咏之事不露。除以上这几种类型，还有"一篇而三事为比"的，如《齐风·甫田》篇：

> 此诗人见齐人夸诈之萌，而戒告之也。夸者必诈，诈者必夸，二者常相因。今齐人厌小忽近者，夸也；务大图远者，诈也。惟夸故以小者、近者为不足矜，以是而务大图远，则必以诈力行之矣。此齐俗之所喜，君子之所忧也。故此篇则以三事为比。田甫田，以比厌小务大之事；思远人，以比忽近图远之心，各言无者，戒之也；末言总角忽弁，以比循序渐进而可至远大者，教之也。②

刘玉汝对比、兴手法的关注，显示着经学向文学迈进的步伐，尽管朱熹已经开始注意诗歌的这些手法，但是刘玉汝却将其作了进一步拓展。较兴体而言，刘玉汝对赋体的讨论相对较少。下面就以《召南·野有死麕》作具体分析。

《召南·野有死麕》篇标注"此篇《永乐大典》缺卷"。历来备受争议的一首诗恰巧缺卷，多少有些可惜。《野有死麕》在赋、比、兴手法的运用方面更值得深入剖析。《诗序》曰："野有死麕，恶无礼也。天下大乱，疆暴相陵，遂成淫风，被文王之化，虽当乱世，犹恶无礼也。"《诗经》学史上，各家各派对于这首诗主旨的探讨有不少，主要有厌恶无礼说、凶荒杀礼说、讽刺淫奔说、赞美贞女说、山民为婚说、淫奔之诗说、嘉行古道说、赞美蚕妇说、男女幽会说、猎手恋爱说等。③ 现代的一些《诗经》研究学者则从人情和天性出发，对该诗作出了全新的解释，正如李山所言"怕犬吠，是女主人公对礼法的正视；无使犬吠，是怀春人对礼法的偷渡。女主人公对亲近的狗儿的'出卖'，使诗多了些

---

① 刘玉汝：《诗缵绪》卷一，文渊阁《四库全书》本。
② 刘玉汝：《诗缵绪》卷六，文渊阁《四库全书》本。
③ 张树波：《国风集说》（上），河北人民出版社，1993，第206～209页。

深度的东西。"① 还有不少学者则从社会学和民俗学的角度对该诗作出新的阐释。胡适认为《野有死麕》一诗最有社会学上的意味。初民社会中男子求婚于女子，往往猎取野兽，献于女子。女子若收其所献，即是允许的表示，诗中用白茅包裹着的死鹿，正是吉士诱佳人的贽礼。② 日本学者白川静认为，郊野有死鹿，上祭神灵之时，包以白茅，当作供品。拿毙死野地的獐鹿做神圣的牺牲，好荐奉神明；同样，怀春的巫女也是荐神之物。同时还提到"吉"有"清"意，"吉士"就是"祝"，因此"此诗意指巫女和吉士以许神之身，发生不正常的关系。"③

　　何谓死麕？马瑞辰认为，盖取纳征用丽皮之义。"用其皮，非用其肉，《诗》但言'死麕''死鹿'者，犹《诗》'虎韔''鱼服'，皆用其皮，但省言'虎''鱼'也。"④ 姚际恒在《诗经通论》中提到，"此篇是山野之民相与及时为昏姻之诗，昏礼，贽用雁，不以死；皮、帛必以制。皮、帛，俪皮、束帛也。今死麕、死鹿乃其山中射猎所有，故曰'野有'，以当俪皮；'白茅'，洁白之物，以当束帛。"⑤ 孔颖达在《孔疏》中言及，这是凶荒之年不如丰年，所以减少礼物的等级。换言之，由于世乱民贫，所以减省贽礼，以死麕肉当雁币也。孔颖达这种说法不是没有根据。在《逸周书》中，文王曾提到一个重要的观点："礼有时"，"礼无时则不贵"。《周礼》所以分周官为四季，如春官宗伯，夏官司马、秋官司寇、冬官考工，时序并然，正是根据文王"礼有时"之原则划分的。到封建时代，祭礼之所以分为烝尝，民俗对祖先之所以有春秋二祭，无不导源于文王的遗训。《逸周书·籴匡解》提到文王之世，礼制之丰俭，必须根据岁收的丰欠来决定，"成年，年谷足，宾祭，祭以盛，……年俭谷不足，宾祭以中盛。……年饥，则勤而不宾，举祭以薄。……大荒，有祷无祭。……丧礼无度，察以薄资。……礼无乐，宫不帏，嫁娶不以时"。⑥ 孔颖达认为，首先，这是婚礼中的一个环节。周代的贵族婚礼有

① 李山：《诗经析读》，南海出版公司，2003，第34页。
② 胡适：《论野有死麕书》，载顾颉刚编著《古史辨》第三册下编，朴社，1931，第442页。
③ 白川静：《诗经研究》，幼狮文化事业公司，1982，第94页。
④ 马瑞辰：《毛诗传笺通释》，中华书局，1989，第97页。
⑤ 姚际恒：《诗经通论》，中华书局，1958，第45页。
⑥ 《逸周书》卷一，文渊阁《四库全书》本。

纳采、问名、纳吉、纳征、请期、亲迎几个程序。男方选定适合婚娶的对象后，会请托媒人征询女方的意愿，此时媒人揣雁作为见面礼赠送女方。按照《白虎通》的记载，雁是随阳之鸟，能随季节迁徙，暗含妻从夫之义。其次，用死麕代替大雁，减少礼物等级，是基于凶年的原因。但是可能这个前提就是不正确的，错误的前提下，能推导出怎样正确的结论呢？另外，孔氏没有解决的问题是，麕肉较活雁，如何为杀礼呢？这里不存在不尊礼的问题，而只是没有达到预期礼的等级而已。这也可见后代学者在文本阐释方面的局限性。对诗歌"舒而脱脱兮，无感我帨兮，无使尨也吠"的理解，历来也存在不同的看法：比如认为该女子是个贞女；或认为该诗流露了淫奔的意味。这些不同的理解增加了该诗意义内涵的含混性与多义性。

　　朱熹以章为单位，标示兴体、兴法。他在《诗集传》中认为"野有死麕，白茅包之，有女怀春，吉士诱之。"四句为"兴也"。刘玉汝认为，兴有取义者和无取义者。根据刘氏的观点，如果首四句是兴，那么显然是有取义者。死麕不如雁的鲜活，也显示出其失时。失时之物的背后是失节之人的失节之行。关于"兴"体，《文心雕龙·比兴》篇云："毛公述传，独标兴体"，但《毛传》在《野有死麕》一诗中未标示兴体。这值得思考。何谓兴？按朱熹的解释为托物起义，即"先言他物以引起所咏之词"。而"野有死麕，白茅包之，有女怀春，吉士诱之。"之间不存在先言后引的问题，而是客观并行存在的事物。死麕、白茅、女子、吉士、春天，所有这些意象结合在一起，构成了一个鲜活的画面。何谓赋？钟嵘在《诗品序》中，对赋、比、兴三种手法做了自己的解释："故诗有三义焉，一曰兴，二曰比，三曰赋。文已尽而意有余，兴也；因物喻志，比也；直书其事，寓言写物，赋也。"这里，钟嵘对兴的阐释和其他人有不同之处。所谓"言有尽而意有余"，就是在"起兴"中有含蓄不尽的情味。钟嵘对赋下定义时，在"直书其事"外，又补充了"寓言写物"，就是说，赋除了直接叙写事物，还可以在叙写这一事物中寄予深刻的含义。

　　"野有死麕，白茅包之，有女怀春，吉士诱之。"几句更接近赋，而非单纯兴也。这可能也是毛传没有标注兴体的原因。死麕、白茅、女子、吉士这些事物组合在一起，构成了一个画面内涵：逾礼。而诗作者似乎要传达一种声音：保持礼仪。

死麕的理解是关键。按照传统观点，死麕是作为婚姻的"纳采"之礼。既然为采礼，为何不通过媒人，而要私自相送。况且还是死麕，不是活雁。就算是定情之物，也应该是充满朝气和活力的事物，像《郑风·溱洧》描写的那样"溱与洧，方涣涣兮。士与女，方秉蕳兮。"男女相携，手持兰草。礼法约束，乐中消解。殊地特情，礼法可容。而这里，死麕可能就是所谓的吉士随机在野外获得，不一定有所用心。既非用心，可见行轻；行轻，见情浅；情浅，见礼薄；礼薄，见俗变。而诗人正是以一种客观冷静，又不失调侃的赋陈手法，表达了对失礼行为的劝诫。这种赋的表现手法，和"春秋笔法"有惊人的相似之处。"春秋笔法"中一个重要体例是"常事不书"。所谓"常事"，按照《公羊传》所言，指四时之事，特指四时中的一般礼仪活动。由季节性礼仪的"常事不书"，而至一切礼仪活动，再进一步则是普遍的社会现象。"史官极其关注四时常祀中的不正常的事件，一旦它被载录，就表达了史官的谴责，所以，载录了非常之事，就是'讥'。"①"常事不书"并不仅仅是一个选择素材的问题，而且是让什么呈现出来接受判断的问题。②"野有死麕，白茅包之，有女怀春，吉士诱之"和这种"常事不书"有着异曲同工之妙。既然是婚礼中的一个环节，为何写出来？既然写出来了，为何不是正常之物，不在正常之地？《诗经》中男女野地私会的诗歌不是没有，但大多在民俗礼仪允许的范围内，《鄘风·桑中》曰："期我乎桑中，要我乎上宫，送我乎淇水之上矣"，而"上宫"就是当时的祠堂。上古蛮荒时期都奉祀农神，男女交合，促进万物繁殖。因此很多祀奉农神的祭典中都伴随着群婚性的男女欢会。而这里，吉士和怀春之女约会的地方是在无人的野外，无形中就暗含了"举止行为失当"的内涵，传达了诗人的褒贬态度和写作旨归。

"舒而脱脱兮，无感我帨兮，无使尨也吠"，通过诗中抒情主人公之口传达出来，鲜活生动。以失礼人之口，传正礼之大义，尊礼之义自现。这也是诗人的高明之处，于无形中起到正其行，立其意的效果。《野有死麕》一文历来备受争议，还在于后代人在理解诗歌内涵以及写作手法方面存在

① 过常宝：《原史文化及文献研究》，北京大学出版社，2008，第102页。
② 过常宝：《原史文化及文献研究》，第103~104页。

误区，将其和"二南"完美的体系相比对，没有辩证看待诗作者和诗文编订者的意图。这里，要提到的就是王柏的《诗疑》及其删诗问题。王柏是朱熹的三传弟子，南宋的怀疑学风，到他这里发展到了顶峰。他不信《诗序》，不信毛、郑传笺，不信《左传》记事，也不全信他的老师朱熹，是大胆怀疑派，甚至要删掉《诗经》中三十二篇诗。王柏对待三百篇中爱情诗的态度，较之朱熹更为坚决和严厉。他认为那些男女言情的诗是"恶行邪说"，应该删掉。其中《召南·野有死麕》就列在三十二首被删的诗歌之首。不管王柏的做法是否激进，至少从另一个角度反映出其从这首诗歌中读到了礼法之外一些情性的东西，这与原始的风俗礼仪相去甚远。

　　一个时代有一个时代的解经方法。汉代关注点更多放在"礼"的角度。《诗序》言《野有死麕》"犹恶无礼也"，显然也是受这种思想的影响。后代学者从民俗和社会等方面提出了赞美贞女说和山民为婚说等。这些说法无疑规避了与"二南"作品均是"王者之风"的矛盾，使得《野有死麕》这样的作品可以被放进"二南"的完美体系之中。可问题是，不管是持何种观点，在整体认知该首诗歌时，有时仍存在无法自圆其说的矛盾，正如孔颖达"凶荒杀礼说"无法解释"死麕"较"活雁"杀礼的原因一样。该诗蕴含了一定的社会风俗，有自由情性的表达。"有女怀春，吉士诱之""舒而脱脱兮，无感我帨兮，无使尨也吠，"且不论这些情感的发生是否符合当时的社会礼仪，至少这些文辞鲜活生动地展露了人情社会的真实画面。该诗也包含编订者的价值判断。汉代学者对经文的理解虽然显得偏狭，但毕竟他们也最接近原始文本的创作时间，这至少使得他们比后代的学者对文本的再次阐释更有可考辨的意义和价值。《诗序》对诗文的理解，某种程度上还是有一定道理的，这从孔子的相关论述中也可以得到启示。孔子"恶郑声之乱雅乐"，认为《诗经》"二南"传达了一种温柔敦厚、和平中正的礼乐精神内涵。从这个角度而言，《野有死麕》存在从"讽"的角度传达"维礼"意图的倾向。"野有死麕，白茅包之，有女怀春，吉士诱之"为赋体，非兴体，也基于此种考虑。

　　刘玉汝诗歌阐释大量涉及"天道"和"孝道"问题，如《十月之交》篇：

　　　　诗言灾异，此篇最详。《七月》尽天道之常，《十月之交》尽天道之变，所谓"天道"备于上二诗，尤可观，有国所当鉴。①

　　《七月》和《十月之交》都涉及"天道"讨论，一个为天道之常，一个为天道之变。但是何为常？何为变？何为天道？刘玉汝却没有给出详尽答案。"天"在先秦儒家思想中的含义极其复杂，是个不断发展变化的概念。刘晓竹曾经把天的含义概括为三个方面：首先它是指宗教信仰之超越之对象；其次它指头顶上之天空；最后它还有信仰的力量和表现的意思。②郭店简《语丛一》简29～30："知天所为，知人所为，然后知道，知道然后知命。"简28："其知专，然后知命。"简2："有天有命"。《尊德义》简9："知人所以知命，知命而后知道，知道而后知行……有知己而不知命者，无知命而不知己者。"《性自命出》简2："性自命出，命自天降。"

　　"天"在儒家典籍中也经常出现，比如《中庸》"天命之谓性"，《论语》"唯天为大"，《孟子》"顺天者存，逆天者亡"，《荀子》"天地者，生之本也"，《易传》"有天地然后有万物"。从这些描述不难看出，天具有至高无上的权力，有着终极性意味。③天作为终极依据，主要表现在：第一，圣人建构的伦理政治秩序及其运行规则来源于天；第二，圣人建构秩序的主、客观条件来源于天；第三，天是圣人建构秩序的价值之源。④"天"的含义处在不断演变过程之中，天和德行与性命相连。刘玉汝所谓的"《七月》尽天道之常"，是把天放在一个化育万物的规则中加以观照。《易传》曰"天地感而万物生""有天地然后万物生焉""天地革而四时成""天地之大德曰生"。这里的天是自然意义上的天，而自然的天又与人们的生活发生着千丝万缕的联系。早在新石器时代，甘青地区马家窑文化的那个舞蹈盆中云气之间的飞鸟与祈雨有关，传达着飞鸟对农事活动的重要。天地在农耕步伐中周流不息，天地万物也在农耕背景上展开。花、鸟、虫、鱼具有了最为和谐的存在方式，也影响

---

① 刘玉汝：《诗缵绪》卷十，文渊阁《四库全书》本。
② 刘晓竹：《孔子政治哲学的原理意识：思辨儒学引论》，中国妇女出版社，2003，第251页。
③ 刘耘华：《诠释学与先秦儒家之意义生成——〈论语〉〈孟子〉〈荀子〉对古代传统的解释》上海译文出版社，2002，第206～207页。
④ 成云雷：《先秦儒家圣人与社会秩序建构》，上海古籍出版社，2007，第140～151页。

着生长在其中的人群。花流转盛放，鸟不断飞翔，鱼自由游弋，女子繁衍不息，所有这些在自然流转中诗意前行。"和谐""飞翔"启发着人类最初对天地精神的追问。"将天地认证为一大生机，这本身实际已经包含着对宇宙世界的价值理念；而把一种"大德"的精神品格赋予这'曰生'的世界时，已经是在说人对这'天地'的'皈依'之情。这种依恋之情的最初根基，无疑是人'在世界之中'这样一种永无可改的必然关系。人类的农耕文明，最初使人与自然关系在劳动中获得了实质的内涵。"①

　　"《七月》尽天道之常"正是李山所言的"永无可改的必然关系"。《荀子·天论》曰："列星随旋，日月递照，四时代御，阴阳大化，风雨博施，万物各得其和以生，各得其养以成，不见其事，而见其功，夫是之谓神。皆知其所以成，莫知其无形，夫是之谓天（功）。"② 荀子所言的"天功"也指天化育万物的意义。刘玉汝所言的"《十月之交》尽天道之变"，实际暗含"天德"改变的意思。《左传》也有不少灾异的记载，需要思考的是古人对待灾异的态度以及用灾异来推测现实生活的心理机制。古人往往认为自然天象的变化应和着人事社会的变动。自然出现的灾异，是在提醒着现实人群道德秩序的失衡。"天毕竟是道德秩序的源泉，不论人们对那些著作中的天如何解释，的确代表了关注于保护并维护规范性人类秩序的宇宙性的道德意志。"③《中庸》曰："天命之谓性，率性之为道，修道之谓教。"这里强调的是主体可以通过道德的涵养和提升达到天德，实现天德与主体内在价值体系的合一。"在《中庸》作者看来，天道下贯而为性，是天道之所以为天道者。这里的天是一种义理之天，它不管人与社会的吉凶兴亡，而只是赋予人一种善性。但是天道赋予人的善性要成为现实，需要经过'修道之谓教'的自我成就过程。"④"先秦儒家构建秩序的终极依据是天道，天道下贯为人道，人道即构建社会秩序的道，核心是仁道价值。仁道价值的根源处在天，立足点在人。……知天是刘天作为终极依据的体认和确证，也就是说，用以

---

①　李山：《诗经的文化精神》，东方出版社，1997，第 75 页。

②　荀况：《荀子》卷十一，文渊阁《四库全书》本。"功"字原脱，据杨倞注及王念孙说订补。

③　〔美〕本杰明·史华兹：《古代中国的思想世界》，程钢译，刘东校，江苏人民出版社，2004，第 119～120 页。

④　成云雷：《先秦儒家圣人与社会秩序建构》，上海古籍出版社，2007，第 166 页。

修身、事亲和核心价值最终可以回溯到天。这是由天到人的一方面，只有知天才能知人，才能事亲以至于修身。"① 可见天道和人道相通，天道改变，人道也会改变。如何通过伦理政治的实践活动来彰显天道，这同样需要一种智慧。《论语·宪问》篇，子曰："莫我知也夫！"子贡曰："何为其莫知子也？"子曰："不怨天，不尤人，下学而上达，知我者，其天乎！"这里孔子所谓的"下学而上达"就是个体伦理政治的实践活动通过知命而达到与天道的沟通。

与天道如何沟通？《孟子·万章上》篇，孟子曰："天不言，以行与事示之而已矣。"又曰："莫之为而为者，天也；莫之致而至者，命也。"这两句话需要结合起来理解。"以行与事示之"中的"行"强调客观情势，较近命；而"事"较近于人的努力。"莫之为而为者，天也；莫之致而至者，命也"意思是说没有人去做的，居然成功了，那是天意；没有人去找的，居然来到了，那是命运。"人必须根据既定的条件（此即命），再做最大的努力，并且对于结果不必执著，因为天意仍有难测之处。"② 与天道沟通，一方面要对天的权威性和难测性有预见，一方面更需要自己的实践努力。《孟子·尽心上》篇，孟子曰："尽其心者，知其性也。知其性，则知天矣。存其心，养其性，所以事天也。殀寿不贰，修身以俟之，所以立命也。"又曰："万物皆备于我矣。反身而诚，乐莫大焉。强恕而行，求仁莫近焉。"孟子提到事天的方法：存其心，养其性；达到仁德的方法：反身而诚。这些实际上都是儒家对心性涵养的要求。

孟子的这些观点在刘玉汝的阐释中被具体化了，如《沔水》篇：

> 盖朋友有莫念者，有能敬者。莫念者，我则代为之忧矣；能敬者，我则反诸己而自修焉。盖念有思患预防之虑，而敬则谨身远害之要也。念而能敬，斯可免于乱世矣；不然，则虽念之至，忧之深，亦何益哉？忧人而及其亲，反己而一于敬，念乱而忧，莫善于此矣。③

① 成云雷：《先秦儒家圣人与社会秩序建构》，第 167 页。
② 傅佩荣：《解读孟子》，上海三联书店，2007，第 160 页。
③ 刘玉汝：《诗缵绪》卷十，文渊阁《四库全书》本。

"反诸已而自修"就是孟子所言的"反身而诚"。这实际上是儒家孟子式的"由外向内"的哲学观照方式。荀子则不然，他主张"明于天人之分"。《荀子·礼论》篇曰："天能生物，不能辨物也；地能载人，不能治人也。"① 他认为自然界的事情和社会的事情是两分的。"荀子较少关注万物存在的依据，他所谓的圣人'宗原应变'的'原'主要是建构人类社会秩序的原理、原则，指人事的统类之心，而这些人事的原理和天之间不是'生'的关系，而是'类'的关系。这样，荀子斩断了天和人在价值上的联系。孟子的'心'具有'自我立法'的能力，是价值意识的创发者，而且这种特质更具有其超越性的根据。"② 也就是说，荀子观照世界更多是一种"外求"的方式。《荀子·王制》篇曰："圣王之用也：上察于天，下错于地，塞备天地之间，加施万物之上，微而明，短而长，狭而广，神明博大以至约。故曰：一与一是为人者，谓之圣人。"③《荀子·天论》篇曰："大巧在所不为，大智在所不虑。所志于天者，已其见象之可以期者矣；所志于地者，已其见宜之可以息者矣；所志于四时者，已其见数之可以事者矣；所志于阴阳者，已其见知之可以治者矣。官人守天，而自为守道也。"④ 荀子主张不刻意去"知天"，一切应该顺其自然。

刘玉汝虽然没有给出"天道"的解释，但是却对"天命"有所阐发，如《维天之命》篇：

> 天命即天道流行付与万物者。此理无穷尽，无止息，以"文王"与"天"对言，见圣德与天无间也。语天曰"不已"，语圣德惟用一"纯"字赞美已极精至，而又将言"不已"，先以"于穆"叹咏之；将言纯，先以"于乎不显"叹咏之，于是赞美形容有不尽之妙矣。假以者，相亲而深有望之辞。其收者，或得而不敢慢之辞，有爱敬之心焉。骏惠，责己而欲大顺，则无一事之不遵。曾孙，戒后而欲其笃，则无一时之或息，有慰悦之意焉。皆孝子孝孙所当尽

① 荀况：《荀子》卷十三，文渊阁《四库全书》本。
② 成云雷：《先秦儒家圣人与社会秩序建构》，上海古籍出版社，2007，第174页。
③ 荀况：《荀子》卷五，文渊阁《四库全书》本。
④ 荀况：《荀子》卷十一，文渊阁《四库全书》本。

之诚也，故《传》以二"当"字言之。①

刘玉汝将天命解释为天道流行付与万物者。天命是天道的衍生物，以天道为前提，这和孟子一派的思想有着内在的一致性。

"孝道"也是刘玉汝诗歌阐释多处提及的一个问题。如《下武》篇：

> 后二章言孝道之极致。前言"孚"谓当时，此二章谓来世。《传》"言武王之道"，道谓孝道，言武王之孝可传于来世，来世而能继祖武以行此孝道于万年，则此万年可以受福也。……
>
> 来世受天之祜，而四方皆来朝贺于万年，则此万年岂不有助于国家乎？四方来贺，即《孝经》所谓明王以孝治天下，得万国之欢心者，言孝道不特可传子孙于无穷，亦可感人心于无穷也，此孝道之极效，为子孙者不可以不知，其亦寓戒后人与？②

武王之道是孝道，武王之孝可以传于后代，后代可以将武王的孝道延续至万年。来世受天的护佑，四方来贺，得万民之欢心。这种孝道不仅传子孙于无穷，也可感人心于无穷，这是孝道中的极效。这里需要思考的是：孝道的核心是什么？产生的社会背景又是什么？五代至元末的战乱，导致元代出现了不少纂修族谱的现象。关于元代的修谱，日本学者森田宪司指出：与宋代相比，元代修谱的特征是由名人所写的谱序大量增加，且有地域性分布的偏差，以《元一统志》的行政划分来看，江浙与江西等处行中书省占元代谱序的大多数（但是包含于江西等处行中书省中，今日的广东省却无谱序留存）；按现代省份来看，依次是江西、浙江、安徽、福建占多数的谱序。森田宪司进一步认为，元代修谱的目的，一方面基于本族内部的危机，另一方面是五代以来至元代社会的新名门，即所谓的官僚世家，巩固世代地位所做的本族名门历史的再确认。③修族谱是尊重祖先的一种表现，和"孝道"有着一定的关联。克

---

① 刘玉汝：《诗缵绪》卷十七，文渊阁《四库全书》本。
② 刘玉汝：《诗缵绪》卷十四，文渊阁《四库全书》本。
③ 许守泯：《元代金华士人的宗族观——从修谱谈起》，《元代文化研究》第一辑（国际元代文化学术研讨会专辑），北京师范大学出版社，2001，第71~72页。

尔凯郭尔说"我们向前生活，但我们向后理解。"威廉·詹姆斯对这句格言给予了实用主义者的肯定，他强调指出，理解从其最实际的意义来讲总是对活生生的过去的思索而得到解释的。尊重祖先也是如此，在对祖先盛德的极大缅怀中，个人得以自省，不断修正自我，以到达和祖先在道德层面的自由对话，这在先哲看来是最大孝道。

这里"孝道"实际上已经不是物质层面的对祖先、对长辈的孝道，而是一种社会伦理的孝道，也就是所谓的"孝道之极效"，它是一种宗族和国家层面的孝道。在战乱频仍的元代，每个人需要一种强烈的归属感，而能给予这种归属感的就是家庭和宗族。人能在这里获得他们的身份认同，进而获得心理世界的安稳，以此应对纷繁复杂的社会情境。这种"孝道"也是贵族精神的一种变体，它的内核是一种忠诚和节义。在异族统治的背景下，要儒者讲对国家的孝道并不现实。他们眼中的国家只是故国，而故国是一种文化实体。儒者在时代变迁，国家沉浮中沦为遗民，遗民又有政治遗民和文化遗民的双重内涵。很多儒者有着政治遗民的外在身份，但是又能与政权保持合适的距离，展示出一种自由和淡定。他们对元政权的态度远没有我们想象的那样激烈，更多是以一种文化遗民的心理在审视他们自己的生存现状。视野向后，试图在过去的文化情境中找寻心灵的慰藉，把对国家的孝道转化为对家族、对宗族的孝道。这实际上是一种隐忍的生存哲学，是一种向后倒退，以获得更大前进的有效生存方式。

刘玉汝不仅讲孝道传于后世子孙，还讲孝道的感动人心。"感人心于无穷为极效之孝"实际上是心学的一种体现。心学是对儒家伦理道德和现世世界进行调和之后的产物。儒家的"致良知""止于至善"是无形的，而心学将其转向讲"效"，讲"心之感"，使其更加形象可感了。何为"孝之效"？"效"实际上和"报"相关联，是"孝"的结果，比如《天保》篇：

孝者，福之本；福者，孝之效。予寿助德者，福之实也。又此篇有天人交相与之意。盖天固有以与之，尤必君有以受之，则天又常以与之矣，故除、受、承三字皆有深意。除如岁除，旧岁将除，而新岁复至也。承如松柏，旧叶落而新叶已生也。受犹今人言容受、消受，如海能容受天下之水，又能消受天下之水，不可限量也。君若足以容受消受天下之福，则天既予之，而又予之相除、相承，亦岂有限量哉？若有时而满，则无以受之矣。天虽欲予之，岂可得乎？故此篇此"受"字，属君非可泛以受福之受。①

孝道是福气的根本，福气是孝道的结果；孝道和福气的关联体现了"天人交相"的意义。在刘玉汝看来孝道是本源性的，和天道相连，而福气是孝道的结果，是人事活动的体现。再如《文王》篇：

六章言"无念尔祖"，惟在于修德。前后无非言文王之德，然不说出，至此方说一"德"字，盖特为成王言之，见我之德即文王之德，不待他求。故下言"永言配命"即修德之功，"自求多福"即修德之效。永言则不息矣，配命则无间矣。命则天之与我，而我所以为德者，德之本也。配命则德既成，而即文王矣。多福则福在我，而无殷祸矣。修德之本效，二语尽之，可谓简而要矣，非周公孰能之？法文王以自修，监殷道以自省，亦承前章周兴殷亡之意，而反复丁宁之也。

"无遏尔躬"，承上求福而言。遏绝天命，皆由我以致之，所谓"祸福无不自己求之"者也。宣昭义问，承上"配命"而言。能修其德，则有以宣昭其善誉矣。德之不修，义问何有而欲宣昭之乎？虞殷自天，承上"鉴殷"而言，虽能宣昭义问，又当度殷而折之于天；其曰自天，盖将转归天与文王也。此篇首言文王之神如在，而与天无间；末言天之事无迹，而文王可法，皆反复以明文王与天一，而尤欲成王之法文王，与首章相应。又"自求多福"，效见于一己；"万邦作孚"，则效见于天下后世，效莫大于此，故以终篇焉。此篇起结相应，中间承接转折，血脉相贯，反复叹咏，意味无穷，非圣人有意于为是，皆自然之文理也。②

---

① 刘玉汝：《诗缵绪》卷九，文渊阁《四库全书》本。
② 刘玉汝：《诗缵绪》卷十三，文渊阁《四库全书》本。

自求多福是修德之效，多福则福在我。福祸都是自求。自求多福，效见于一人；万邦作孚，效见于天下后世，这也是最大的效。刘玉汝把"福""效""王""天"这些联系在一起，放到动态中加以理解。"天"的"福"体现在"王"身上就是"效"。

为何在刘玉汝的《诗经》研究中大量提及"天道"和"孝道"呢？这可以从社会文化机缘中去找寻答案。首先，从社会大背景而言，刘玉汝生活在元末明初，这从刘氏为周霆震《石初集》所作序文末题洪武癸丑（1373）可以推断。面对更替的时代，山河依旧，政权难继，文人从自身的生存处境中不断寻求生活或者精神上的突围，于变动不居中反思当下的情形。社会因何而变？变的背后究竟蕴含了什么？这种深刻的反思往往直指上天。对"天道"或"天德"的呼唤也成为了人们内心最强烈的声音。这种声音在以往时代不止一次出现。孟子曰："王者之迹熄而诗亡，诗亡然后《春秋》作"。一个伟大时代的过去，必然引发人们对新时代进一步的思考和探索，人们会在过去和未来之间试图建立一种有效关联，使一些命脉性的因素能够继续传承，元末明初亦是如此。对"天道""孝道"的关注也体现了刘玉汝对时代的反思以及对未来的期许。其次，从文化传承而言，元末明初文学领域的"复古"风尚开始兴起，向经典学习，向传统借力，主张以情为诗，倡导继承道统，文以载道，这些逐步成为了一种风气。何为"古"？追根溯源就是先秦儒家的那些伦理范式，即讲天命，讲德性，讲修为。而"天道""孝道"无疑成了这种复古风向的标的。再次，从文化机缘而言，元末明初佛教和密教大量在社会传播，这也使更多人有可能关注"天道"与"孝道"。佛教讲善行，讲报应，讲轮回，这些都和"天德""孝道"相契合。

刘玉汝《诗经》研究中对"天道"和"孝道"的关注，体现着他对经学内涵的探究，展示着他对时代脉搏的洞悉。他的关注视角无疑也是把握元明易代之际经学与文学的另一种有效方式。

## 三　《诗经》学样态及特质："名物""疑问""旁通" "缵绪""通释""会通""演义"

《诗集传名物钞》《诗经疑问》《诗传旁通》《诗传通释》《诗经疏

义会通》，这些著述从不同角度体现了元代《诗经》学的样态及特征，其中最有代表性的是"名物"。许谦为什么要关注名物？《诗集传名物钞》不是一个以名物为主的著述，但以"名物钞"为名，有怎样的用意？《论语·阳货》曾指出，"《诗》可以兴，可以观，可以群，可以怨。迩之事父，远之事君。多识于鸟兽草木之名。"郑樵也认为："古人之言所以难明者，非为书之理意难明也，实为书之事物难明也。"足见正确认识名物是诗歌理解不可忽视的环节。名物研究一直也是《诗经》学领域一个重要的研究课题。目前《诗经》名物研究著述已有万余种。如汉代毛亨、毛苌《故训传》，陆玑《诗疏》，蔡卞《毛诗名物解》，许谦《诗集传名物钞》，冯复京《六家诗名物疏》，陈大章《诗传名物集览》，牟应震《毛诗物名考》，毛奇龄《续诗传鸟名》，陈奂《毛诗九谷考》等。

许谦之前研究名物的主要有陆玑和蔡卞。陆玑《毛诗草木鸟兽虫鱼疏》记载的动植物分布地域遍及全国，有人称它是"中国第一部有关动植物的专著。"陆玑《疏》对名物名称、形态、使用价值的描绘比其他著作更为详尽，遵循草木鸟兽虫鱼的顺序，注重强调某一名物的自然属性。如"鸱鸮，似黄雀而小，其喙尖如锥，取茅莠为巢……幽州人谓之鸋鴂，或曰巧妇，或曰女匠。关东谓之工雀，或谓之过嬴。关西谓之桑飞，或谓之袜雀，或曰巧女。"① 蔡卞《毛诗名物解》明确标示毛诗名物之类别，纳兰性德在其为蔡卞《毛诗名物解》所作《序》中说："《六经》名物之多无逾于《诗》者，自天文、地里、宫室、器用、山川、草木、鸟兽、虫鱼，靡一不具。学者非多识博闻，则无以通诗人之旨意而得其比兴之所在。自《尔雅》释《诗》，而后如《博雅》《埤雅》《尔雅翼》诸书，虽主于训诂，要以名物为重。此外复有疏草木鱼虫及门类物性、钞《集传》名物者，若蔡卞之《毛诗名物解》，亦其一也。"② 在每一类中又有不少小类，如《释天》卷又分为月、星、电等。"自王安石《新义》及《字说》行，而宋之士风一变。其为名物训诂之学者，仅卞与陆佃二家。佃，安石客。卞，安石婿也。故佃作《埤雅》，卞作此书，大旨皆以《字说》为宗。陈振孙称卞书议论穿凿，征引琐碎，无裨于经

---

① 陆玑：《毛诗草木鸟兽虫鱼疏》卷下，文渊阁《四库全书》本。

② 纳兰性德：《毛诗名物解序》，载蔡卞《毛诗名物解》卷首，清康熙《通志堂经解》本。

义，诋之甚力。盖佃虽学术本安石，而力沮新法，断断异议，君子犹或取之。卞则倾邪奸憸，犯天下之公恶，因其人以及其书，群相排斥，亦自取也。然其书虽王氏之学，而征引发明，亦有出于孔颖达《正义》、陆玑《草木虫鱼疏》外者，寸有所长，不以人废言也，且以邢昺之奸邪，而《尔雅疏》列在学官，则卞书亦安得竟弃乎？"① 蔡氏名物训释较陆氏作了进一步拓展，如"鸱鸮性阴，伏而好凌物者也。阴伏以时发者，必有以定之，内蓄志以凌物者，必有以决乎外，故谓之鸱鸮。然其害物也，能窃伏而不著鹰隼之势，故鸱鸮以喻管蔡之暴乱。"② 这里可见陆氏对名物的解读中加进了对经义的阐发，又将名物训释推进了一步。

朱熹《诗集传》"鸱鸮，鹠鹠，恶鸟，攫鸟子而食者也……托为鸟之爱巢者，呼鸱鸮而谓之曰：鸱鸮鸱鸮，尔既取我之子矣，无更毁我之室也。以我情爱之心，笃厚之意，鬻养此子，诚可怜悯。今既取之，其毒甚矣，况又毁我室乎？以比武庚既败管、蔡，不可更毁我王室也。"③ 朱熹将鸱鸮的比喻意义又进行了拓展，进一步加强了名物和诗义的关联。许谦则认为，"首章谓武庚既诱管蔡流言，而失君臣之义、兄弟之亲，为周家之罪人，所谓'取我子'也。次章言周室经营亦已巩固，汝武庚者毋徒起觊望之心。三章自言自武王以来至成王初年尽力经营之劳苦。末章谓尽瘁事国，乃未足以定天下。'室翘翘'，谓我家管蔡之内乱也；'风雨飘摇'，言武庚之外挠也。则我其能不鸣之急与？所以感悟成王也。"④ 许谦进一步将鸱鸮的特性和武庚的行为相联系，以鸟自比，显示其"室翘翘""风雨飘摇"的情景，将名物比喻意义很好地融合在诗义的阐发之中。

许谦的名物训释不仅关注名物自身的属性，还注意名物生物属性和人类社会的关联，并将这种关联巧妙渗入诗歌的意义生成之中。这种意义生成有的通过比喻意义的延展深化完成；有的则通过对名物字形和字义的拓展发挥形成，如对"崔嵬"一词的理解。《卷耳》篇"陟彼崔嵬""陟彼砠矣"提到"崔嵬"和"砠"两词。朱熹《诗集传》注解为"崔

① 永瑢等：《钦定四库全书总目》卷十五，文渊阁《四库全书》本。
② 蔡卞：《毛诗名物解》卷六，文渊阁《四库全书》本。
③ 朱熹注，王华宝整理《诗集传》卷八，凤凰出版社，2007，第108页。
④ 许谦：《诗集传名物钞》卷四，文渊阁《四库全书》本。

嵬，土山之戴石者”和“石山戴土曰砠。”刘瑾《诗传通释》：“愚按
《尔雅》石山戴土谓崔嵬，土山戴石谓砠，今《集传》从毛氏，而不从
《尔雅》者，岂以其书后出也欤？”许谦《诗集传名物钞》则辨之曰：
“崔嵬，土山戴石；砠，石山戴土。此从毛氏。《尔雅》：石戴土谓之崔
嵬，土戴石为砠，二说正反。愚恐《尔雅》为是。盖崔嵬字上从山，砠
字旁从石，有在上在外之意。”① 许谦认为朱熹对“崔嵬”和“砠”的解
释采用了《毛传》的解释，《毛传》的解释和《尔雅》不同，他认为
《尔雅》的说法是正确的，并且进一步解释“盖崔嵬字上从山，砠字旁
从石，有在上在外之意。”这里许谦对名物的解释是从字形、字义的角度
来观照的，虽然有一定的道理，但是他认为的“崔嵬字上从山，砠字旁
从石”和后面的“有在上在外之意”之间没有必然的联系，还是没有解
释清楚“崔嵬”和“砠”的差别。这也足见许谦训释名物没有刘瑾通
达，越是想要弥合《诗集传》和众说的矛盾，越是陷入难以自圆其说的
矛盾。但是许谦从字形本身来理解名物，也有可取之处。

不以陆《疏》，而以《诗集传》为蓝本，绍述前代名物训释，这也
与当时的理学背景有关。作为“金华四先生”之一的许谦不遗余力地传
播朱子的道学传统。黄榦、何基、王柏、金履祥、许谦，这一师承关系
明晰体现着浙江金华一线朱学的传播脉络。王柏是朱子后学中思想较为
激进的一个，他沿袭朱子道统思想，却在诗学观念上进行着大胆的突破，
最有影响力的莫过于提出了所谓的“删诗说”。南宋的怀疑学风，到他
这里发展到了顶峰。他不信《诗序》，不信毛、郑传笺，不信《左传》
记事，也不全信他的老师朱熹，是大胆怀疑派，甚至要删掉《诗经》中
三十二篇诗。王柏对待三百篇中爱情诗的态度，较之朱熹更为坚决和严
厉。他的这种《诗》学思想也潜移默化影响着后来的金履祥和许谦。

许谦远承朱子，近接王柏，既有对老师诗学思想的继承，也保有自
己的判断。对此，四库馆臣的评价十分中肯，“谦虽受学于王柏，而醇正
则远过其师。研究诸经，亦多明古义，故是书所考名物音训，颇有根据，
足以补《集传》之阙遗。惟王柏作《二南相配图》，移《甘棠》《何彼
禯矣》于《王风》，而去《野有死麕》，使《召南》亦十有一篇，适如

---

① 许谦：《诗集传名物钞》卷一，文渊阁《四库全书》本。

《周南》之数。师心自用，窜乱圣经，殊不可训。而谦笃守师说，列之卷中，犹未免门户之见。至柏所删《国风》三十二篇，谦疑而未敢遽信，正足见其是非之公。"① 许谦《诗集传名物钞》保留《二南相配图》可见对王柏思想的继承；对删诗说表现出的质疑，又显示着他对王柏诗学思想的辩证接受。正是这种谨严的治学态度使他异于元初其他的《诗经》学者。许谦作为朱熹的再传弟子，对"格物致知"理学思想进行着有效的变通发挥。朱熹认为，"格物，是物物上穷其至理；致知，是吾心无所不知"②，"致知、格物，只是一事，非是今日格物，明日又致知。格物，以理言也；致知，以心言也"③。在《补〈大学〉格物致知传》中，朱熹进一步指出，"即凡天下之物，莫不因其已知之理而益穷之"，"至于用力之久，而一旦豁然贯通焉，则众物之表里精粗无不到，而吾心之全体大用无不明矣。"朱熹虽然讲"格物"，但提倡不要单纯去格"草木""虫鱼""花鸟""器用"之物，穷它们内涵之理，而是"穷天理，明人伦，讲圣言，通世故"④。如果过分执泥于探寻名物之理，就会被他指斥为"是炒沙而欲成其饭也"⑤。在朱熹看来，"为学之道，莫先穷于理；穷理之要，必在于读书"⑥。天下之物，莫不有理；而其精蕴均具于圣贤之书，故必由此以求之。

朱熹认为"格物"和"致知"是"一事"，也用"即物穷理"来阐释"格物致知"。许谦在接受朱熹理学思想时，同样表现出一种矛盾和纠结，他希望通过"格物"来达到"致知"的目的，但恪守师训的谨严治学态度又使他不敢有太多的突破，毕竟朱熹反对一味"格物"而"穷理"。如何在"格物"和"致知"之间达成一种契合？许谦一方面致力于名物训诂，但又不耽于名物的"穷理"；一方面在融合朱熹《诗集传》精神的基础之上，将名物训诂和《诗经》的经传义理相结合。这种有效的调和显示了许谦在继承前代名物训诂研究成果时的取舍态度，也反映出他在理学观念上悄然进行的一种变革。实际上，许谦这种调和理学观

① 永瑢等：《钦定四库全书总目》卷十六，文渊阁《四库全书》本。
② 黎靖德编，王星贤点校《朱子语类》卷十五，中华书局，1986，第291页。
③ 黎靖德编，王星贤点校《朱子语类》卷十五，第292页。
④ 朱熹：《晦庵集》卷三十九《答陈齐仲》，文渊阁《四库全书》本。
⑤ 朱熹：《晦庵集》卷三十九《答陈齐仲》，文渊阁《四库全书》本。
⑥ 朱熹：《晦庵集》卷十四《行宫便殿奏札二》，文渊阁《四库全书》本。

念的艰难尝试被后代一些理学家逐步认同。王夫之就对朱熹的"格物致知"理论进行了全新的辩驳。王夫之认为可以通过博取象数，远征古今而达到尽乎理，这是"格物"；而虚以盛明，思以穷隐，这是所谓"致知"。"格物"必须广泛地援引和考证各种事实，以探求其中的道理；而"致知"则是通过客观认知，冷静思考之后获知事物的内在联系和变化规律。王夫之将"格物"和"致知"放在动态关联之中加以观照，显然比朱熹更具灵活性和变通性，具有更开阔的哲学视野。

许谦对名物的训释虽然不是重心，但其名物训释视角却具有一定开拓价值。《诗集传名物钞》注重名物自然属性之外的社会属性，能在社会关联中拓展对名物的理解，也能将名物的训释和诗义的阐发相结合，不断丰富诗歌的意义生成。这种方式对理解诗歌具有重要价值，花、鸟、虫、鱼等已经不单纯是其自然本性的呈现，也是人类情感的对象化体现。许谦虽然不是最早结合诗义来解释名物的学者，但是在他的训释之中，这种意义阐发的功能被进一步放大了。《诗集传名物钞》结合字形字音训释名物，重视小学的意义。如在说解《鸱鸮》一诗时，许谦云："《传》以《鸱鸮》之诗为诛武庚后作，盖以周公居东为东征也。其原皆因《金縢》'我之弗辟'之'辟'读为'致辟管叔'之'辟'，故其说如此，亦朱子早年之说也……若从避音而以前说求诗，则圣人之心与当时事势之实皆可见矣。然又知读书者于字音训诂不可不致谨也，一字之误，遂至义理悬绝如此，其可视为小学之事而忽之哉？"[1] 许谦在名物训释时强调对小学的关注，这种方式也推动着名物训释朝纵深方向发展。

## 四　经学区域性特征凸显

《诗经》学在元代中后期发展中出现了两个变化：即易学与心学思想的融入以及经学区域性特征的凸显。其中，心学的渗入也与经学区域性特征互为彰显。

元代《诗经》学者祖籍大都在江西。其中马端临为江西乐平人，胡一桂为江西婺源人，刘瑾为江西安福人，罗复为江西庐陵人，朱公迁为

---

[1]　许谦：《诗集传名物钞》卷四，文渊阁《四库全书》本。

江西鄱阳人，刘玉汝为江西庐陵人，梁寅为江西新喻人。他们占元代《诗经》学者人数的七成左右。元代绝大多数《诗经》学者祖籍为江西，而朱熹学术活动虽然主要在福建一带，但他祖籍也为江西，这之间或许存在某种关联。江西是否存在文人集团，这不是讨论的重点，但是集中出现在江西的一些文学现象，已经凸显了一些区域化的特色，比如：祖籍江西且极具威望的理学领袖朱熹，他被元人不断学习、模仿、拥护、尊崇。而江西地区的马端临、胡一桂、刘瑾、罗复、朱公迁、刘玉汝、梁寅等都以朱子思想为圭臬。他们在投身学术实践，维护朱子学说，发扬诗传精神方面具有内在的一致性。此外，他们都以广泛意义上的乡缘和师缘为联系纽带，祖籍同为江西，文化背景比较接近，学术主承朱熹，学术理论比较相似。这些特点共同影响着江西地区《诗经》学的整体风貌。

　　元代朱学虽然有过北传，北方却没有取得如同江西地区那样的《诗经》学成就，这或许由于文化土壤和学术渊源的缺失。元代江西区域朱学传承主要分三脉，即江西余干一脉，朱熹、黄榦、饶鲁、程若庸、吴澄、虞集；江西余干另一脉，朱熹、黄榦、饶鲁、吴中、朱以实、朱公迁、洪初、王逢；江西鄱阳一脉，朱熹、黄榦、董梦程、胡方平、胡一桂。这三脉的源头都是朱熹，但各脉的传承却具有自身特点。江西余干一脉的吴澄在元代有较高学术声望，在经学上以接续朱熹为己任，在《诗经》的解读中删减小《序》，尽量做到"以诗求诗"，他试图在朱熹与陆九渊的"道问学"与"尊德性"之间达成某种平衡。江西余干另一脉的朱公迁、王逢在继承朱熹《诗经》学思想的同时寻求突破，朱公迁对《诗序》的态度既不同于完全尊《序》的一派，也不同于苏辙等人取小《序》首句的半尊《序》一派，而是根据《集传》内容进行改定。江西鄱阳一脉的胡一桂则在其父亲胡方平的影响下，专治朱学，也是朱子《易》学和《诗》学的传承者与维护者，他对朱熹《诗集传》的注释一方面不忘章句训诂，一方面也在努力探索经传在义理和情感方面的内涵。元代江西不同传承脉系中的《诗经》学外在呈现特征虽然各有侧重，但也具有共通的《诗经》学宏观实质，显示着元代《诗经》学独特的经学价值和区域特征。

　　元代江西地区的《诗经》学者对吕祖谦学说的大量引入，暗含着一

种历史考辨的立场。吕祖谦出身在吕氏家族，注重文献考据，学术广博
而驳杂，对各家各派的学术思想力求整合和统一。全祖望认为，宋乾、
淳以后，学派主要分为朱学、陆学与吕学。朱学以格物致知，陆学以明
心，吕学则兼取其长。元代江西《诗经》学在承袭朱熹解经思路的同
时，不自觉地吸纳吕祖谦经学思想。吕氏经学不存在朱熹经学中的那种
矛盾和困惑。吕祖谦并非单纯为言理而言理，为"涵泳"而"涵泳"，
而是将义理很好地圆融在历史和文学之中。元代很多《诗经》学著述如
刘瑾《诗传通释》、朱公迁《诗经疏义会通》、胡一桂《诗集传附录纂
疏》等均在发扬朱传的基础上大量援引吕氏学说，足见他们对吕祖谦经
学思想的认同。

　　心学和易学思想融入经学阐释，这也是江西区域《诗经》学探讨值
得关注的一个现象。江西的吴澄对元代《诗经》学发展的意义不可小
觑。他虽然一生清贫，但是专于学术，曾随朱学传人程若庸学习，后来
又师从程绍开，这些丰富的求学经历，使得他的学术思想具有和会朱陆
的倾向。钱穆曾认为，从学问的宏大渊博来讲，能与朱熹相比的只有吴
澄一人。从哲学层面而言，吴澄发挥了程朱的心性理论，调和着"尊德
性"与"道问学"的冲突；从经学层面而言，吴澄注意打破学术之间的
壁垒，广泛涉猎天文、医学、术数等知识，遍注五经。吴澄的这些观念
也启发了不少《诗经》学者，比如刘瑾、朱公迁、刘玉汝等都吸收了这
种调和思想，并将它运用到《诗经》注释中，显示了兼收并蓄的风貌。
刘玉汝《诗缵绪》大量涉及"天道"与"孝道"观，而吴澄曾编订
《孝经》善本和《孝经外传》，或可推断这其中存在一定的关联。

　　元代江西区域的《诗经》学探究受"心性"思想的影响。明代前期
《诗经》学的一个发展趋势就是探索《诗经》与"理""心""性"的联
系，将《诗经》学推向理学化。朱熹对《诗经》义理并没有过多寻绎，
而只是强调"玩其理以养心"，同时强调"理会义理"。后来的学者则在
朱熹理论的指导下，根据自己的领会与体悟阐发朱熹未曾言说的意义[1]。
王守仁认为，《六经》乃"吾心之常道"。《易》，"志吾心之阴阳消息
者"；《书》，"志吾心之纪纲政事"；《诗》，"吾心之歌咏性情"；《礼》，

---

① 刘毓庆：《从经学到文学——明代〈诗经〉学史论》，商务印书馆，2001，第50页。

"志吾心之条理节文";《乐》,"志吾心之欣喜和平";《春秋》,"志吾心之诚伪邪正"。"故《六经》者,吾心之记籍也,而《六经》之实则具于吾心……而世之学者,不知求《六经》之实于吾心,而徒考索于影响之间,牵制于文义之末,硁硁然以为是《六经》矣"①。《六经》与人心相通,如果"牵制于文义",所求的只能是末,而其本根则在于"吾心"。人们在讨论朱陆异同的时候,会用"性即理"与"心即理"来进行区分。陆九渊主张"心为理",相信通过讨论问题可以获得真理,认为过分专注于书本,反而会使人偏离那个基本的理。他认为阴阳是"道",拒绝将"心"和"理"加以区分,也不同意朱熹对于"性"和"理"的认知②。

学者对《易》学思想的吸收和接纳也同样值得注意。《诗集传附录纂疏》包含不少《易》学思想。胡一桂从其父胡方平学《易》,而胡方平从沈贵宝、董梦程学《易》,沈贵宝是董梦程的学生,董梦程是黄榦的门人,黄榦是朱熹的门人。胡一桂对象数很有研究,在朱熹《易》学的发挥传承中起到了一定的作用。另外像刘瑾、朱公迁、刘玉汝等也对《易》学思想表示了关注。《易》学思想充满了变化,是全面认知世界的有效方式,对《易》的关注或可成为观照元代经学观念变化的另一种讯息。在义理被预设之后,除不断翻新著述体例之外,似乎很难再有更好的观点表述方式。在此情境下,新的解经策略以及解经观念就需要应运而生。朱公迁等学者就在用自己对经传的质疑与变革呼应着这种困境中的经学实践。被"羽翼绍述"遮蔽的变革意识以更低调有力的方式展示着元代后期经学的转向,也影响着明代《诗经》学的发展方向。明代前期继续延续元代经学的特质,但随着元代末期质疑经典意识的逐步增强,明代学者也以更加大胆更加激烈的方式表达他们对经典的理解。这无疑是元代江西《诗经》学对后期经学的重要意义。元代江西的《诗经》学具有朱陆思想的痕迹,其中最明显的就是心学的融入。对心的关注,无疑是让什么作为文本呈现主体的问题,也是观照世界的不同路径的问题。注重文献表述与注重内心感受,这决定了文本理解的两种路径。倘若注

① 王守仁:《王文成全书》卷七,文渊阁《四库全书》本。
② 〔美〕田浩:《朱熹的思维世界》,江苏人民出版社,2009,第248页。

重文献表述，就需要在历史、训诂、考证等策略中去达成对文本的理解；倘若注重内心感受，就需要从自己的既有立场、思维习惯等方面去生成对文本的理解。显然，对心的关注，使得这种主体性更强的理解经典的方式被逐步纳入经学实践，并实现着对经典理解方式以及经学实践主体的双重变革。明代中期，王守仁心学与经学逐步互渗，这无疑是对元明之际朱陆心学思想的呼应，也是对元明经学思想接续的呼应。

元代《诗经》学者不断增益朱子学说，在江西形成了一种不容忽视的《诗经》学现象，其中马端临、胡一桂、刘瑾、罗复、朱公迁、刘玉汝等在绍述朱说的同时，又在字义训诂、字音考定、诗义探寻、历史考证等方面积极探寻，推进着元代江西《诗经》学的进一步发展。

# 第六章　元代经学的科考经义文献形态

科举考试从隋朝开始就成为国家政权选拔官吏的有效方式。考生与当政者之间眼光与策略的博弈在科考中不断展开。考生从科考中获得进阶的艰难机会；当政者通过科考甄选更好服务于政权的最佳人选；科考官员则对当政者的政策全面省察，并通过常科、制科和武举等分科方式，在考生与当政者之间努力传达双方渴望参与政权和希望招揽贤才的真实意图。随着考生、考官、当政者之间博弈的深入，科考最初用来选拔人才的这一考量逐渐变得丰盈和多元。考生从最初"会说什么"逐步向"能说什么"转变；考官则从最初"看考生说什么"到"想考生说什么"转变；当政者则从最初判断"哪些考生能说什么"到确定"哪些考生知道我想说什么"转变。倾力点的转化显示着科考的时代变迁，也反映着科考内容的变化，体现着学术观念的转型。

## 一　科考与经义文

科举考试在元代的推行并不是一件容易的事情。元世祖至元"四年九月，翰林学士承旨王鹗等请行选举法。远述周制，次及汉、隋、唐取士科目，近举辽、金选举用人与本朝太宗得人之效。以为贡举法废，士无入仕之阶，或习刀笔以为吏胥，或执仆役以事官僚，或作技巧贩鬻以为工匠、商贾，以今论之，惟科举取士最为切务……帝曰：'此良法也，其行之！'中书左三部与翰林学士设立程式，又请依前代立国学，选蒙古人诸职官子孙百人，专命师儒教习经书，俟其艺成，然后试用。"① 虽然忽必烈认为科举考试为"良法"，但并没有很好落实。至元五年（1268），陈祐再次提出自己对科举考试的建议，"臣愚谓方今取士，宜设三科，以尽天下之材，以公天下之用。亡金之士，以第进士，并历显

---

① 《元史》卷八十一《选举志》，文渊阁《四库全书》本。

官，耆老宿德老成之人，分布台省，咨询典故，一也；内则将相、公卿、大夫各举所知，外则府尹、州牧岁贡有差，进贤良则受赏，进不肖则受罚，二也；颁降诏书，布告天下，限以某年开设科举，三也。三科之外，继以门荫，劳效参之，可谓才德兼收，勋贤并进。如此，则人人自励，安敢苟且？庶几野无遗材，多士盈朝，将相得人于上，守令称职于下，时雍丕变，政化日新，陛下端拱无为而天下治矣。"① 至元二十九年（1292）春，翰林学士王恽上书元世祖议论政事，其中第七项为"设科举以收人材"，他认为科举考试是重要的一种人才选拔方式，② "方今名儒硕德既老且尽，后生晚进既无进望，例多不学。州府乡县虽立教官，讲书会课，举皆虚名，略无实效，以致非常之才未闻一士，州郡政治苦无可称，思得大儒硕德难矣。臣愚以为，不若开设选举取验之速也。夫进士选号，历代取士正科，将相之才皆从此出，前代讲之熟矣，理有不可废者。若限以岁月而考试之，将见士争力学，人材辈出，可计日而待也。"③ 这一主张既符合元初社会的实际，也成为以后明清两代科举考试发展的主要方向。遗憾的是，王恽的提议仍以未能落实而告终。④

元代的科举制度并没有在王鹗、王恽等儒臣的倡议下恢复，"但是他们的反复讨论，毕竟使元朝最高统治者逐渐认识到建立制度化的选才途径的重要性，而且他们所议定的一些具体制度和办法，为元代科举制度的建立铺平了道路。"⑤ 元仁宗皇庆二年（1313）十月，当时的中书省官员又上书给皇帝，称"科举事，世祖、裕宗累尝命行，成宗、武宗寻亦有旨，今不以闻，恐或有沮其事者。夫取士之法，经学实修己治人之道，词赋乃摘章绘句之学。自隋、唐以来，取人专尚词赋，故士习浮华。今臣等所拟将律赋省题诗小义皆不用，专立德行、明经科，以此取士，庶可得人。"⑥ 建议皇帝重开科举，不过范围比隋、唐时代缩小了，只有德行、明经两科。历成宗、武宗两朝，几代人恢复科举考试的愿望终于在仁宗朝得以实现。仁宗对科举考试表示了极大重视，"惟我祖宗以神武定

---

① 陈祐：《三本书》，载苏天爵编《元文类》卷十四，文渊阁《四库全书》本。
② 周春健：《元代四书学研究》，华东师范大学出版社，2008，第63页。
③ 王恽：《上世祖皇帝论政事书》，《秋涧集》卷三十五，文渊阁《四库全书》本。
④ 周春健：《元代四书学研究》，华东师范大学出版社，2008，第64页。
⑤ 刘海峰、李兵：《中国科举史》，东方出版中心，2004，第258页。
⑥ 《元史》卷八十一《选举志》，文渊阁《四库全书》本。

天下，世祖皇帝设官分职，征用儒雅，崇学校为育材之地，议科举为取士之方，规模宏远矣。朕以眇躬，获承丕祚，继志述事，祖训是式。若稽三代以来，取士各有科目，要其本末，举人宜以德行为首，试艺则以经术为先，词章次之。浮华过实，朕所不取。爰命中书，参酌古今，定其余制。其以皇庆三年八月，天下郡县，兴其贤者能者，充贡有司，次年二月会试京师，中选者朕将亲策焉。"① 同时规定每三年一次开试，考试分乡试（行省考试）、会试（礼部考试）、御试（翰林国史院考试）三级。每次考试，蒙古人、色目人都要与汉人、南人分开进行，称南北榜或左右榜。会试在乡试的次年二月举行，御试在会试的同年三月举行。延祐二年（1315）三月，首次廷试进士。② 至此，元朝的科举制度就正式建立起来了。③ 除了延祐二年开科取士以外，元帝国还时断时续地举行过多次科举考试，其中较为有名的有：延祐五年（1318）三月，此次共有呼图克岱尔、霍希贤等50人金榜题名，至治元年（1321）三月，此次共有塔斯布哈、宋本等64人金榜题名；泰定元年（1324）三月，此次共有巴拉、张益等86人金榜题名；泰定四年（1327）三月，此次有阿恰齐、李黼等86人金榜题名；天历三年（1330）三月，此次考试，图烈图、王文煜等97人金榜题名；元统元年（1333）九月，此次考试，蒙古人同同、汉人李齐等100人金榜题名。其后两届（公元1336年、1339年）因故未曾开考，到了1340年又重开科考。从公元1315年到1340年，二十多年的时间里，元帝国几乎每隔三年就举行一次全国性的科举考试，近六百名士子获得了进榜机会。

科举考试的程序也有相应规定："蒙古、色目人，第一场经问五条，《大学》《论语》《孟子》《中庸》内设问，用朱氏章句集注。其义理精明，文辞典雅者为中选。第二场策一道，以时务出题，限五百字以上。汉人、南人，第一场明经、经疑二问，《大学》《论语》《孟子》《中庸》内出题，并用朱氏章句集注，复以己意结之，限三白字以上；经义一道，各治一经，《诗》以朱氏为主，《尚书》以蔡氏为主，《周易》以程氏、朱氏为主，已上三经，兼用古注释，《春秋》许用《三传》及胡氏

---

①　《元史》卷八十一《选举志》，文渊阁《四库全书》本。
②　《元史》卷八十一《选举志》，文渊阁《四库全书》本。
③　周春健：《元代四书学研究》，华东师范大学出版社，2008，第65页。

《传》，《礼记》用古注疏，限五百字以上，不拘格律。第二场古赋诏诰章表内科一道，古赋诏诰用古体，章表四六，参用古体。第三场策一道，经史时务内出题，不矜浮藻，惟务直述，限一千字以上。"① 所有这些都通过之后，汉人、南人作一榜，第一名"赐进士及第，从六品"，第二名以下称为"及第二甲"，皆授给正七品的官职，第三名以下皆授正八品官职。蒙古、色目人只要通过两场就可赐进士及第。为了保证科举考试的公正性，诏书中还规定了监考人员：总监考由监察御史和廉访司官员担任，分监考由知员举、同知员举等人担任。

元代科举考试主要在乡试和会试中涉及《诗经》方面的考察，参加科考人员主要为汉人和南人。《新刊类编历举三场文选诗义》完整保存了这些科考方面的信息。中国的科举考试虽然早在隋文帝时就已开始实行，但每个朝代开科取士，往往都有着自己的特色。"从科目上看，唐、宋分科较多，唐代有进士、九经、五经、开元礼、三史、三礼、三传、学究、明经等科。《诗经》考试则分散在九经、五经、学究、明经诸科中，唐代重进士而轻明经，重诗赋而轻经学，实际上《诗经》考试是不被人重视的。"② 如《新唐书·选举志》所载："凡《礼记》《春秋左氏传》为大经；《诗》《周礼》《仪礼》为中经；《易》《尚书》《春秋公羊传》《穀梁传》为小经。通二经者，大经、小经各一，若中经二。通三经者，大经、中经、小经各一。通五经者，大经皆通，余经各一，《孝经》《论语》兼通之。"③

《诗经》在唐代被放在中经位置看待。宋代前期，科举考试的内容沿袭唐代，进士科考察诗、赋、论的创作，诸科则考察经文大义及帖经、墨义。随着熙宁时期科举改革的进行，关于诗赋取士和经义取士的一些论辩在社会上逐步展开。如北宋孙觉曾上奏道："今诚有道德之隽，经纶之彦，不由科举，则无以进仕于朝廷。是使天下皆汩没于雕虫篆刻之技，弃置于章句括帖之学也。……文章之于国家，固已末矣，诗赋又文章之末欤！今乃拘以声势之逆顺，音韵之上下，配合缀缉，甚于俳优之辞……学

---

① 《元史》卷八十一《选举志》，文渊阁《四库全书》本。
② 张祝平、蔡燕、蒋玲：《元代科举〈诗经〉试卷档案的价值》，《中国典籍与文化》，2007 年第 1 期。
③ 《新唐书》卷四十四《选举志》，文渊阁《四库全书》本。

究诸科多不通经义，而猥以记诵为工。记诵不能，则或务为节抄，至断裂句读，错谬文辞，甚可闵笑。"① 孙觉认为诗赋类的考试对国家政治没有太大的帮助。司马光则认为，"进士初但试策，及长安、神龙之际，加试诗赋。于是进士专尚属辞，不本经术，而明经止于诵书，不识义理。止于德行，则不复谁何。自是以来，儒雅之风日益颓坏。为士者狂躁险薄，无所不为，积日既久，不胜其弊。于是又设誊录、封弥之法，盖朝廷苦其难制，而有司急于自营也。夫欲搜罗海内之贤俊，而掩其姓名以考之，虽有颜、闵之德，苟不能为赋、诗、论、策，则不免于遭摈弃，为穷人。虽有跖、蹻之行，苟善为赋、诗、论、策，则不害于取高第，为美官。臣故曰取士之弊，自古始以来，未有若近世之甚者，非虚言也。……国家从来以诗、赋、论、策取人，不问德行，故士之求仕进者，日夜孜孜，专以习诗、赋、论、策为事，唯恐不能胜人。父教其子，兄勉其弟，不是过也。"② 国家以诗、赋、论、策取人，不问德行，这是司马光不认同的。但是他忽视了一个问题，一个人德行的好坏与他实际的文学才华以及政治能力之间没有必然联系。

随着熙宁时期的科举改革，宋代科考内容也发生了相应变化。这次改革的意图旨在恢复经典中所记载的三代的学校取士制度，在考试内容上以经义取代诗赋，"此后世经义之始。前此所谓明经者，试其墨书、帖义、但取其记诵而已，未尝考其义理，求其文采也。王安石为人固无足取，及其自作三经，专用己说，欲以此一天下士子，使之遵己，固无是理。然其所制经义之式，至今用之以取士，有百世不可改者。是固不可以人废言也。及其所谓'士当少壮时，正当讲求天下正理，乃闭门学作诗赋，及其入官，世事皆所不习'，切中今世学者习科举之弊。今世举子所习者，虽是五经濂洛之言，然多不本之义理，发以文采，徒缀缉敷演，以应主司之试焉耳。名虽正理，其实与其前代所习之诗赋，无大相远也，欲革其弊，在择师儒之官，必得人如胡瑗者，以教国学。慎主司之选，必得人如欧阳修者，以主文柄。则士皆务实用以为学，本义理以为文。而不为无益之空言矣。他日出而为国家用，其为补益，盖亦不小"③。邱

---

① 杨士奇等：《历代名臣奏议》卷一百六十六《选举》，文渊阁《四库全书》本。
② 杨士奇等：《历代名臣奏议》卷一百六十六《选举》，文渊阁《四库全书》本。
③ 邱濬：《大学衍义补》卷九，文渊阁《四库全书》本。

濬的这段话代表了当时很多人的看法。他们对科举考试以经义取士这一点还是表示了一定的认可。

对于科举考试类的《诗经》著述，不少学者给予的评价不高。洪湛侯指出，明清两代是科举八股文章泛滥的时代，明永乐十二年胡广纂修《五经大全》后，顾炎武就感慨"自八股行而古学弃，《大全》出而经说亡"①。科举考试和经学研究成为了不同的两条路。从《诗经》角度而言，科举考试以《诗经》命题，既不是经学，也离文学更远②。到明代中晚期出现的科考经义类《诗经》著述大致有三类：评点本；讲章和寻求语脉的读本；专为科考的读本。这些科举用书，除了具有一点版本价值外，"不过是一堆文化垃圾"③。这种判断需要辩证看待，要探究这类科考用书价值被忽视的真正原因，究竟是基于主流意识形态的考量，还是这类用书的思想开创性不足。

某种程度上讲，宋代以经义取士的方式直接影响了后来八股文的形成。"元代不分大中小经，只考《诗》《书》《易》《春秋》《礼记》五经，实际上《春秋》用《三传》，而《左传》《礼记》在唐宋算大经，字数较多，因此习者少，习《诗》《书》《易》者多。《诗》易懂好记，而且可出题者仅占三分之一，所以习之者更多"④。出题范围的限定，不利于考生自由思想的发挥。要想在众多考生中脱颖而出，考生除了既定诗文义理的阐发之外，只能转向外在文章形式的探讨。

林泉生《明经题断诗义矜式》阐释经义的首要特点：分股讲经。他阐释经义时使用"上股""下股"等字眼，和同时期《诗经》学者用上章、下章、上节、下节的表述存在很大差别。尽管都是对诗歌的分段讲解，但是表述方式的不同，却反映着经学阐释方式的变化。"上股""下股"和明清八股文的"起股""中股""后股""束股"是否存在一定联系呢？如果有联系，是否可以说元代的这种经义文章格式已经具有明清八股文固定格式的雏形呢？八股文是明清科举考试使用的文体，也称为

---

① 顾炎武：《日知录》卷十八，文渊阁《四库全书》本。
② 洪湛侯：《诗经学史》，中华书局，2002，第828页。
③ 洪湛侯：《诗经学史》，中华书局，2002，第828页。
④ 张祝平、蔡燕、蒋玲：《元代科举〈诗经〉试卷档案的价值》，《中国典籍与文化》2007年第1期。

"时文""制艺"。八股文的固定格式为：破题、承题、起讲、入手、起股、中股、后股、束股。开始先揭示题旨，为破题；承上文而加以阐发，叫承题；开始议论，称起讲；起讲后的入手之处，为入手；以下再分起股、中股、后股和束股四个段落，而每个段落中，都有两股排比对偶的文字，合共八股，故称八股文。八股文是在科举考试等特定条件下产生发展起来的。八股文的形式，最早可溯源于唐朝的"帖括"。所谓"帖括"，就是赅括地默写某一种经书的注解。宋代自王安石开始，以"经义"试士，主要要求考生发挥对经文意义的理解来写文。元代考试，用"经义""经疑"为题述文，出题范围大多集中在四书和《诗经》，这个时期已经有最早的八股文雏形了。明代朱元璋洪武三年，诏定科举法，应试文仿宋"经义"，要求文字讲求格律，八股文的格律形式基本形成。

《明经题断诗义矜式》大多结合上下股分析诗义。比如《皇华》篇：

《皇华》

君遣使臣之诗。

皇皇者华，于彼原隰。骕骕征夫，每怀靡及。我马维驹，六辔如濡。载驰载驱，周爰咨诹。

感生意之盛，而使臣有不足之心；所御之美，而使臣尽当为之职。此人君述使臣之所存以为言，而且因以教戒之也，就"每"字、"周"字上串意，惟其靡及之怀每每常存，所以咨诹于人者不可不周，遍心之所存者有其常……上股就使臣心上说，所以托兴而感动之，下股就臣职上说，所以陈其事而教戒之。[①]

林泉生分析此首诗歌的逻辑顺序为：首先从"生意之盛"和"所御之美"角度解释诗歌，类似八股文的破题；然后再承题、起讲；接着展开论述；最后"上股就使臣心上说""下股就臣职上说"为总结，类似八股文的束股。在阐释时，林泉生还注意了运用排比的手法，讲求句式的对仗工整，这些形式的运用在后来的明清八股文中都有所体现。再如《文王有声》篇：

① 林泉生：《明经题断诗义矜式》卷二，元刻本。

丰水东注，维禹之绩。四方攸同，皇王维辟。皇王烝哉！

　　因平王之功而有以合尊君之众，新立教之地而足以致尊君之诚，此诗人所以重赞其克君也。国都建于水土平治之余，而人心归，固足以信今王之克君矣；学校建于迁都立国之始，而人心服，则今王之克君尤可信也。上股是武王未作镐京之时，故因丰水而思禹功当时国都建于此，而有以维天下趋向之，人已可见武王能为天下君也。下股乃武王迁镐京之事，故特言其首建学校以为讲学行礼之地，由是教化宣明，而天下之人莫不心悦而诚服，则尤信乎武王之能为天下君矣。下股略略重些。①

　　这段阐释仍然分上下股进行分析，"上股是武王未作镐京之时""下股乃武王迁镐京之事"。此外，他还注意语句的对应，如"国都建于水土平治之余，而人心归，固足以信今王之克君矣；学校建于迁都立国之始，而人心服，则今王之克君尤可信也。"其中，"国都建于水土平治之余"和"学校建于迁都立国之始"相对；"而人心归"和"而人心服"相接。分股解经的方式某种程度上是后来科举考试八股文的雏形，在规定的有效经解容量内，如何按照一定的章法展示经义，逐步成为了科举考试的一种能力测试。

　　林泉生阐释《诗经》经义的另一个特点：引传解经。如《七月》篇：

　　四月秀葽，五月鸣蜩。八月其获，十月陨蘀。一之日于貉，取彼狐狸，为公子裘。二之日其同，载缵武功。言私其豵，献豜于公。

　　此章朱传谓专言狩猎，以终首章无褐之意，则"二之日其同"之下乃因狩猎而并及之之词，然可见豳民忠爱之心念念不忘，所以愈加而愈厚……周公历陈豳民忠爱每出于忧勤之余，欲使成王知人勤则良心生之意。②

　　此段先引朱子说法"此章专言狩猎，以终首章无褐之意"，然后再

---

① 林泉生：《明经题断诗义矜式》卷五，元刻本。
② 林泉生：《明经题断诗义矜式》卷一，元刻本。

从狩猎谈起，最后得出"欲使成王知人勤则良心生之意"。从语段前后逻辑来看，林泉生援引朱子的话语只是出于解释经文的需要，而不在于对朱熹思想的进一步落实。最后结论的得出则是他对整个诗篇中心旨意把握的结果，也并非没来由地自由生发。再如《文王》篇：

> 文王在上，于昭于天！周虽旧邦，其命维新。有周不显，帝命不时。文王陟降，在帝左右。
>
> 朱传本旨以为周公追述文王之德，断章又以文王有显德而上帝有成命，以是推之则此题合以"德"字作一篇。……始焉反复叹咏之者，谓其神之所以昭著而致成命者……终焉推本而溯求之者，见其神之所以亲密而与天为一者，亦此德也。①

朱熹《集传》对《文王》这八句的解释为："周公追述文王之德，明周家所以受命而代商者，皆由于此，以戒成王。此章言文王既没，而其神在上，昭明于天。是以周邦虽自后稷始封，千有余年，而其受天命，则自今始也。夫文王在上而昭于天，则其德显矣。"② 林泉生认为，"此题合以'德'字作一篇"，接着分上六句和下两句围绕"德"进一步展开论述。再如《生民》：

> 诞我祀如何？或舂或揄，或簸或蹂。释之叟叟，烝之浮浮。载谋载惟，取萧祭脂，取羝以軷。载燔载烈，以兴嗣岁。
>
> 朱子谓四者皆祭祀之事，虽只是指"取萧"以下四者而言，然"舂""簸"以及"谋""惟"亦莫非祭祀时事，特"舂""簸"以及"谋""惟"乃将祭时事，"取萧"以及"燔""烈"则临祭时事，祭祀以农事而始兴，则亦以农事而迭举，今岁丰年而祭所以报也，亦所以祈也，于是丰年之祥无或间断，往岁之丰登可继，而来岁之丰登又兴矣，可以见后稷之谨祭祀而重农事也如此。③

---

① 林泉生：《明经题断诗义矜式》卷四，元刻本。
② 朱熹注，王华宝整理《诗集传》卷十六，凤凰出版社，2007，第204页。
③ 林泉生：《明经题断诗义矜式》卷六，元刻本。

林泉生引用朱子"四者皆祭祀之事"的说法来解释诗歌,认为"春""籁"以及"谋""惟"可能都是讲祭祀,"春""籁"以及"谋""惟"是将要祭祀时候的事情,"取萧"以及"燔""烈"是临近祭祀时候的事情,最后得出"后稷之谨祭祀而重农事也如此"的判断。从引传解经的方式来看,林泉生注意借鉴朱熹对经文的理解,但又没有完全受朱传的影响,而是在朱传的基础上进一步引申发挥。

林泉生阐释《诗经》还有一个特点:据传改序。他对《诗序》的接受态度不同于元代刘瑾、胡一桂、李公凯等人的全部接受,而是在朱传的基础上对小序进行必要的改定。改序这种做法在宋代还不多见。宋人更多的关注点放在《诗序》的存废问题上,像苏辙那样的《诗经》学者虽然对《诗序》有自己的看法,也只是保留《诗序》的前半部分,是一种半接受态度。元代,许谦、朱公迁、林泉生这些《诗经》学者则开始根据《集传》对《诗序》进行改定。不妨先看看林泉生对《诗序》的改定,参表2。

表2 《诗序》、朱公迁据《集传》改的《序》、
林泉生题断《序》对照表

| | 篇名 | 《诗序》 | 朱公迁据《集传》改的《序》 | 林泉生题断《序》 |
|---|---|---|---|---|
| 1 | 《麟之趾》 | 《关雎》之应也。《关雎》之化行,则天下无犯非礼,虽衰世之公子,皆信厚如麟趾之时也。 | 《关雎》之应也。文王、后妃德修于身,而子孙宗族皆化为善,诗人所以美之也。 | 文王后妃德修于身,而子孙宗族皆化于善。 |
| 2 | 《羔羊》 | 《鹊巢》之功致也。召南之国化文王之政,在位皆节俭正直,德如羔羊也。 | 美大夫也。大夫化文王之政,在位皆节俭而正直也。 | 美南国群臣节俭正直之诗。 |
| 3 | 《驺虞》 | 《鹊巢》之应也。《鹊巢》之化行,人伦既正,朝廷既治,天下纯被文王之化,则庶类蕃殖,蒐田以时,仁如驺虞,则王道成也。 | 美化成也。诸侯承文王之化,而仁民之余恩有以及于物,故验庶类之蕃而见王道之成也。 | 美南国诸侯蒐田爱物之诗。 |
| 4 | 《淇奥》 | 美武公之德也。有文章,又能听其规谏,以礼自防,故能入相于周,美而作是诗也。 | 卫人美武公之德也。 | 此卫人美武公之德而作。 |

| | 篇名 | 《诗序》 | 朱公迁据《集传》改的《序》 | 林泉生题断《序》 |
|---|---|---|---|---|
| 5 | 《七月》 | 陈王业也。周公遭变，故陈后稷先公风化之所由，致王业之艰难也。 | 陈王业也。周公以成王未知稼穑之艰难，故陈后稷公刘风化之所由，使瞽蒙朝夕讽诵以教之。 | 周公陈王业以戒成王。 |
| 6 | 《鹿鸣》 | 燕群臣嘉宾也。既饮食之，又实币帛筐篚以将其厚意，然后忠臣嘉宾得尽其心矣。 | 燕飨宾客也。 | 此燕享宾客之诗。 |
| 7 | 《皇华》 | 君遣使臣也。送之以礼乐，言远而有光华也。 | 遣使臣也。 | 君遣使臣之诗。 |
| 8 | 《常棣》 | 燕兄弟也，闵管蔡之失道，故作《常棣》焉。 | 燕兄弟也。 | 燕兄弟之乐。 |
| 9 | 《伐木》 | 燕朋友故旧也。自天子至于庶人，未有不须友以成者，亲亲以睦，友贤不弃，不遗故旧，则民德归厚矣。 | 燕朋友故旧也。 | 燕朋友故旧之乐。 |
| 10 | 《天保》 | 下报上也。君能下下，以成其政，臣能归美，以报其上焉。 | 下报上也。盖以答《鹿鸣》《四牡》《皇华》《常棣》《伐木》之意焉。 | 人君以《鹿鸣》以下五诗燕其臣，臣之受赐者歌此诗，以答其君。 |
| 11 | 《鱼丽》 | 美万物盛多，能备礼也。文武以《天保》以上治内，《采薇》以下治外，始于忧勤，终于逸乐，故美万物盛多，可以告于神明矣。 | 燕飨通用之诗也。 | 此燕享通用之乐。 |
| 12 | 《南山有台》 | 乐得贤也，得贤则能为邦家立太平之基也。 | 燕飨通用之诗也。 | 此亦燕享通用之乐。 |
| 13 | 《蓼萧》 | 泽及四海也。 | 燕诸侯也。诸侯朝于天子，天子燕之以示慈惠焉。 | 诸侯朝于天子，天子与之燕故歌此诗。 |
| 14 | 《湛露》 | 天子燕诸侯也。 | 天子燕诸侯也。 | 天子燕诸侯之诗。 |
| 15 | 《彤弓》 | 天子锡有功诸侯也。 | 天子燕有功诸侯也。诸侯有功，锡以弓矢，歌诗以燕之。 | 天子燕诸侯而赐以弓矢之诗。 |

| | 篇名 | 《诗序》 | 朱公迁据《集传》改的《序》 | 林泉生题断《序》 |
|---|---|---|---|---|
| 16 | 《菁菁者莪》 | 乐育材也。君子能长育人材，则天下喜乐之矣。 | 燕宾客也。 | 燕享宾客之诗。 |
| 17 | 《六月》 | 宣王北伐也。 | 美尹吉甫也。厉王暴虐，周人逐之，猃狁内侵，逼近京邑。宣王承其难，命尹吉甫伐之，有功而归，诗人作歌以叙其事也。 | 宣王命尹吉甫北伐猃狁之诗。 |
| 18 | 《车攻》 | 宣王复古也。宣王能内修政事，外攘夷狄，复文武之竟土，修车马，备器械，复会诸侯于东都，因田猎而选车徒焉。 | 美宣王也。周公营洛邑，朝诸侯。周衰礼废，至于宣王，内修政事，外攘夷狄，复文武之竟土，修车马，备器械，复会诸侯于东都，因田猎而选车徒焉。 | 宣王复文武之境土，会诸侯于东都，因田猎而选车徒焉。 |
| 19 | 《吉日》 | 美宣王田也。能慎微接下，无不自尽以奉上焉。 | 美宣王田猎也。 | 此亦宣王之诗，言田猎，以吉日祭马祖而祷之。 |
| 20 | 《庭燎》 | 美宣公也，因以箴之。 | 美勤政也。 | 王者将起视朝，不安于寝也。 |
| 21 | 《鹤鸣》 | 诲宣王也。 | 诗人陈善而纳诲也。谨微以诚身，穷理以明善，胜私克己以存好恶之正，为君子之当然也。 | 陈善纳诲之词。 |
| 22 | 《白驹》 | 大夫刺宣王也。 | 留贤而不得也。 | 言贤者去而不可留，故作此而欲留之也。 |
| 23 | 《楚茨》 | 刺幽王也。政烦赋重，田莱多荒，饥馑降丧，民卒流亡，祭祀不飨，故君子思古焉。 | 公卿致祭也。周之公卿有田禄者能力于农事，以奉宗庙之祭，故诗人述而美之。 | 述公卿有田禄者力农以奉祭也。 |
| 24 | 《信南山》 | 刺幽王也。不能修成王之业，疆理天下，以奉禹功，故君子思古焉。 | 公卿致祭于宗庙也。 | 大指与《楚茨》略同。 |
| 25 | 《甫田》 | 刺幽王也，君子伤今而思古焉。 | 公卿致祭也。公卿有田禄者能力于农事，以奉方社田祖之祭焉。 | 述公卿有田禄者力农以奉方社田祖之祭。 |

续表

| | 篇名 | 《诗序》 | 朱公迁据《集传》改的《序》 | 林泉生题断《序》 |
|---|---|---|---|---|
| 26 | 《大田》 | 刺幽王也，言矜寡不能自存焉。 | 美公卿能奉方社田祖之祭也。盖为农夫之词以美之，若以答《甫田》之意焉。 | 此诗农夫以颂美其上之词。 |
| 27 | 《瞻彼洛矣》 | 刺幽王也。思古明王，能爵命诸侯，赏善罚恶焉。 | 美天子也。天子会诸侯于东都以讲武事，诸侯美之，作是诗也。 | 天子会诸侯以讲武，而诸侯以美天子也。 |
| 28 | 《裳裳者华》 | 刺幽王也。古之仕者世禄，小人在位，则谗谄并进，弃贤者之类，绝功臣之世焉。 | 天子美诸侯也，盖以答《瞻彼洛矣》之意焉。 | 此天子美诸侯之词。 |
| 29 | 《桑扈》 | 刺幽王也。君臣上下，动无礼文焉。 | 天子燕诸侯也。 | 天子燕诸侯之诗，颂祷之辞。 |
| 30 | 《頍弁》 | 诸公刺幽王也。暴戾无亲，不能宴乐同姓，亲睦九族，孤危将亡，故作是诗也。 | 燕兄弟亲戚也。 | 此亦燕兄弟亲戚之诗。 |
| 31 | 《宾之初筵》 | 卫武公刺时也。幽王荒废，媟近小人，饮酒无度，天下化之，君臣上下，沉湎淫液，武公既入，而作是诗也。 | 武公饮酒悔过也。 | 卫武公饮酒悔过而作此诗。 |
| 32 | 《采菽》 | 刺幽王也。侮慢诸侯，诸侯来朝，不能锡命以礼，数征会之而无信义，君子见微而思古焉。 | 天子美诸侯也。盖以答《鱼藻》之意焉。 | 天子所以答《鱼藻》也。按《鱼藻》乃天子燕诸侯，而诸侯美天子之诗，此所以答之也。 |
| 33 | 《隰桑》 | 刺幽王也。小人在位，君子在野。思见君子，尽心以事之。 | 喜见君子也。 | 此喜见君子之诗。 |
| 34 | 《黍苗》 | 刺幽王也。不能膏润天下卿士，不能行召伯之职焉。 | 美召穆公也。宣王封申伯于谢，命召穆公往营谢邑。故将徒役南行，而行者作诗以美之。 | 宣王封申伯于谢，命召穆公往营城邑，故将徒役南行，而行者作此诗。 |

| | 篇名 | 《诗序》 | 朱公迁据《集传》改的《序》 | 林泉生题断《序》 |
|---|---|---|---|---|
| 35 | 《文王》 | 文王受命作周也。 | 周公戒成王也。文王之德，与天为一，故能受天命以福后人。周公追述之，欲王取法于是也。 | 周公追述文王之德明，周家所以受命而代商者皆由于此。 |
| 36 | 《大明》 | 文王有明德，故天复命武王也。 | 周公戒成王也。言王季、大任，文王、大姒以及武王皆有明德而天命之也。 | 周公戒成王之诗，故陈文武之所以受命者。 |
| 37 | 《绵》 | 文王之兴，本由大王也。 | 周公戒成王也。大王基王迹，至于文王，王业盛，成王之所当知也。 | 此亦周公戒成王之诗。 |
| 38 | 《棫朴》 | 文王能官人也。 | 咏歌文王之德也。文王之德之盛，天下之人归之也。 | 此亦以咏歌文王之德。 |
| 39 | 《旱麓》 | 受祖也。周之先祖，世修后稷、公刘之业，大王、王季申以百福干禄焉。 | 咏歌文王之德也。盛德所以受福也。 | 咏歌文王之德之诗。 |
| 40 | 《思齐》 | 文王所以圣也。 | 咏歌文王之德也。 | 此诗亦歌咏文王之德。 |
| 41 | 《皇矣》 | 美周也。天监代殷，莫若周。周世世修德，莫若文王。 | 美周也。大王、大伯、王季之德，文王伐密伐崇之事，皆其可美者也。 | 此诗历叙大王、大伯、王季之德，以及文王伐密伐崇之事。 |
| 42 | 《灵台》 | 民始附也。文王受命，而民乐其有灵德，以及鸟兽昆虫焉。 | 乐文王之有其乐也。文王有台池鸟兽钟鼓之乐，故民乐之，而诗人述之也。 | 国之有台，所以望氛祲，察灾祥，时游观，节劳佚也。 |
| 43 | 《下武》 | 继文也。武王有圣德，复受天命，能昭先人之功焉。 | 美武王也。武王以继述之孝而得天下之心，继世者能继其德，斯可受福于无穷矣。 | 美武王能缵大王、王季、文王之绪，以有天下也。 |
| 44 | 《文王有声》 | 继伐也。武王能广文王之声，卒其伐功也。 | 美文武也。文王迁丰，武王迁镐，诗人追述而美之。 | 此诗言文王迁丰，武王迁镐之事。 |
| 45 | 《生民》 | 尊祖也。后稷生于姜嫄，文武之功起于后稷，故推以配天焉。 | 尊后稷也。周之王业起于后稷，周公制礼，推以配天，故作诗以追述之。 | 郊祀后稷以配天，故作此诗。 |

| | 篇名 | 《诗序》 | 朱公迁据《集传》改的《序》 | 林泉生题断《序》 |
|---|---|---|---|---|
| 46 | 《行苇》 | 忠厚也。周家忠厚，仁及草木，故能内睦九族，外尊事黄耇，养老乞言，以成其福禄焉。 | 燕父兄耆老也。祭毕而燕，故述其亲亲老老之意焉。 | 疑此祭毕而宴其父兄耆老之诗。 |
| 47 | 《既醉》 | 大平也。醉酒饱德，人有士君子之行焉。 | 父兄答《行苇》也。飨君子恩意之厚，愿其受福而无穷也。 | 此父兄所以答《行苇》之诗。 |
| 48 | 《假乐》 | 嘉成王也。 | 公尸答《凫鹥》也。飨其燕饮而称愿之。 | 此即公尸所以答《凫鹥》者。按凫鹥祭之明日绎而娱宾之乐。 |
| 49 | 《笃公刘》 | 召康公戒成王也。成王将莅政，戒以民事，美公刘之厚于民，而献是诗也。 | 召康公戒成王也。成王将莅政，当戒以民事，故咏公刘之事以告之。 | 旧说召康公（戒）以成王将莅政，当戒以民事，故咏公刘之事以告之。 |
| 50 | 《泂酌》 | 召康公戒成王也。言皇天亲有德，飨有道也。 | 召康公戒成王也。 | 旧说以为召康公戒成王之诗。 |
| 51 | 《卷阿》 | 召康公戒成王也。言求贤用吉士也。 | 召康公戒成王也。公从成王游歌于卷阿之上，因王之歌而作诗以戒之。 | 旧说召康公作，疑公从成王游歌于卷阿之上，作此以为戒。 |
| 52 | 《板》 | 凡伯刺厉王也。 | 戒同列也。天怒且变，不可以不敬也。 | 说以为凡伯刺厉王之诗，朱子谓同列相戒之词。 |
| 53 | 《抑》 | 卫武公刺厉王，亦以自警也。 | 卫武公自警也。 | 卫武公作此诗以自警也。 |
| 54 | 《崧高》 | 尹吉甫美宣王也。天下复平，能建国亲诸侯，褒赏申伯焉。 | 尹吉甫送申伯。宣王之舅出封干谢，故吉甫作诗以送之。 | 宣王之舅申伯出封干谢，尹吉甫作此以送之。 |
| 55 | 《烝民》 | 尹吉甫美宣王也。任贤使能，周室中兴焉。 | 尹吉甫送仲山甫筑城于齐，故吉甫作诗以送之。 | 宣王命仲山甫筑城于齐，尹吉甫作此以送之。 |
| 56 | 《江汉》 | 尹吉甫美宣王也，能兴衰拨乱，命召公平淮夷。 | 美武功也。宣王命召穆公平淮南之夷，故诗人美之。 | 宣王命召穆公平淮夷之诗。 |

续表

| | 篇名 | 《诗序》 | 朱公迁据《集传》改的《序》 | 林泉生题断《序》 |
|---|---|---|---|---|
| 57 | 《清庙》 | 祀文王也。周公既成洛邑，朝诸侯，率以祀文王焉。 | 祀文王也。周公既成洛邑，朝诸侯，因率之以祀文王焉。 | 周公既成洛邑，而朝诸侯，因率之以祀文王之乐歌。 |
| 58 | 《维天之命》 | 大平告文王也。 | 祭文王也。 | 祭文王之诗。 |
| 59 | 《维清》 | 奏象舞也。 | 祭文王也。 | 祭文王之诗也。 |
| 60 | 《烈文》 | 成王即政，诸侯助祭。 | 宗庙致祭，献助祭诸侯也。 | 祭于宗庙而献助祭诸侯之乐歌。 |
| 61 | 《天作》 | 祀先王先公也。 | 祀大王也。 | 祭太王之诗。 |
| 62 | 《昊天有成命》 | 郊祀天地也。 | 祀成王也。 | 祀成王之诗。 |
| 63 | 《我将》 | 祀文王于明堂也。 | 宗祀文王于明堂，以配上帝也。 | 宗祀文王于明堂，以配上帝之乐歌。 |
| 64 | 《时迈》 | 巡守告祭柴望也。 | 巡守也。天子巡守而行朝会祭告之礼焉。 | 巡守而朝会祭告之乐歌。 |
| 65 | 《执竞》 | 祀武王也。 | 祭武王、成王、康王也。 | 此祭武王、成王、康王之诗。 |
| 66 | 《臣工》 | 诸侯助祭遣于庙也。 | 戒农官也。 | 戒农官之诗。 |
| 67 | 《振鹭》 | 二王之后来助祭也。 | 二王之后来助祭也。 | 二王之后来助祭之诗。 |
| 68 | 《丰年》 | 秋冬报也。 | 秋冬报赛也。或谓年谷始登，荐宗庙也。 | 此秋冬报赛田事之乐歌。 |
| 69 | 《有瞽》 | 始作乐而合乎祖也。 | 始作乐而合乎祖也。 | 始作乐而合乎祖之诗。 |
| 70 | 《潜》 | 季冬荐鱼，春献鲔也。 | 季冬荐鱼，春献鲔也。冬鱼性定，春鲔始来，故以为荐焉。 | 季冬命渔师始渔先荐寝庙之乐歌。 |
| 71 | 《雝》 | 禘大祖也。 | 武王祭文王也，因用以彻焉。 | 此武王祭文王之诗。 |
| 72 | 《载见》 | 诸侯始见乎武王庙也。 | 诸侯助祭于武王庙也。 | 诸侯助祭于武王庙之诗。 |

续表

| | 篇名 | 《诗序》 | 朱公迁据《集传》改的《序》 | 林泉生题断《序》 |
|---|---|---|---|---|
| 73 | 《武》 | 奏《大武》也。 | 颂武王也。周公象武王之功，为《大武》之乐焉。 | 周公象武王之功，为《大武》之乐。 |
| 74 | 《闵予小子》 | 嗣王朝于庙也。 | 成王免丧始见于庙也。 | 成王免丧，始朝于武王之庙。 |
| 75 | 《访落》 | 嗣王谋于庙也。 | 谋始也。成王朝于庙，作诗以道延访群臣之意焉。 | 成王既朝于庙，延访群臣。 |
| 76 | 《敬之》 | 群臣进戒嗣王也。 | 成王自述也。既述群臣之戒，而又陈其愿学之意焉。 | 成王受群臣之戒而述其言。 |
| 77 | 《载芟》 | 春藉田而祈社稷也。 | 秋冬报赛也。或谓年谷始登祭宗庙也。 | 朱子以为诗意与《丰年》相似，则亦报赛田祀之乐歌也。 |
| 78 | 《良耜》 | 秋报社稷也。 | 秋冬报赛也。或谓年谷始登祭宗庙也。 | 穀登而祭宗庙之诗。 |
| 79 | 《丝衣》 | 绎宾尸也。高子曰灵星之尸也。 | 祭而饮酒也。 | 祭而饮酒之诗。 |
| 80 | 《酌》 | 告成大武也，言能酌先祖之道，以养天下也。 | 颂武王也。 | 颂武王之诗。 |
| 81 | 《桓》 | 讲武类祃也，桓，武志也。 | 颂武王之功也。 | 亦颂武王之诗。 |
| 82 | 《赉》 | 大封于庙也。赉，予也，言所以锡予善人也。 | 颂文王之功而言大封功臣之意焉。 | 颂文武之功而封功臣之诗。 |
| 83 | 《般》 | 巡守而祀四岳河海也。 | 巡守也，柴望祭告以答人心而新政令也。 | 巡守方岳之诗。 |
| 84 | 《駉》 | 颂僖公也。僖公能遵伯禽之法，俭以足用，宽以爱民，务农重谷，牧于坰野，鲁人尊之，于是季孙行父请命于周，而史克作是颂。 | 颂鲁侯也。鲁侯牧马之盛，由其立心远而正，故诗人美之。 | 咏僖公牧马之诗。 |
| 85 | 《有駜》 | 颂僖公君臣之有道也。 | 颂鲁侯也，因燕饮而致颂祷之意焉。 | 燕饮而祷颂之诗。 |
| 86 | 《泮水》 | 颂僖公能修泮宫也。 | 颂鲁侯也，饮于泮宫而致颂祷之意焉。 | 饮于泮宫而颂祷之诗。 |

| | 篇名 | 《诗序》 | 朱公迁据《集传》改的《序》 | 林泉生题断《序》 |
|---|---|---|---|---|
| 87 | 《闷宫》 | 颂僖公能复周公之宇也。 | 颂僖公也。僖公修闷宫，故诗人歌咏而颂祷之。 | 僖公重修闷宫而颂祷之诗。 |
| 88 | 《那》 | 祀成汤也。微子至于戴公，其间礼乐废坏，有正考甫者，得《商颂》十二篇于周之大师，以《那》为首。 | 祀成汤也。 | 祀成汤之诗。 |
| 89 | 《烈祖》 | 祀中宗也。 | 祀成汤也。 | 祀成汤之诗。 |
| 90 | 《玄鸟》 | 祀高宗也。 | 祀宗庙也。 | 祀宗庙之诗。 |
| 91 | 《长发》 | 大禘也。 | 大祫于庙也。 | 禘祭之诗。 |
| 92 | 《殷武》 | 祀高宗也。 | 祀高宗也。 | 祀高宗之诗。 |

　　林泉生"明经题断"的《序》和《诗序》有较大出入，但是却和朱公迁根据《集传》改定的《序》有一定的相似性。如上表《鱼丽》篇，《诗序》曰"美万物盛多，能备礼也。文武以《天保》以上治内，《采薇》以下治外，始于忧勤，终于逸乐，故美万物盛多，可以告于神明矣。"朱公迁根据《集传》改定为"燕飨通用之诗也"，林泉生题断为"此燕享通用之乐"。再如上表《菁菁者莪》篇，《诗序》曰"乐育材也。君子能长育人材，则天下喜乐之矣"朱公迁根据《集传》改为"燕宾客也"，林泉生题断为"燕享宾客之诗"。显然《诗序》和《集传》表达有出入的篇章，林泉生和朱公迁都做了相应改动，且改动结论近似，那么他们改动的标准究竟是什么？朱熹虽然也对《诗序》存在一定质疑，但是往往只用"序误""序非"的字样标出，并没有给出准确的《序》义。而林泉生和朱公迁却给出了一致的结论，这或许说明在元代曾有一个改定的《诗序》本在社会上流传，但是后来这个《诗序》本散失，只在一些《诗经》著述中看到。也或者是当时相互交流和切磋的学术环境给了大家一个相互探讨的机会，最后得出的结论相似。

　　林泉生对《诗序》改动的标准尽管无法准确得知，但是他改动的意图却是明显的。"明经题断"这个书名传达了林泉生著述的两个意图：一是明经，二是题断。"明经"不外乎是对经文的阐发说明；而"题断"则包含着对经文篇章旨意的概括。在作用方面，"题断"和《诗序》相似；而在内涵方面，"题断"却和《诗序》不少地方存在差异。林泉生对《诗序》的改定是宋代疑经疑传精神的进一步发展。林泉生不仅对部分《诗序》质疑，还对其进行修改，反映了时代解经方式的变化。

## 二　从命题到作答：以朱学为预设前提的试卷呈现

元代《新刊类编历举三场文选诗义》是现存比较完整的《诗经》科举考试资料汇编，全面展示了科考试题、考生作答情况、考官批复意见，是元代科举考试和社会历史文化思潮的真实再现。考生和考官不同时期的身份进路，反映出科考背景下士人的求学经历与命运变迁；考官批复意见着力点的转变显示了经学观念逐步转化的信号，预示着经学未来发展的可能性方向。《新刊类编历举三场文选诗义》是科举考试经义取士的产物，展示了当时科举考试的 39 份试卷①，涉及《诗经》20 首诗歌：

《国风》：《淇奥》

《小雅》：《鹤鸣》《天保》《宾之初筵》《楚茨》

《大雅》：《烝民》《思齐》《抑》《绵》《卷阿》《行苇》《皇矣》

《周颂》：《思文》《烈文》《维天之命》《昊天有成命》《维清》《噫嘻》

《商颂》：《玄鸟》《长发》

科举考试选择这些《诗经》篇章，也提供了几个有效讯息：试题范围集中在雅、颂部分，尤其是《大雅》和《周颂》；选择的篇章偏向德性阐发；反映出元人在四书学影响下对道问之学的关注。考试试题往往反映了出题人的经学倾向，而这种倾向又能展示时代的主流思想。按照《序》义：《鹤鸣》，诲宣王也；《天保》，下报上也，君能下下，以成其

----

① 此数据据日本静嘉堂文库所藏务本书堂刻本《新刊类编历举三场文选诗义》之正文统计。若据该书卷首目录统计，则应有 40 份试卷，涉及《诗经》诗歌 21 首。然而详细对勘《新刊类编历举三场文选诗义》一书目录与正文，可知该书目录第三卷延祐庚申乡试中"江浙乡试"乐平州考生彭圭作答《商颂·烈祖》"自天降康，丰年穰穰。来假来飨，降福无疆"的试卷在正文中漏刊。另外，国家图书馆藏元刻明修本《新刊类编历举三场文选诗义》正文内容除漏刊彭圭试卷之外，由于正文缺卷四第四叶，故尚缺载卷四"至治癸亥乡试"中"江西乡试"第十二名崔应诚试卷的大半部分，以及"湖广乡试"第五名彭宗复试卷的前半部分。张祝平、蔡燕、蒋玲《元代科考〈诗经〉试卷档案的价值》（《中国典籍与文化》2007 年第 1 期）统计《新刊类编历举三场文选诗义》一书中试卷为 35 篇，遗漏较多，显误。

政，臣能归美，以报其上焉；《宾之初筵》，卫武公制时也，幽王荒废，媟近小人，饮酒无度，天下化之，君臣上下、沉湎淫液，武公既入，而作是诗也；《楚茨》，刺幽王也，政烦赋重，田莱多荒，饥馑降丧，民卒流亡，祭祀不飨，故君子思古焉；《烝民》，尹吉甫美宣王也，任贤使能，周室中兴焉；《思齐》，文王所以圣也；《抑》，卫武公刺厉王，亦以自警也；《绵》，文王之兴，本由大王也；《卷阿》，召康公戒成王也，言求贤用吉士也；《行苇》，忠厚也，周家忠厚，仁及草木，故能内睦九族，外尊事黄耇，养老乞言，以成其福禄焉；《皇矣》，美周也，天监代殷，莫若周，周世世修德，莫若文王；《思文》，后稷配天也；《烈文》，成王即政，诸侯助祭也；《维天之命》，大平告文王也；《昊天有成命》，郊祀天地也；《维清》，奏象舞也；《噫嘻》，春夏祈谷于上帝也；《玄鸟》，祀高宗也；《长发》，大禘也；《淇奥》，美武公之德也，有文章，又能听其规谏，以礼自防，故能入相于周，美而作是诗也。

　　这些诗篇内涵某种程度上具有时文的性质，大多围绕修身、齐家、治国、平天下这些大事展开。下面具体分析其中一份试卷：

诗义（第二科）　　延祐丁巳乡试　　延祐戊午会试

江浙乡试

　　鹤鸣于九皋，声闻于天。鱼在于渚，或潜在渊。

　　第三名施霖　宁国路宣城县人

　　【初考顾教授文琛批】鹤鱼托物之喻，发越甚多，蒲场无出其右，宜在前列。

　　【复考许教授应析批】义就诚与理形容鹤鱼之趣，说合朱子，文粹意明，诚本经之翘楚者。

　　【考官杨照磨刚中批】经义发明尤到。诸诗卷中如此作者，不能以一二数也。

　　诚不可掩，理无定在，此诗人托物以为喻也。盖有诸中形诸外者，诚也；散之则弥六合，卷之则退藏于密者，理也。诚之存于中者，善恶不同，其见于外者昭昭矣；理之散于用者无乎不在，而体则微矣。夫鹤之鸣也在于九皋深远之地，而其声则上彻于天，譬则诚之不可掩也；鱼之游也在于浅水之渚，而其潜则下隐于渊，譬则理之无定在也。诚不可掩，理无定在，此诗人托物以为喻也云云。《小雅·鹤鸣》诗之意如此，且皋者泽中水溢出，所以坎从外数至九也，则其深远可知矣，而鹤之声不以是而隐焉。渚，水之浅者也，渊，水之深者也，其不同可知矣，而鱼之游固无定所焉。《易》曰："鸣鹤在阴，其子和之"，夫以鹤之在阴，而子能和之，非其声之不可隐乎？《诗》曰："鱼在于沼，亦匪克乐"，夫以鱼之在沼，而匪其所乐，非其游之无定所乎？君子之诚于中，是理之散于事，亦若是耳，夫君子之诚于中也，不能使之不见于外……吁为此诗者，其知道乎？抑是诗凡二章，说者谓不知其所指，盖亦陈善纳诲之词耳，首以鱼鹤比理之无定在，诚之不可掩，终以檀柽玉石比爱当知其恶，憎当知其善，其亦知圣贤之道矣，学者之欲诚身而明理者，盍亦三复是诗云。①

这份试卷依次为：考试时间、考试级别、考试题目、考生名次、考生籍贯、考官批复、考生试卷。从考试时间延祐丁巳来看，此次考试处在元代科举考试最稳定的时期。该试卷考生施霖参加的是江浙乡试。元代科举考试分乡试、会试、殿试三级，乡试一般在行省一级举行，会试于次年二月在大都中书堂举行，殿试紧接会试在三月进行。乡试和会试的内容基本相同，而殿试仅试以策论。从考官批复来看，初考顾教授文琛就该试卷"鹤鱼托物之喻"进行点评。复考许教授应析则认为该试卷"义就诚与理形容鹤鱼之趣，说合朱子，文粹意明，诚本经之翘楚者"，许教授注意了考生试卷对诚和理的剖析，同时结合朱熹集传内容进行比对，认为其议论要旨贴合朱子思想。考官杨照磨刚中则认为该试卷在经义发明方面做的比较到位。三个考官批复的共通之处在于关注了考生对朱传义理的发挥。此点无疑反映出当时科举考试的取士倾向。科举考试是国家招纳人才的有效途径。有些文学史在谈及元代文学，尤其是元曲的兴旺发达时，往往认为，正是由于元朝统治者对知识分子的不重视，不行科举考试，才使得有才华的知识分子转向文学，尤其是元曲、杂剧等的创作。这种结论下得也有点过于绝对。元代并不是对所有的知识分

---

① 刘贞编《新刊类编历举三场文选诗义》卷二，元刻明修本。

子都不重视，只是对那些喜欢以"诗、词、歌、赋夸示于人"而又不懂经世之术的知识分子才真的不重视。

随着元代四书学的发展和科举考试的恢复，朱熹学术思想成为了社会取士的标杆，而恰恰是在这样一个背景下，科举考试的内涵在某种程度上又被进一步程式化了。换言之，宋熙宁时期科举改革的一些讨论在元代似乎变得无关重要，不管是进士还是明经，最终的落脚点一定要放在对朱子学术思想的尊崇上。这无形中又把招纳人才的最初意图转化成了选取能最好诠释朱子思想的士人，这不能不说是良好意图最终产生了不良后果。明清科考八股文死守格式的弊端，近追元代朱学思想的独尊，远承宋代王安石经义式文章的研习。顾炎武曾就熙宁时期的科举改革发表自己的看法，"今之经义论策，其名虽正，而最便于空疏不学之人，唐宋用诗赋，虽曰雕虫小技，而非通知古今之人不能作。今之经义始于宋熙宁中，王安石所立之法，命吕惠卿、王雱等为之。……若今之所谓时文，既非经传，复非子史，展转相承，皆杜撰无根之语。以是科名所得十人之中，其八九皆为白徒……于是在州里则无人非势豪，适四方则无地非游客，而欲求天下之安宁，斯民之淳厚，岂非却行而求及前人者哉？"① 这里顾炎武将科举改革和明代八股文联系了起来。刘海峰等认为，"举子专门记诵王安石的《三经新义》而不注重经学道理的阐发，正如书生学究只顾背诵注疏一样。王安石的'经义式'文章成为后世八股文的肇端。"② 李山也认为，"自北宋废除诗赋，就是有'声病对偶'的考题之后，逐渐地到明清取士就用八股文了。"③ 形式取决于内容，因文立体，思想的单一使得可以选择的诠释手段也极其有限。元代科举考试主题的单一，使得考生在技术层面更具操作性。对诗歌经传义理的把握逐步消解着对诗歌艺术手法的关注。

从答卷来看，考生的作答特点鲜明，答题重在阐释朱熹《集传》。"夫鹤之鸣也在于九皋深远之地，而其声则上彻于天，譬则诚之不可掩也；鱼之游也在于浅水之渚，而其潜则下隐于渊，譬则理之无定在也。诚不可掩，理无定在"，这段议论是对朱熹《集传》"盖鹤鸣于九皋，而声闻于野，言

①　顾炎武：《日知录》卷十六《经义论策》，文渊阁《四库全书》本。
②　刘海峰、李兵：《中国科举史》，东方出版社，2006，第187页。
③　李山：《苏轼熙宁科制变革时的议论》，《山西大学学报（哲学社会科学版）》2004年第2期。

诚之不可掩也；鱼潜在渊，而或在于渚，言理之无定在也"的变通发挥。此点表明，考生虽然可以在作答过程中自由言说，但是朱传含义不能背离。换句话说，试卷的答案主旨已有预设，这就要看考生如何用更有效的方式呈现这种预设。答卷形式具有八股文的痕迹，按照启功先生的说法，八股文如同灯笼，有破题，有承题解题，最后还有总结。考生的这段论述已经有这样的倾向，只是在论说自己的意见时使用的是散句，而非八股文那样两两相对，其中"诚不可掩，理无定在"为破题；以下为承题和解题；"说者谓不知其所指，盖亦陈善纳诲之词耳，首以鱼鹤比理之无定在，诚之不可掩，终以檀笾玉石比爱当知其恶，憎当知其善，其亦知圣贤之道矣，学者之欲诚身而明理者，盍亦三复是诗云"为最后总结。考生的答卷或可算标准的经义文章，经义文章一出现，就向着八股文的方向发展了。①《明史·选举志》提及明代科考文章"其文略仿宋经义，然代古人语气为之，体用排偶，谓之八股，通谓之制义。"② 实际上，元代科考文也已经具有这样的倾向，只是没有明清时期成熟。考生援引《易》《诗经》、子思子的观点阐明诗义，所援引的典籍和诸儒不出四书五经范围，这和四书学以及朱熹地位的提升有着密不可分的关系。

## 三 "考官批复"与身份进路

《新刊类编历举三场文选诗义》值得关注的是考官的批复意见。全书收编的39份试卷，其中24份都有考官批复意见。瞿镛《铁琴铜剑楼藏书目录》对其评价曰，"题后多有载考官批者，会试皆称'考官批'，乡试则称'初考''复考''考官批'，其官多'教授''照磨''录事''推官''县丞''县尹''州判'之类而无一定……《皇庆诏书》'《诗》以朱氏为主，《尚书》以蔡氏为主，《易》以程氏、朱氏为主，已上三经兼用古注疏'。此载湖广乡试考官彭县丞士奇批聂炳义云：习《诗》《书》者之于《朱传》《蔡传》，宜必在所熟讲，然求其合者甚少，'此卷虽不尽合，盖铁中之铮铮者'。其去取如此，宜古注疏之遂废矣。"③瞿氏所录考官彭士

---

① 王凯符：《八股文概说》，中华书局，2002，第31页。

② 《明史》卷七十《选举志》，中华书局，1974，第1693页。

③ 瞿镛：《铁琴铜剑楼藏书目录》卷三，清光绪常熟瞿氏家塾刻本。

奇之批语，出自泰定三年丙寅湖广乡试考生聂炳之试卷：

　　湖广乡试

　　　　颙颙卬卬，如圭如璋，令闻令望，岂弟君子，四方为纲。

　　第十三名　聂炳榅夫　武昌江夏县人

　　【考官彭县丞士奇批】

　　　　余以诗学两诣礼部，所见荆楚同经之士，襄然贡且第者数人。此来本房得卷近百，《书》卷四十，《诗》且半之，意可快睹杰作。其间指此题为"文王以圣德、圣化、圣天子"作起语者凡数卷，以"颙卬"一二句，属人才者又数卷。其言"为纲"也，或云为天下之维持，或云为天下之取正，或云为天下之取法，或云下民之纲常，或云统领乎众庶，或终篇以为康公告戒而略略挽入题字。间有能举《朱传》"四方以为纲"一语则又蔺然卤莽。乃从它房遍阅，大率类此。忽甲房得此卷，同经考者殊不满意，余见其组织题意已密，丞从史拔擢，以备一经之选。习《诗》者之于《卷阿》，习《书》者之于《洪范》，宜必在所熟讲。而《诗》题于"纲"字一义，《书》题于"时"字一义，求其合于《朱传》《蔡传》者甚少，此卷虽不尽合，盖铁中之铮铮者矣。

　　……

　　【考官彭县丞自作诗经冒子】

　　　　王者惟能备天下之德，而后足以系天下之心。夫系天下之心者，以德不以力，而德未易言也。外见必极于尊严，内行必极于纯洁。纯洁者必播而为令闻，尊严者必著而为令望。表里之相符，名实之俱至，如是而后可以为岂弟之君子，如是而后四方以为纲……故谓之岂弟君子虽一言而有余，而所以为是岂弟君子者，累言之而不足。召康公之戒成王，盖欲王知夫德愈全而责愈备，任愈重而事愈难。要必如上章之得贤，而后有是章之全德。

　　【彭县丞自批云】

　　　　此题头绪最多，必如此说庶几包括题目方尽，而于朱子"四方以为纲"一意亦发明颇彻，故以一冒从明经者商之。士奇拜手。①

---

①　刘贞编《新刊类编历举三场文选诗义》卷五，元刻明修本。

这份试卷的考生和考官身份展示了元代科举考试的一些重要信息。关于考生聂炳的身份，《元统元年进士录》载，赐进士出身授承事郎名录第一位的是聂炳："贯先世居龙兴路，今籍武昌路江夏县……字锱夫，行二，年卅二，……祖清，父道全，母杨氏，永感下，娶邹氏。乡试湖广第十二名，会试第四名。"①《元史》聂炳本传载："聂炳，字锱夫，江夏人，元统元年进士，授承事郎、同知平昌州事。炳蚤孤，其母改适，自平昌还，始知之，即迎其母以归。久之，转宝庆路推官。……至正十二年迁知荆门州。才半岁，淮汉贼起，荆门不守。炳出，募士兵，得众七万，复荆门。又与四川行省平章政事耀珠复江陵，其功居多。……炳率孤军昼夜血战，援绝城陷，为贼所执，极口骂不绝，贼以刀抉其齿尽，乃断左臂而支解之。"②这份试卷进一步完善了考生的生平资料，能更加全面展示考生的生活和学习状况。元代的进士录、题名录等是元代科举的档案材料，在研究元代社会与政治制度史方面价值十分显著，但由于不被人们所重视，所以这类文献亡佚损失严重，现存仅有《元统元年进士录》与《辛卯会试题名录》。《元统元年进士录》在进士名后列其籍贯、氏族、治经名称、表字、年龄、出生年月、婚姻状况、乡试地点及名次、会试名次及初授官职等。③

考官彭士奇的身份也可以通过《新刊类编历举三场文选诗义》的有效讯息得以梳理。仔细查阅该书39份试卷，发现一个有意思的现象：彭士奇既有作为考生身份出现的情形，也有作为考官身份出现的情形。这种情况只能有两种可能，要么两人不是同一人；要么两人是同一人，只是在不同时期扮演着不同的角色。彭士奇这个名字在《新刊类编历举三场文选诗义》总共出现过四次：第一次为延祐丁巳江西乡试，当年应考诗篇为《商颂·玄鸟》，考试名次是第四名；第二次为至治癸亥江西乡试，当年应试诗篇为《周颂·维天之命》，考试名次为第五名；第三次为泰定甲子中书堂会试，当年应试诗篇为《周颂·昊天有成命》，考试名次为二十一名；第四次为泰定丙寅湖广乡试，这次是以考官的身份

①　王颋点校《庙学典礼（外二种）》，浙江古籍出版社，1992，第195～196页。
②　《元史》卷一百九十五《聂炳传》，文渊阁《四库全书》本。
③　张祝平、蔡燕、蒋玲：《元代科举〈诗经〉试卷档案的价值》，《中国典籍与文化》2007年第1期。

出现，对考生聂炳的考卷进行批复。如果把这四次的时间联系起来理解，或能推断，该书中出现的彭士奇实际上就是同一个人。从延祐丁巳到泰定甲子这段时期，彭士奇先后参加了三次科举考试，名次最好的为第四名，比较幸运的是泰定甲子这一次，已经进入中书堂会试，这说明他有一定的学术水平，只是最后只获得了第二十一名。这样的结果，或许是他科考生涯的一个小结。泰定丙寅，也就是中书堂会试三年之后，他已经由一名多年征战科场的考生转变为一名考官。这是一种科考经验沉淀后的结果，还是一种梦想失落后的无奈选择？

史料所呈现出的彭士奇的学习细节，或许要比一些传记文学更加形象可感。他的成长经历恰好展示了当时社会的迈进步伐。在一场场的科举考试中，每个考生都怀揣着仕进的梦想，不断努力。梦想是恒定的，实现的方法却充满变化。仔细比对彭士奇的答卷和批复，我们不难发现他的一些学术思想。泰定甲子中书堂会试，彭士奇对《周颂·昊天有成命》诗篇发表了自己的看法："贤王积德以承上天之命，尽心以光前圣之业，故今能以安靖天下者，皆贤王之赐也。大抵承天命者在乎德，广王业者在乎心，而天命王业之所以盛，则在乎民生之得所，成王夙夜积德以承籍乎天命者，宏深而静密，是能缉续熙明文武之业而尽其心，故今能安靖天下，而保其所受之命。是则成王一身，仰有以当乎天，俯有以光乎祖，而施之天下后世，遂有以使斯民无不被其泽焉。噫！祀成王者，其感今念昔之意为何如哉？宜诗人歌之于《昊天有成命》之诗，而愚也请敷畅朱氏之旨云尔。昔之说诗者，皆以是诗为郊祀天地之乐歌，独朱氏以为，言天与文武者各止于一言，其下皆言成王之事，于是证之以叔向之语，而断断焉以为祀成王而作，或疑基命非所以施之于成王，则谓基者，积累于下，而以承籍于上，是亦成王之事也，成王继世以有天下，天人之心系焉，前后之责归焉。"[1] 显然，他是遵是从朱子思想的，而且直接在试卷中毫不掩饰表达这种遵从，这在其他考生的答卷中也很少看到。泰定丁卯，彭士奇已经成为一名考官，但他对考生试卷的批复意见表现出的谨慎和对权威思想的遵从也非常明显，"习《诗》者之于《卷阿》，习《书》者之于《洪范》宜必在所熟讲，而《诗》题于

---

① 刘贞编《新刊类编历举三场文选诗义》卷四，元刻明修本。

'纲'字一义，《书》题于'时'字一义，求其合于朱传、蔡传者甚少，此卷虽不尽合，盖铁中之铮铮者矣。"① 这里他判断考生答卷优劣的其中一个标准就是是否合于朱传。同时，他还在考生的答卷之后小心附上自己作的"诗经冒子"和"自批"。"此题头绪最多，必如此说庶几包括题目方尽，而于朱子'四方以为纲'一意亦发明颇彻，故以一冒从明经者商之，士奇拜手。"这个自批中"故以一冒从明经者商之，士奇拜手"一句极强烈地体现了他的学术倾向和渴望与贤明对话的愿望。想表明自己的立场，但又觉得自己立论的声音不够强大，所以战战兢兢抛出一个冒子，用极尽谦卑的"拜手"表达着自己愿意商榷的立场。这一幕相信不是彭士奇的个人特写，而是当时整个元代社会文人学者的整体写照。

## 四　"批复"倾力点的调整

不同时期考官的批复意见也呈现出一种微小的变化。延祐甲寅江西乡试，考官对考生饶扑的试卷作出的批复意见为："《诗经》两句，一句言其析理之精，一句言其治己之密。自《大学》传引诗释之，分属知行而后其义明，能依《大学》传者仅两三卷，而此卷文稍明洁。"这个批复显示了其对四书学的关注。在同一次考试中，考官对考生萧立夫的试卷作出的批复意见为"知讲学修身之次第，有明经析理之工夫"，这个批复则暗引了《中庸》的话语。余英时也认为科举考试中人们比较关注《中庸》。② 天历己巳江浙乡试，考官对考生黄常的试卷批复意见为，"发越朱说无余蕴，讲未开阖福极尤有笔力，非它卷可及，宜冠本经，"这个批复就发越朱说展开。元

---

① 刘贞编《新刊类编历举三场文选诗义》卷五，元刻明修本。
② 余英时认为，自熙宁时期（1068－1078）始，《论语》和《孟子》在"进士"试中与《五经》并重，各占一道试题，此后便成为定制。《大学》与《中庸》原为《礼记》中的两篇，早已具有"经"的身份了。但至北宋初期这两篇文字则受到朝廷的特别重视，因而单独印布，赐给新及第进士。天圣五年（1027）仁宗首次赐进士《中庸篇》，进士唱名时并命宰相张知白当场进读与讲陈。三年之后（1030）仁宗则改赐《大学篇》，以后与《中庸》轮流"间赐"，着为定例。这是《大学》与《中庸》在科举中一次突破性的发展。事实上，早在真宗大中祥符八年（1015）范仲淹考进士"省试"（指礼部试，因发榜在尚书省，故通称"省试"），题目即出自《中庸》的"自诚而明谓之性"。可知科举考试特重《大学》《中庸》，十一世纪初年已然。参见余英时《试说科举在中国史上的功能与意义》，载《中国文化史通释》，生活·读书·新知三联书店，第204～236页。

统之前，考官更多是围绕朱子思想和四书学的内涵展开评价。而元统乙亥乡试中，考官对一些试卷作出的批复意见，于倾力点方面似乎发生了变化。

江浙乡试

敦弓既坚，四鍭既钧。舍矢既均，序宾以贤。敦弓既句，既挟四鍭。四鍭如树，序宾以不侮。

第三名　赵傲　绍兴录事司人

【初考俞录事焯批】诗义明畅，可备本经夺标之手也。

【考官于知州文傅批】此卷能融会诗传而为文，援引《礼》经以为证，理明辞顺，整然可观。

江西乡试

维此王季，帝度其心，貊其德音。其德克明，克明克类，克长克君，王此大邦。克顺克比，比于文王。其德靡悔，既受帝祉，施于孙子。

第四名　朱礼　建昌新城县人

【考官李县尹粲批】诗义辞意雍容不迫，而题意坦然，有冠冕佩玉气象，合冠本经。

【考官吴主簿存批】诗好卷最难得，此篇卓然。

【考官汪推官泽民批】诗义经题颇费布置，阅诗卷甚多，殊少可人意者，是篇反复议论，深得诗人遗意，超于众作远矣。

江西乡试

维此王季，帝度其心，貊其德音。其德克明，克明克类，克长克君，王此大邦。克顺克比，比于文王。其德靡悔，既受帝祉，施于孙子。

第十五名　邹楫　吉安永丰县人

【考官俞教授震批】诗义明正而有味，明德纯德，发挥王季文王二截，盖能体认经意而形之于文，非不知而作者之比。

【考官吴主簿批】诗义在诸作之右。

【考官汪推官批】经义不失本旨，亦善发明。

【考官批】理学明而经旨正，义体熟而文辞工，幸相与详订焉。①

江浙乡试中，考官对考生试卷的批复意见主要集中在"诗义明畅""融会诗传而为文，援引《礼》经以为证"方面，批复视野扩大，着眼点已经不仅仅在朱子学说。江西乡试中，考官对考生朱礼试卷作出的批复意见集中在"诗义辞意雍容不迫""诗义经题颇费布置""反复议论，深得诗人遗意"等方面。对诗歌经传义理的探讨，对诗歌阐释方式的关注，这些无形中体现着考官学术视野的变化，这种变化又反映着社会学术思想的演进。从以朱传为圭臬解释诗歌，到逐步关注诗歌本身旨意，这或许是经学发展演进的一个讯号。

先秦时期，作为歌唱的诗歌传达着先民对神灵的敬畏和对生活的礼赞，这个时期诗歌实则是一种仪式的象征。汉唐之际，随着经学的发展，文学内涵开始依附经史，学者更多时候是通过注疏的方式完成对诗歌的再次理解。宋代，随着疑经疑传现象的出现，欧阳修等人开始对经传表示质疑，他们不看诗歌注释怎么说，而是努力探寻诗歌的本义。宋人的这种努力引发了人们对诗歌诸多问题的讨论，强化了人们对诗歌义理的关注，而朱熹就是探讨诗歌义理的集大成者。元代，随着四书学的发展和朱学地位的提升，朱学思想成为了整个元代的主流思想。这样一个全民思想的洗礼过程，激起了人们学习的热情，但是又消解着人们思想的火花。如何在学习的同时又有所创建？这是元代学者面临的最大学术困境。令人欣慰的是，元代后期，一些渴望超越的声音逐步出现，刘玉汝、朱倬等一些诗经学者开始对权威发出质疑，开始重新思考诗歌本身的一些问题。

有学者用"从经学到文学"来讲明代的诗经学②，郭英德则持不同意见：从经学到不了文学。实际上，经学和文学往往很难完全割裂，文学往往依附于经史，这种依附主要是指一种内涵的依附，而这种内涵却是随着时代的发展不断变化的。汉代经学最突出的特征就是今古文之争。不管是今文派的齐、鲁、韩三家，还是古文派毛诗一家，尽管他们的师承不同，但是在发挥诗义方面都有着自己鲜明的特色。鲁诗往往采集先秦杂说，据《春秋》大义，以诗训诂，以诗印证周代礼乐典章制度；齐

---

①　刘贞编《新刊类编历举三场文选诗义》卷八，元刻明修本。
②　参见刘毓庆《从经学到文学——明代〈诗经〉学史论》，商务印书馆，2003。

诗采用阴阳五行学说，以诗解《易》和律历；韩诗则断章取义，割裂诗句以作为自己论文的注脚；毛诗则将诗和《左传》相配合，以诗论史。不论哪家，他们都在用自己的方式努力探寻着诗歌的本义。经学背景之下对文学的关注似乎并不亚于宋代。

刘毓庆在谈到经学到文学的演进时说，"就明代《诗经》的文学研究而言，主要有两个方面，一是从《诗经》内在的意义入手，体会其中的情味，体会诗人的心灵世界。同时对《诗经》进行艺术分析。二是站在局外，对《诗经》进行艺术批评，包括所谓句法、字法等的评点。而这二者皆与八股文有深刻的渊源。"① 这里提到的明代《诗经》的文学研究状况应该并非明代所独有，元代不少《诗经》的研究也注重诗歌内在意义的分析，也有作者对诗歌进行外围的评价，这并不是区分文学和经学的核心要素。文学外在形式的探讨固然会对八股文产生影响，但并不意味着这些讨论就一定和八股文的产生存在必然联系，就像南北朝时期永明体的出现一样，人们对诗体规律的探讨或许基于文学思想的变化，但是不能完全说这就是对文学性的一种有意追求。

经学和文学有着千丝万缕的关联，不能将其割裂开来当作可以相互转换的两极看待。元代后期出现的对朱熹思想的质疑隐含着时代的反思意识。文学在依附经史的同时，如何体现自身的文学性因素，这才是时代的关注要点。那些科举考试中考官的批复意见则以另一种方式展示了这种转变。

## 【附：科考试卷目录】

《类编历举三场文选诗义》目录


安成后学　刘贞　仁初　编集


**第一卷　第一科（延祐甲寅乡试　延祐乙卯会试）**

江浙乡试

天生烝民，有物有则，民之秉彝，好是懿德。（《大雅·烝民》）

第三名　黄滑　婺州路人

---

① 刘毓庆：《从经学到文学——明代〈诗经〉学史论》，商务印书馆，2003，第248页。

江西乡试

如切如磋，如琢如磨。（《卫风·淇奥》）

第七名　饶扴　建昌路人

第十二名　萧立夫兴吾　吉水州人

湖广乡试

瞻彼淇奥，绿竹猗猗，有匪君子，如切如磋，如琢如磨。（《卫风·淇奥》）

第二名　谭子实　耒阳州人

中书堂会试

思文后稷，克配彼天。立我烝民，莫匪尔极。（《周颂·思文》）

第十三名　江浙张士元　弘道　绍兴路人

第十六名　江浙黄滔晋卿　婺州人

## 第二卷　第二科（延祐丁巳乡试　延祐戊午会试）

江浙乡试

鹤鸣于九皋，声闻于天，鱼在于渚，或潜在渊。（《小雅·鹤鸣》）

第三名　施霖宁国路　宣城县人

第二十六名　钱以道　平江路录事司

江西乡试

邦畿千里，维民所止，肇域彼四海。（《商颂·玄鸟》）

第四名　彭士奇　吉安庐陵县人

第八名　祝彬　龙兴宁州人

湖广乡试

邦畿千里，维民所止，肇域彼四海。（《商颂·玄鸟》）

第四名　刘嗛　浏阳州人

## 第三卷　第三科（延祐庚申乡试　至治辛酉会试）

江浙乡试

自天降康，丰年穰穰。来假来飨，降福无疆。（《商颂·烈祖》）

彭圭　乐平人

　　江西乡试

　　　　雝雝在宫，肃肃在庙。不显亦临，无射亦保。(《大雅·思齐》)

　　　　第五名　傅斯正　提州人

　　　　第十九名　游仁杰

　　中书堂会试

　　　　受小球大球，为下国缀旒，何天之休。不竞不绿，不刚不柔，敷政优优，百禄是遒。(《商颂·长发》)

　　　　第一名　李好文　燕南人

　　　　第五名　孙自强　江浙人

　　　　第二十一名　孟泌道源　河南路人

## 第四卷　第四科（至治癸亥乡试　泰定甲子会试）

　　江浙乡试

　　　　烈文辟公，锡兹祉福，惠我无疆，子孙保之。(《周颂·烈文》)

　　　　第十二名　俞锐　嘉兴路人

　　江西乡试

　　　　维天之命，於穆不已，於乎不显，文王之德之纯。(《周颂·维天之命》)

　　　　第五名　彭士奇　庐陵人

　　　　第十二名　崔应诚　藏兴路武宁县人

　　湖广乡试

　　　　肆成人有德，小子有造。古之人无斁，誉髦斯士。(《大雅·思齐》)

　　　　彭宗复　浏阳人

　　中书堂会试

　　　　夙夜基命宥密。於缉熙，单厥心，肆其靖之。(《周颂·昊天有成命》)

　　　　第五名　彭宗复　湖广潭州人

　　　　第二十一名　江西　彭士奇

## 第五卷　第五科（泰定丙寅乡试　泰定丁卯会试）

江浙乡试

民之质矣，日用饮食，群黎百姓，遍为尔德。(《小雅·天保》)

第四名 李质仲美 镇江金坛人

江西乡试

神之吊矣，诒尔多福。民之质矣，日用饮食。群黎百姓，遍为尔德。(《小雅·天保》)

第二名 刘性粹衷 吉安人

湖广乡试

颙颙卬卬，如圭如璋，令闻令望，岂弟君子，四方为纲。(《大雅·卷阿》)

第十三名 聂炳韫夫 武昌江夏县人

中书堂会试

大侯既抗，弓矢斯张，射夫既同，献尔发功，发彼有的，以祈尔爵。(《小雅·宾之初筵》)

第二十五名 王士元尧佐 大都州人

第四十名 李质 江浙人

## 第六卷 第六科（天历己巳乡试 天历庚午会试）

江浙乡试

苾芬孝祀，神嗜饮食，卜尔百福，如几如式，既齐既稷，既匡既敕，永锡尔极，时万时亿。(《小雅·楚茨》)

第三名 黄常仲华 饶州路乐平人

江西乡试

相在尔室，尚不愧于屋漏，无日不显，莫予云觏，神之格思，不可度思，矧可射思。(《大雅·抑》)

第二名 罗朋友道 抚崇仁人

第十三名 饶抃 建昌路新城县人

湖广乡试

予曰有疏附，予曰有先后，予曰有奔奏，予曰有御侮。(《大雅·绵》)

第四名 熊凯 武昌路蒲圻县人

中书堂会试

噫嘻成王，既昭假尔，率时农夫，播厥百谷，骏发尔私，终三十里，亦服尔耕，十千维耦。（《周颂·噫嘻》）

第二名　刘性　江西吉安人

## 第七卷　第七科（至顺壬申乡试　至顺癸酉会试）

江浙乡试

有冯有翼，有孝有德，以引以翼。岂弟君子，四方为则。（《大雅·卷阿》）

第四名　徐德祖　处州青田县人

江西乡试

仲山甫之德，柔嘉维则。令仪令色，小心翼翼。古训是式，威仪是力。天子是若，明命使赋。（《大雅·烝民》）

第三名　邓梓　龙兴奉新县人

第十九名　朱彬　建昌新城县人

中书堂会试

维清缉熙，文王之典，肇禋，迄用有成，维周之祯。（《周颂·维清》）

第十五名　燕南张周斡　扬州人

## 第八卷　第八科（元统乙亥乡试）

江浙乡试

敦弓既坚，四镞既钧，舍矢既均，序宾以贤，敦弓既句，既挟四镞，四镞如树，序宾以不侮。（《大雅·行苇》）

第三名　赵俶　绍兴录事司人

江西乡试

维此王季，帝度其心，貊其德音，其德克明，克明克类，克长克君，王此大邦，克顺克比，比于文王，其德靡悔，既受帝祉，施于孙子。（《大雅·皇矣》）

第四名　朱礼　建昌新城县人

第十五名　邹楫　吉安永丰县人

# 第七章 "疑经改传"与元末易代之际《诗经》学的转向

从"经说"到"说经",从"疑经"到"改传",从"朱说"到"己说",从"立宗"到"自证",看似只是"经说对象"与"说经主体"的改变,但其中却包含了宏阔的历史演进脉络,显示着《诗经》学者的经学实践历程。这些细微的差异,往往可能因为其历时性的短暂,而其中直指社会思想变化的那些言说,直抵内心的那些形而上的发问,源于注释文本的那些思考辨正所彰显的价值与意义,或许会被遮蔽,被误判。元代后期经学领域所表现出学术与思想的倾向已经与前期不同,在遵从朱熹的学说之下,元代学者开始直面经学本身进行观照。学者愿意将经学文学转变的视角放入明代,愿意相信不管是心学、义理,还是文学探讨,都是从元代之后的明代开始的,但是如果将这样的视角再往前推进,或会发现明代那些被后来学者认为的《诗经》学标志特征在元代《诗经》学视野中已经出现,并以一种潜在的方式推动着元末易代之际的经学变革,就如同伽达默尔所说的,"文学是一种理智地予以保留和传递的功能,它因而得以将其隐匿的历史带入每一个时代"①。

## 一 从"经说"到"说经"

《诗经》学的发展经历了漫长而曲折的过程,这个历程中人们对诗学阐释的着力点各有不同,先秦注重仪礼,汉唐侧重疏义,宋代倾向义理。元代《诗经》学则吸收和整合着前代经学的成果,注重史料,"以史证诗","以论证诗",将《诗经》学研究进一步引向深入,也对明清《诗经》学的发展产生着深远影响。皮锡瑞在《经学历史》中,将经学

---

① 转引自张隆溪《道与逻各斯》,江苏教育出版社,2006,第259页。

的发展划分为十个时期①，认为元明时期处在"经学积衰时代"。后代的经学家在界定元代《诗经》学特点时，总认为他们"羽翼朱子"。但是，对于这样一种判断的根由，以及对其合理性进行有效解释的相关研究却是不够的。

元代《诗经》研究处在宋代经学和明清经学之间。对以往元代《诗经》学简单认知的辩驳，或许能一一还原元代《诗经》学的真实面貌。元代《诗经》学真的全为"羽翼朱子"吗？仔细探究《诗集传名物钞》《诗传通释》《诗传旁通》《诗经疏义会通》《诗缵绪》《诗经疑问》《诗集传附录纂疏》《诗集传音释》《直音傍训毛诗句解》《明经题断诗义矜式》《新刊类编历举三场文选诗义》等《诗经》学相关著述，可以窥见元代《诗经》学总体上的一些特点。

崇尚朱子，发扬朱传。现有的元代《诗经》学著述，很多都是对朱熹《诗集传》的发扬。朱熹的思想和学术在南宋理宗时期就已被人们关注，然而如同他的思想还未能成为当时社会的主导思想一样，《诗集传》也只能算是众多著述中的一种，而被掩没在当时异常活跃的《诗经》学研究之中，比如郑樵《诗辨妄》、程大昌《诗论》、王质《诗总闻》、范处义《诗补传》、吕祖谦《吕氏家塾读诗记》等。这些《诗经》学研究围绕尊序和废序的争论展开，《诗经》学研究体式多样，而朱熹和郑樵、王质则注重对《诗经》的文学阐释。丰富多元的学术探讨活跃了当时的宋代《诗经》研究，也将其经学研究引向了变革。到南宋中后期，尊序和废序的争辩继续发展，但未能形成吕祖谦和朱熹那样的大家。尊序派主要有戴溪《续吕氏家塾读诗记》、袁燮《絜斋毛诗经筵讲义》、严粲《诗缉》、刘克《诗说》等，这时的尊序派除魏了翁《毛诗要义》全部沿用汉唐旧说外，其他各家都吸收了废序派的思想。废序派主要有辅广《诗童子问》、王柏《诗疑》、朱鉴《诗传遗说》，三者均是对朱熹《诗集传》的羽翼和发挥。这也能看出朱熹思想已经开始被尊崇，但至少在

---

① 皮锡瑞著，周予同注释《经学历史》，中华书局，2004。皮锡瑞认为的经学十个时期分别是经学开辟时代（孔子删定"六诗"为始），经学流传时代（先秦诸子时期），经学昌明时代（西汉时期），经学极盛时代（汉元、成二帝到后汉时期）、经学中衰时代（魏晋时期）、经学分立时代（南北朝时期）、经学统一时代（隋、唐时期）、经学变古时代（宋）、经学积衰时代（元明时期）、经学复盛时代（清）。

南宋,朱熹的《诗经》研究还未能一枝独秀,而是和其他人的研究平分秋色。朱熹思想成为一个时代的主导学术思想,要从元仁宗延祐二年恢复科举开始算起。"延祐科举"不仅标志着元代科举制度的建立,也表明经学和当时的四书学实现了官学地位的制度化。这种制度化,又推进着朱熹思想在当时社会的普及。元人在诗义训诂、名物训诂、诗篇旨意、艺术手法等方面竭力阐释着朱子之说,尤其是对《诗集传》的延展性阐释。这其中具有代表性的如《诗集传名物钞》《诗传通释》《诗经疏义会通》《诗集传附录纂疏》《诗集传音释》等。这些著述从名物、典章制度、音释等方面,对《诗集传》作了许多补充和延伸,体现了元代《诗经》研究的特点。

贯通阐发,力求突破。并非所有元代的《诗经》学著述都完全"羽翼朱子",其中还有一些著述在尊朱基础之上有所突破。《诗传旁通》在山川地理、名物典章方面作了不少有效的补充阐释。刘玉汝在音韵方面提出以"古音"代替朱熹的"叶音",后来的顾炎武提出的"古韵复古",正是源自这种大胆论断。可惜的是在当时朱子学说盛行的元代,这种认知未能获得更多人的认同。刘玉汝不仅在音韵方面表现出了突破精神,同时在诗歌赋、比、兴的手法方面也有自己独特的见解。

勇敢质疑,大胆批判。《诗经疑问》很好体现了这种质疑和批判精神,用提问的方式来阐释诗旨,其中有问无答,并非存疑,而是让学者深思而自得,"其论经义大抵发朱子《集传》之蕴,往往微启其端,而不竟其说,盖欲使学者心思自得,不欲遽告以微辞妙义也。"[①] 较同时代的经学研究而言,朱倬的这种解诗方式可谓独特,显示了一种变革意识。马端临认为孔子"删诗"之说成立,《诗序》不可废除,并在此基础上,大力反对朱熹的"淫诗"说。"删诗"说和《诗序》是否废除的问题,历代的《诗经》学讨论都有涉及。朱熹提倡"弃序言诗",而马端临却主张《诗序》不可废。朱学盛行的元代,很多学者即便观点与朱熹有所不同,也会隐晦地或者换种方式表达。马端临直接批驳朱熹"淫诗"说的观点,足见其大胆的批判精神。这也反映出元代学者在《诗经》研究

---

① 刘毓庆:《历代诗经著述考(先秦—元代)》,中华书局,2002,第379页。

中的一种探求精神和价值尺度。

元代《诗经》学的确存在"羽翼朱子"的倾向，但并非全面尊朱，其在朱学视野下，有对朱子经学思想的延展，更有对《诗经》学相关问题的质疑与探讨，只是很多都被统摄在朱子之学盛行的大背景下了而已。元代《诗经》学体现的本质特征究竟是什么？为什么是那样的特征？这些才更需要探讨和研究。

## 二 "疑经"与"改传"：质疑精神之确立

元代《诗经》学者对《诗序》的态度是矛盾和复杂的，除刘瑾和马端临之外，大多数学者在解经的过程中自觉地学习和运用着朱熹"弃《序》言《诗》"的方法。朱熹对待《诗序》的态度存在矛盾之处，他在《诗经》经义篇旨的解说上认同《大序》，主张去掉《小序》，认为《诗序》不足信，但是又在解诗过程中不自觉地部分认同着《小序》。这种貌似"人格分裂"的症状出现在朱熹对《诗序》的解读中。这种对《小序》"暧昧纠缠"的态度，导致其在部分诗文判断上的难以厘定。《诗序辨说》认为《诗》《序》相合者与不合者各约百篇，《诗》《序》部分相合者约七十篇，拿不准的约三十篇。而拿不准的，一般认同《序》说。元代《诗经》学者，像刘玉汝、梁寅、梁益、朱倬等人，他们在解《诗》过程中，尽量少言《诗序》，或者直接"弃《序》言《诗》，"这就很聪明地规避了朱熹有关《诗序》的纠缠，而将精力集中到其他训释方面。马端临却和他们持相反的观点，认为《诗序》不可废除。这种不同的声音，显示出元人对《诗经》学的另一种思考。

元代学者对《诗序》的两种相反态度，沿袭了宋代《诗经》学中尊序与废序的论争，其表现形式又有不同，同时论争的阵营力量不够均衡，大多仍是暗合"弃《序》言《诗》"的思路。刘瑾以巧妙的方式弥合着《序》与《诗》的矛盾，先是经文，然后是传文，接着是篇章以及章句数目，最后是《诗序》和朱子的"《诗序》辨说"。《诗序》放在最后，它只提供一种认知角度，起到参考作用，这种匠心独具也使诗歌阐释进入自由之境。

# 三 从"朱说"到"己说":区域经学的 "同质异构"倾向

从元代学者的心理机制来看,他们将心学和易学的元素融入对《诗经》的注释,其经学研究有着鲜明的区域化特色,表现出了一种难得的质疑精神。

陈荣捷提及朱子学在元代的传布方向有三:北方地区,由赵复而姚枢而许衡而刘因;浙江金华地区,由朱门弟子黄榦而何基而王柏而金履祥而许谦;江西地区,由黄榦而饶鲁而程若庸而吴澄。[①] 这一观点对认知朱熹《诗经》学的传播同样具有重要作用。从现存的元代《诗经》著述来看,《诗经》学者的学术分布基本上和以上朱学传播的方向一致。许谦为浙江金华人,梁益、朱倬、林泉生为福建人,马端临为江西乐平人,胡一桂为江西婺源人,刘瑾为江西安福人,罗复为江西庐陵人,朱公迁为江西鄱阳人,刘玉汝为江西庐陵人,梁寅为江西新喻人,他们占元代《诗经》学者人数的七成左右。江西成为元代《诗经》研究的重要地区,体现了浓郁的区域化特征。大部分《诗经》学者集中出现在江西,是偶然还是必然?朱子之学有过北传,但为何北方没有形成如同江西地区异彩纷呈的《诗经》学现象?这值得思考。

浙江、福建、江西地区的《诗经》学状况,无疑是元代《诗经》学研究的重要切入点。朱熹弟子黄榦在浙江和江西一脉的朱学传承中功不可没。黄榦的朱学思想在浙江主要通过何基、王柏、金履祥、许谦等人传播;而在江西主要通过程若庸、吴澄等加以传播。浙江一脉的朱学传承有着严格的师法,治学思路和方法均受到朱熹的影响,一方面深谙汉唐章句注释方法,一方面又融入两宋义理思想的探讨,其《诗经》学研究体现出扎实厚重的风范。江西一脉的朱学传承中值得关注的是吴澄。

元代朱学活动中有"南吴北许"的说法,"南吴"是指吴澄,而"北许"是指许衡。宋、金长期对峙,出现了"南北道绝,载籍不相通"的情形。随着赵复的被俘北上,朱熹思想才在北方得到传播。许衡、郝

---

经、刘因等无不受到赵复的影响，积极推进朱熹的学术思想，为北方朱学传播带来新的动力。许衡思想源自真德秀，他"把格物致知和尽心知性联系起来，以尽心知性为格物致知之功，进而用尽心知性代替了格物致知，用内心工夫代替了向外求知，一步步地把朱熹理学推向心学。"①许衡这种反诸身而求诸己的方法无疑是对朱学思想的另一种理解。朱熹讲求"格物致知"，通过了解认知外部世界，进而获得对自身的认知，外求是方式，内省是目的；而许衡则以内省代替了外求，表现出了和朱熹不同的一种风貌。江西地区的吴澄对朱学的理解和接受也有着自身的特色，他对经学表示了极大的怀疑，是元代疑经、改经最为突出的学者。侯外庐认为"许衡与元中期'和会朱陆'的吴澄，都以朱学为标帜，被视为朱学的徒裔，但他们由朱学的心外格物，移到陆学的直求本心，从而萌发了一种属于后来王学的东西，这是值得注意的思想演变的迹象。它既说明了朱学传至元代的嬗变，也说明了王学的出现并非偶然。因此，宋明之间理学思想的变化，元代实为其中的过渡环节。有些人以为元代在'腥毡'的元蒙统治下，'九儒十丐'的儒生，其著作和思想似乎不值一顾，实在是一个很大的错觉。"②许衡和吴澄对朱学思想的发挥与变通，影响着朱学思想在元代的传播，也为不少《诗经》学者带来变革的心理暗示，明承暗革的经学观念的演变已经悄然形成。

朱陆实际上并没有根本性的学理分歧，只是手段和目的的问题，"朱子之教人也，必先之读书讲学；陆子之教人也，必使之真知实践。读书讲学者，固以为真知实践之地；真知实践者，亦必自读书讲学而入。二师之为教，一也。二家庸劣之门人，各立标榜，互相抵訾，至于今学者犹惑。呜呼！甚矣，道之无传而人之易惑难晓也。为子之计，当以朱子所训释之四书，朝暮昼夜，不懈不辍，玩绎其文，探索其义。文义既通，反求诸我书之所言，我之所固有，实用其力，明之于心，诚之于身，非但读诵讲说其文辞义理而已。此朱子之所以教，亦陆子之所以教也"③。朱学和陆学尽管强调的侧重不同，但是最终达到的终极性目的却是相同的。许衡、吴澄等人在"朱陆"学说方面的调和，表明他们在有意

---

① 蒙培元：《理学的演变：从朱熹到王夫之戴震》，方志出版社，2007，第140页。
② 侯外庐：《宋明理学史》，人民出版社，1997，第696页。
③ 吴澄：《吴文正集》卷二十七《送陈洪范序》，文渊阁《四库全书》本。

打通学说之间的壁垒。这种观念也启发了不少《诗经》学者，像刘瑾、刘玉汝、朱公迁等吸收了这种调和思想，并将它运用到《诗经》的注释之中，显示了兼收并蓄的风貌。

## 四 "立宗"与"自证"：经由朱学激发之后的转进

汉代经学重章句，唐代经学重注疏，两宋经学偏义理，而元代经学则"唯朱独尊"。这种喧哗之后的沉寂，厚重之后的释然，使得元代《诗经》学面临更多选择。变则通，通则久，元代经学观念如何在时代迈进中发展变化，这值得关注。朱熹思想在二程和邵雍等理学家思想基础之上演变而来，是对北宋以来各家思想的兼容、批判和创造。他的理学理论建构是他《诗经》研究的哲学背景和理论指导。

元代学者解经自觉或不自觉地发挥着朱子的《诗集传》。他们是不敢废弃朱子之说而另立新说？抑或是在没有建构出新的诗学理论之前，他们聪明地选择了承袭，并在承袭中拓展着对经义的理解？这种心理很值得玩味。钱穆认为"唐人'治'、'教'分，……经学只是应故事，并不占重要的地位。而宋人主张'治'、'教'合，所以进士词赋必然又会转变到经义。只是王氏的《三经新义》，主于'以治统教'，而朱子的《四书集注》，则主于'以教统治'，这就成了一大分别。……再简单显白言之，汉儒讲经学，是偏重于针对着周、秦以来之王朝政制而讲的，现在则是偏重于针对释、老教义而讲经学了"①，"直从程伊川、朱晦翁到明末的刘蕺山，他们对当代皇帝进言，都把当朝的一切礼乐制度且搁在一边，而先谈格、致与诚、正。他们且先教皇帝做圣人，暂不想教皇帝当明王。他们认为只有成了圣人才能当明王，这正如由本以达末，这是宋学与汉学精神上的大差异"②。这种判断有利于理解朱熹思想在元代社会的独尊。历经战乱，亟待重整的国家，如果要在意识形态层面获得公众的认可，必然需要借助一种标准，用钱穆先生的话讲就是"政府功令取士的标准"，但它又与王官学有着根本的区别。王官学重礼乐制度、政府规模，而朱熹思想则重在

① 钱穆：《两汉经学今古文平议》，商务印书馆，2001，第 297~298 页。
② 钱穆：《两汉经学今古文平议》，商务印书馆，2001，第 298 页。

"格、致、诚、正"的私人修养。这种反诸己而内求的方式既是个体自我完善的方式，也是经学发展的一个朝向。许倬云认为，古代知识分子面对需要反省的时候，他们会将知识进行重新界定，并赋予它新的内容。当原来的传统失去神圣性，传统的持守人就要追问传统的意义，并找寻对于传统的新解释，甚至提出一些新的宇宙观、社会观和人生观。而对于过去那些理所当然的道理，这些人会提出质疑，会进一步思考①。元代《诗经》学从数量和质量来看似乎价值不大，但是观其机制，析其内里，就会发现它有着通达圆融，暗藏变革的诸多特点。如果从元代学者对宋前《诗经》学的接受来看，元人的态度是：明承暗革。表面看似是对前代《诗经》学的绍述和羽翼，但是骨子里又包含诸多变革因素，这种经学观念的微妙变化主要体现在以下几个方面。

　　从元代学者的《诗经》学关注视野来看，他们倾向于义理的阐发。元代《诗经》学者除梁益之外，很多都比较关注诗歌义理的阐发，而在章句训诂和字词解释方面用力相对较少，这种变化既是宋代《诗经》学重义理倾向的延续，也是对朱熹《诗经》学的有效借鉴。章句训诂和义理阐发往往被当成两种截然不同的诗歌阐释方式。提到"宋学"，实际上只是承袭宋金学人的致思方式，喜欢对前代评头论足，并选定效法对象，并不是时刻打出"学宋"的旗帜。对于学宋的人而言，一般不会避讳学唐。元代在"学唐"与"宗宋"方面已经有所分化，一种是承袭了金宋余绪，还没有脱离前代人致思方式，这部分人通过"学宋"这个环节来"学唐"，但是仍然留存宋金时代风尚；另一种是直承唐人，这部分已经摆脱了前人的致思方式，具有自己鲜明的时代特色②。元代后期的"学唐""宗宋"可以归入第二种，主要是因为距离前代时间上已经久远，思想与生活方面都已发生变化。此外，随着科考的恢复，文化政策的保障，后期的作家作品也较前期丰富③。宋代柳开已经开始对传统章句训诂进行革新，"圣人之经籍虽在残缺，其道犹备。先生于时作文章，讽咏规戒，答论问说，淳然一归于夫子之旨，而言之过于孟子与扬子云远矣。先生之于为文，有善者益而成之，有恶者化而革之。各婉其旨，使无勃然而生于乱者也，是与章句之

①　许倬云：《中国古代文化的特质》，北京大学出版社，2013，第110页。
②　徐子方：《艺术与中国古典文学》，人民出版社，2009，第324页。
③　徐子方：《艺术与中国古典文学》，人民出版社，2009，第326页。

徒，一贯而可言耶？"① 而朱熹强调把握诗歌义理的同时，还需关注章句训诂，他在《答孙季和》中提到"读书玩理外，考证又是一种工夫，所得无几，而费力不少。向来偶自好之，固是一病，然亦不可谓无助也。"② 元代梁益比较注意名物训释，历史考证，章句训诂。许谦则继承了朱熹注释诗歌的方式，他一方面关注名物训诂，一方面通过这种格物致知的方式去获得诗歌内在的义理。刘玉汝、朱倬等学者则较少留意章句训诂，而将主要精力放在了义理阐发上。

从元代学者对前代《诗经》学的态度来看，他们对前人反复讨论的一些问题不回避，也不完全肯定和否定，这种圆融的风范将自身的经学阐释置于自由之境。比如对《诗序》的态度，马端临认为《诗序》不可废除。李公凯在其著述中仍然把《诗序》放在诗歌的注释之前，显示了对《诗序》的尊崇。刘瑾虽然没有对《诗序》表示出完全的认同，但是也将《诗序》放在每首诗歌之后，避免对读者造成先入为主的误导，无形中表明了自己在《诗序》问题上愿意商榷的立场。许谦、朱公迁、林泉生则在其《诗经》著述中对《诗序》进行了改动，许谦将原来的《诗序》简化缩短，凝练成一句话，传达着他对诗篇意旨的理解；朱公迁则根据朱熹《诗序》辨说的判断，结合自己的理解，对《诗序》进行了改定；林泉生也对部分诗歌的《诗序》进行了重新界定。梁益、朱倬、刘玉汝等学者则采取了"不言《诗序》"的方法，在他们的著述中，《诗序》的问题被尽量淡化，而将主要精力放在其他方面的注释中。

元代学者对《诗序》这个问题虽然也有关注，但已经不像宋代学者那样激烈。宋代存在"范郑"之争和"朱吕"之争，而争论的焦点就是《诗序》存废问题。吕祖谦和范处义主张"据《序》言《诗》"，朱熹和郑樵则主张"去《序》言《诗》"。范处义认为"惟《诗序》先儒比之《易系辞》，谓之'诗大传'。近世诸儒或为小传、集传、疏义、注记、论说、类解，其名不一，既于诂训，文义互有得失，其不通者辄欲废《序》以就己说，学者病之。《补传》之作，以《诗序》为据，兼取诸家之长，揆之情性，参之物理，以平易求古诗人之意，文义有阙补以六经

---

① 柳开：《河东集》卷十一《昌黎集后序》，文渊阁《四库全书》本。
② 朱熹：《晦庵集》卷五十四《答孙季和》，文渊阁《四库全书》本。

史传；诂训有阙补以说文篇韵，异同者一之，隐奥者明之，窒碍者通之，乖离者合之，谬误者正之，曼衍者削之，而意之所自得者，亦错出其间，补传大略如此。或曰：《诗序》可尽信乎？曰：圣人删《诗》定《书》，《诗序》犹《书序》也，独可废乎？况《诗序》有圣人为之润色者，如《都人士》之《序》，记礼者以为夫子之言，《赍》之《序》与《论语》合，《孔丛子》所记夫子读二《南》及《柏舟》诸篇，其说皆与今《序》义相应，以是知《诗序》尝经圣人笔削之手，不然则取诸圣人之遗言也。故不敢废《诗序》者，信六经也，尊圣人也。"① 在范处义看来，《诗序》是信六经，尊圣人的表现，不可偏废。而欧阳修、程颐等人先后对《诗序》中的错误提出了一些新的见解，并对《诗序》表示了质疑。欧阳修《诗本义》卷一明确提出"《序》之所述，乃非诗人作《诗》之本意，是太史编《诗》假设之义也。毛、郑遂执《序》意以解《诗》，是以太史假设之义解诗人之本义，宜其失之远也。"② 南宋郑樵等人进一步发挥了这种思想，提出全面废除《诗序》的主张。朱熹对《诗序》的质疑也源自郑樵。关于《诗序》的这些争论活跃了宋代《诗经》研究领域。进入元代，这种争论依然存在，但是强度却在减弱，尊与不尊《诗序》似乎变得不那么重要，元代学者更愿意采取一种圆融豁达的心态来看待这些学术问题。

---

① 范处义：《诗补传原序》，载《诗补传》卷首，文渊阁《四库全书》本。
② 欧阳修：《诗本义》卷一《麟之趾》，文渊阁《四库全书》本。

# 结　语

　　《诗经》学发展到元代，在体例与义理探讨方面都发生着潜在变化，尽管变化背后的价值被"积衰"的通行判断所遮蔽，但仍然于注经思想等方面传达着自己的态度与立场。很多时候，人们认为社会科学中传承的价值不是超越的，也不是内在的，而只是很多人宣称在有限的圈子中有限践行的价值。人们称为道德的部分，也不过是希望自己选择的那些价值被普遍化，并且能够与他人分享①。从这个角度而言，或许需要对元代《诗经》学进行深入探究，挖掘那些有限的价值背后的讯息。

　　"经学"与"元代《诗经》学"概念辨析是研究展开的基础，经学与朱学视野下的元代《诗经》学状况梳理是研究展开的前提。"经"名较早出现在《庄子·天运》篇。《说文》解释"经"为"织"，这表明"经"与织布帛时候的排列状态有关。根据《释名·释典艺》与《文心雕龙·宗经篇》的解释，"经"名在"常"这个概念属性上相类。今日所言的"经"在历史的变迁中，人们对其表述存在差异，大致有五义②：古代图书之型制；"前孔子之经"；"孔子经典化的六经"；两汉以后代表国家意识形态之权威的重要著作；思想意义上的法则，为天地之间的根本大法，为常道。"经"由实到虚，由微观到宏观，由最初物的"经"到常恒法则，再到至上的圣典，这表明"经"在"常"这一点上古今接近。"经学"自汉代确定官学地位后，就成为关乎国家思想的学问，可以产生律令、修正律令。元代《诗经》学就是历时与共时维度中经学的具体展开，具有朱学影响的鲜明痕迹。"诗经""诗传""诗经学"基于语义的差别，人们在经学实践中对它们的方式与态度也有区别，它们彼此之间以《诗经》为关联，但又存在逻辑上的逐步延展关系。元代《诗经》学著述和经义文献，如许谦《诗集传名物钞》、梁寅《诗演义》、刘

　　① 〔美〕米尔斯著，陈强、张永强译《社会学的想像力》，生活·读书·新知三联书店，2012，第193页。
　　② 吴根友、黄燕强：《经子关系辨正》，《中国社会科学》2014年第4期。

瑾《诗传通释》、梁益《诗传旁通》、朱公迁《诗经疏义会通》、刘玉汝《诗缵绪》、朱倬《诗经疑问》、胡一桂《诗集传附录纂疏》、罗复《诗集传音释》、李公凯《直音傍训毛诗句解》、林泉生《明经题断诗义矜式》、刘贞《新刊类编历举三场文选诗义》等都是"朱学"历史背景下展开的经学实践。对这些问题的梳理不能忽视以下几点：朱熹本人的学术传统；朱熹后学对其传统的接续；元代学者对朱熹思想的扬弃。而"朱学"在《诗经》学实践中存在根据的探寻则需要放到道统传统，思想认同，以及社会文化制度保障等维度加以理解。只有辨析梳理清楚这些关系，才能在"朱学"这个大背景下去认知元代《诗经》学的宏观实质，进而在细微的文本差异之间，在不同的学者经注中，去发现《诗经》学在元代的增益与辨正，去揭示《诗经》学在元代的反思与转向。

元代《诗经》学研究的方式或有很多，但如果只是通常意义上对这个时期著述进行文献学层面的研究，那其潜在的学术变化与思想流动就不能很好地立体揭示。"《诗经》学的元代形态"与"元代经学的《诗经》学形态"是切入"元代《诗经》学"研究的两个维度，这二者之间并非简单的语义重复，"《诗经》学的元代形态"重点关切在《诗经》学发展到元代的具体时代特性，强调"元代形态"，这是一种历时性的观照，是想爬梳《诗经》学发展到元代独具的一些特质，比如《诗经》学与朱学紧密结合，《诗经》学研究一定程度上称为朱熹《诗经》学研究，在此基础上讨论体例与宗旨问题，并对集传、纂集、博物、集解、通释、论说、讲义等各类体例进行分体探究。而"元代经学的《诗经》学形态"重点在元代经学背景下的《诗经》学经义内涵及宏观实质的挖掘，这是一种共时性的探讨，关注的重点在《诗经》学的章句训诂与义理阐发，对《诗传通释》《诗传旁通》《诗经疏义会通》《诗缵绪》进行了全面仔细梳理，这部分是整个研究的重点部分，涉及增益朱说、历史考证、版本辨析、章句训诂、诗旨发挥等，是了解元代学者治经方略和学术思想的重要方面。除了对重要著述进行梳理，还对《诗经》研究中的一些核心论题进行了提炼与讨论：比如许谦处理《诗序》问题时对"异"与"异古"方法的调度；比如"比""兴"；《大武》乐章问题；"豳风""豳雅""豳颂"问题；"《诗》与史"的问题；孟子"以意逆志"的问题；古音理论；朱熹叶韵理论；"天道"和"孝道"问题等，这些论题看似零散，但是如果将它们放到整个《诗经》学史加以审视，放到元代这个特殊时期加以理解，不难发现其中包含着很多重要讯息，它们从不同维度拓展了元代《诗经》学的内涵与边界，也为恰当认知《诗经》学在元代的转向提供了依据。通过体例梳理、义理讨论，发现元代后期经学区域化特征明显，尤其是江西地区，而心学的渗入也与经学区域性特征互为彰显。胡一桂、刘瑾、朱公迁、刘玉汝、梁寅这些江西学者占了元代《诗经》学者人数的七成，他们在朱熹学术思想的感召下，将元代《诗经》学研究又引向变革的方向。

"体例"与"义理"是理解元代《诗经》著述的两个方向。"元代《诗经》学的形成与发展：体例篇"章节重点关注了李公凯《直音傍训毛诗句解》集传体类著述，胡一桂《诗集传附录纂疏》纂集体类著述，梁益《诗传旁通》博物体类著述，刘瑾《诗传通释》集解体类著述，以及朱公迁、王逢、何英《诗经疏义会通》合作性质的著述。不同学者注释经典的体例方式，揭示了由"诗传"到"集解"的变化。刘玉汝《诗缵绪》通释体类著述，以及朱倬《诗经疑问》论说体类著述，展示了"通释""论说"体例成熟背后经解方式的演进，由集合别人的论说，到自己立论，自己言说，这是经学思想逐步转变的讯号。林泉生《明经题断诗义矜式》这个讲义体类著述是对《诗经》经传义理的注释，具有八股制艺的特征，针对的读者是元代科举考试的应考学生。不同《诗经》著述体例的揭示对于经史传统与《诗经》著述体例背后的经学源流的探寻具有促进作用。

"元代《诗经》学形成与发展：经义篇"章节的逻辑线索架构主要通过"判经"与"疑经"来认知元代学派经学观念的确立；从"疑经"到"改传"的转变中，提炼学者"经史互证""经传辨析""诗序变改"的经学实践策略；于《诗经》研究过程中蠡测元代学者在朱学独尊与继续增益朱说可能性减弱之下的注经困境，找寻他们思想发生变化的根源；"窃意""愚按"等元代学者在注释《诗经》时的评论，表明他们在与经传文本直接对话过程中的谨慎表达已经变为直接言说，这无疑是一种学术自信心的体现，也能反观他们经学实践脉络下的立场与态度。

元代经义科考文献是切入元代《诗经》学研究的另一个特殊角度。科举考试是国家政权选拔官员的有效方式，在这其中考生、考官、当政者之间存在一种隐在的博弈，即考生"会说什么""能说什么"；考官

"看考生说什么""想考生说什么";当政者判断"哪些考生能说什么""哪些考生知道我想说什么"。《新刊类编历举三场文选诗义》展示了科举考试的 39 份试卷,涉及《诗经》的《淇奥》《鹤鸣》《天保》《宾之初筵》《楚茨》《烝民》《思齐》《抑》《绵》《卷阿》《行苇》《皇矣》《思文》《烈文》《维天之命》《昊天有成命》《维清》《噫嘻》《玄鸟》《长发》20 首诗歌,试卷体例依照考试时间、考试级别、考试题目、考生名次、考生籍贯、考官批复、考生试卷展开,呈现了科考试题、考生作答以及考官批复意见;从命题到作答均以朱学为预设前提,是元代社会历史文化思潮的真实再现;考官批复意见关注点的调整彰显了经学观念的变化,也预示着经学转向的可能性方向。

对元代《诗经》学历时性、共时性背景下经学状况的考察,对元代《诗经》著述体例、义理层面的探讨,对元代科考经义文献的梳理,这些都是为了更好认知元末易代之际的《诗经》学转向问题。"经说"与"说经"看似只是词语前后位置的变化,但是展示的内涵却有不同。"经说"强调了从"经"的含义中获取观点;"说经"则关注点放在了"说",经只是言说的对象,这也反映了学者注经主体性的变化,然而这种变化却长时间被"羽翼朱说"的标签所遮蔽。由"羽翼"到"言说",这是观念的变迁,也是经学转向的一个视角。要自己立说,则需要借助一定的途径,而由"疑经"到"改传"的经学实践则很好地传达了元代学者的质疑精神。他们不再像先前那样完全遵信朱熹的学说,而是在绍述基础上给予了怀疑,由怀疑进而转向改动。这里需要强调的是对于经典理解的改动不是关键,因为任何时代都有对经典的不同理解,不管是哪个维度上的。但是要清楚对经典实质性问题讨论才是每一个时代应该关切的,如米尔斯所言,经典社会科学不是微观的"逐步建设",不是概念的"演绎而出",而是建设与演绎同步,方式是反复阐述问题及完整解答,在策略上则是以恰当的方式进行表达①。既然对实质问题的讨论才是重点,那对实质问题讨论后给出不同的解答则要给予重视,因为已经不是在预设问题下的展开,而是对预设问题本身开始质疑,就像对

---

① 〔美〕米尔斯著,陈强、张永强译《社会学的想像力》,生活·读书·新知三联书店,2012,第 137 页。

《诗序》的看法，已经不是在是否遵循朱熹《诗序》认知下的讨论，而是转向了对朱熹关于《诗序》本身逻辑表述的质疑。

在由"朱说"向"己说"转变过程中，区域经学的"同质异构"倾向比较明显。元代《诗经》学与元代朱子学在发展传布的方向上基本一致：北方地区、金华地区、江西地区、这些地区的经学研究具有"同质"特征。查尔斯·泰勒认为，人们因不同目的聚集在一起，实施公共行为，这些目的可能是欣赏、交谈、庆祝。他们的焦点一致，有共同的目标，"而不是因为每个人碰巧对同样的事情感兴趣而聚到一起的"①，就如同这些区域《诗经》学的相同目标就是对朱熹学说进行羽翼与绍述。在"同质"之外，当然还存在"异构"倾向，明显的区别体现在金华地区与江西地区。许谦致力于金华地区的经学实践；马端临、胡一桂、刘瑾、朱公迁、刘玉汝、梁寅这些学者则在江西地区推动着《诗经》学江西特质的形成，比如心学与易学融入《诗经》学探讨。经由"立宗"到"自证"的转进，实际上是经学转向的一种标志。转向的内在动力源于元代自身经学的发展，疑经观念的演进，以及注经于可增益性方面的减弱，而外在表现则体现在注经的热情转化为义理表述的热望，对经注逻辑表述的关切到经传文学性因素的开掘，这些共同推动着《诗经》学在元代的经学转向。

---

① 〔加拿大〕查尔斯·泰勒著，林曼红译《现代社会想象》，译林出版社，2014，第75页。

# 余　思

## ——元代《诗经》学转向的几个进路

时代在吐故纳新中不断前行，文学艺术也在踵事增华中不断丰盈，这其中不乏遵从、模仿、突破。在特定时代文化土壤中，学者在建构自身意识形态、价值尺度的同时，又可能成为被他人重新建构的对象。元代《诗经》学者用热情与笃定增益朱子学说，其又被稍晚同时代的追随者不断丰富。不论是五经、九经还是十三经，《诗经》都是其中非常稳定且值得关注的一类儒家经典。对《诗经》以及注释的讨论也促进着《诗经》经典化的道路。在前代经学探研基础上，元代《诗经》学以隐在价值推动着经学于元明之际的转变，也带给学者重新审视其宏观实质的可能。

### 一　"循例为注"展示审视维度

"体例"是元代《诗经》学重要的审视维度。倾向集传的李公凯《直音傍训毛诗句解》、侧重纂集的胡一桂《诗集传附录纂疏》、留意博物的梁益《诗传旁通》、专注集解的刘瑾《诗传通释》，这些著述的体例方式揭示了由"诗传"到"集解"的变化。刘玉汝《诗缵绪》、梁寅《诗演义》、朱倬《诗经疑问》展示着"通释""论说"体例成熟背后经解方式的演进。由集合别人的论说，到自己立论，自己言说，这是经学思想逐步转变的讯号。作为讲义体的林泉生《明经题断诗义矜式》，主要面向元代科举考试的应考学生，其对《诗经》经传义理的注释具有八股制艺特征。不同《诗经》著述体例的揭示，对于经史传统与《诗经》著述体例背后的经学源流的探寻具有促进作用。

如果说汉代经学还是围绕通经致用展开的话，那么随着宋代义理学的融入，经学研究开始向学术层面转变，并出现了经典注释的繁荣局面。汉代之前的一些体例，诸如传、记、说等，经过汉末经学分化后，出现了"章句""解故""解诂""解说""说义""文句""条例""翼要"

"训旨""异同""异义""训""解""注""笺""释""膏肓""废疾"
"义难""辨难"之类，这些不同体例的注疏都是对经于不同角度上的阐
发。元代使用的体例较多的是集传、纂集、通释、疑问、论说、讲义等。
从"诗传"到"传集"，从"纂集"到"集解"，从"通释"到"论
说"，从"疑问"到"讲义"，这些彼此看似没有关联的体例方式反映出
经解思想的变化。从对经的解释，到对经传义理的纂集，再到纂集基础
上的解释；从通篇注释到跳出注释进行论说；从反思提问到最后形成
"经义"文献的"讲义"，这都是"体例"维度上《诗经》经注方式的
逐步展开。

## 二 "判经改传"彰显经传尺度

借助于体例，元代《诗经》学在"判经""疑经""疑传""改传"
等方面彰显了自身的经传尺度。由对"经"的怀疑，到对"传"的怀
疑，这实际上是由内而外的展开过程，显示了学派经学观念的建立。由
"疑"到"改"的转变体现着"经史互证""经传辨析""诗序变改"等
注释策略。对《诗经》学义理的探讨反映出元代学者注释《诗经》的困
境，即朱学独尊与继续增益朱说可能性减弱的问题。"窃意""愚按"，
这也是他们谨慎传达经学实践态度与立场的有效方式。在增益朱说、历
史考证、版本辨析、章句训诂、诗旨发挥等层面，学者围绕核心论题展
开提炼与讨论，比如：许谦处理《诗序》问题时对"异"与"异古"方
法的调度；"比""兴"手法；《大武》乐章；"豳风""豳雅""豳颂"；
"《诗》与史"；孟子"以意逆志"；古音理论；朱熹叶韵理论；"天道"
和"孝道"问题等，这些论题看似零散，但是如果将它们放到整个《诗
经》学史加以审视，放到元代这个特殊时期加以理解，不难发现其从不
同维度拓展了元代《诗经》学的内涵与边界，也给予恰当认知《诗经》
学在元代的转向提供了依据。

在"同质"之外，当然还存在"异构"倾向，明显的区别体现在金
华地区与江西地区。许谦致力于金华地区的经学实践；马端临、胡一桂、
刘瑾、朱公迁、刘玉汝、梁寅这些学者则在江西地区推动着《诗经》学
江西特质的形成，比如心学与易学融入《诗经》学探讨。《新刊类编历
举三场文选诗义》这类元代经义科考文献则反映了国家政权选拔官员的

有效方式，考生、考官、当政者之间存在一种隐在的博弈，即考生"会说什么""能说什么"；考官"看考生说什么""想考生说什么"；当政者判断"哪些考生能说什么""哪些考生知道我想说什么"。科考试题、考生作答以及考官批复意见，从命题到作答均以朱学为预设前提，是元代社会历史文化思潮的真实再现；考官批复意见关注点的调整彰显了经学观念的变化，也预示着经学转向的可能性方向。

经验的积累与沟通会超越时空限定，在不同时代的人群中产生共鸣，进而激活出新的意义。精神生活是人类不断确认与叠加生活意义的心智建构活动。每一个时代实际上不是在传授知识，保守知识本身，而是传授精神与方法，并且这种传授使得下一个时代根据相同的方式做新的方法与发现，进而开拓知识领域。经典可能由于历史时间的久远，重新理解的时候或存在一定的模糊性，但依然给予了解释者一定的理解空间，这也意味着需要在经典自身秩序基础上，借助经传尺度，去找寻与当代社会理解的契合点，就如同今古文经体现着对经的不同理解与解说方式。

### 三 "立宗自证"揭橥价值向度

《诗经》学发展到元代，在体例与义理探讨方面都发生着潜在变化，尽管变化背后的价值被"积衰"的通行判断所遮蔽，但仍然于注经思想等方面传达着自己的态度与立场。经学实践需要在人们已知的、确然的那些价值与经注语言能发挥作用的经解意图之外，揭示系列沉潜在已存稳定陈述中的那些变化和矛盾，诸如不规则的训诂、不相容的命题、不能加以整体系统化的概念，并在这些因素中找寻彼此对话的基础和会合点，比如结构、意义。对于一个给定的问题，当问及不同社会时期时，往往必须给出不同答案，这也意味着问题本身往往需要进行重新表述。存在"积衰"说明曾经繁荣过，那从繁荣到衰弱的转变在哪里，与前后的区别在哪里？"积衰"背后折射出社会变迁意识是怎样的？任何时候，一个事物的概念无法自我呈现，需要比较，需要边界，需要通过其他事物的参照方能彰显自身的价值。对给定问题的回答，也并非是对被限定、被调节、被确认理论的回应，而是对给定问题构成要件本身系统逻辑的阐述与揭示，就像对《诗序》的看法，已经不是在是否遵循朱熹的《诗序》认知下的讨论，而是转向了对朱熹关于《诗序》本身逻辑表述的质疑。

　　从"经说"到"说经"，从"疑经"到"改传"，从"朱说"到"己说"，从"立宗"到"自证"，看似只是"经说对象"与"说经主体"的改变，但其中却包含了宏阔的历史演进脉络。"经说"强调从"经"的含义中获取观点；"说经"关注点在"说"，经只是言说的对象，这也反映了学者注经主体性的变化。要自己立说，则需要借助一定的途径，而由"疑经"到"改传"的经学实践则表明其不再完全遵信朱说，而是在绍述基础上给予怀疑，由怀疑进而转向改动。这些细微差异，往往可能因为其历时短暂，而其中直指社会思想变化的那些言说，直抵内心的那些形而上的发问，源于注释文本的那些思考辨正所彰显的价值与意义，或许会被遮蔽，被误判。学者愿意将经学、文学转变的视角放入明代，愿意相信心学、义理、文学等这些问题的探讨是从元代之后的明代开始的，但是如果将这样的视角再往前推进，或会发现明代那些被后来学者认为的《诗经》学标志特征在元代《诗经》学视野中已经出现，并以一种潜在的方式推动着元末易代之际的经学变革。

　　经由"立宗"到"自证"的转进，实际上是经学转向的一种标志，转向的内在动力源于元代自身经学的发展，疑经观念的演进，以及注经于可增益性方面的减弱，而外在表现则体现在注经的热情转化为义理表述的热望，对经注逻辑表述的关切到经传文学性因素的开掘，这些共同推动着《诗经》学在元代的经学转向。

# 附录：元代《诗经》类著述存佚表<sup>①</sup>

| 序号 | 书名 | 卷数 | 作者 | 存佚 | 著录 |
|---|---|---|---|---|---|
| 1 | 《诗学备忘》 | 24 | 李简 | 佚 | 《经义考》《补元史艺文志》《元史艺文志辑本》 |
| 2 | 《毛诗通旨》 | | 何逢原 | 佚 | 《补元史艺文志》《元史艺文志辑本》 |
| 3 | 《诗辨说》 | 1 | 赵德 | 存 | 《千顷堂书目》《补元史艺文志》《续修四库全书总目提要》《元史艺文志辑本》 |
| 4 | 《毛诗集疏》 | | 熊禾 | 佚 | 《补元史艺文志》《元史艺文志辑本》 |
| 5 | 《清全斋读诗编》 | | 陈深 | 佚 | 《补元史艺文志》《元史艺文志辑本》 |
| 6 | 《诗义指南》 | 17 | 雷光霆 | 佚 | 《经义考》《补辽金元艺文志》《元史艺文志辑本》 |
| 7 | 《诗集传附录纂疏》《诗序附录纂疏》《诗传纲领附录纂疏》《语录辑要》 | 20111 | 胡一桂 | 存 | 《经义考》《千顷堂书目》《仪顾堂题跋续跋善本书室藏书志》《铁琴铜剑楼藏书目录》《爱日精庐藏书志》《宋元旧本书经眼录》《续修四库全书总目提要》《中国古籍善本书目》《元史艺文志辑本》 |
| 8 | 《诗传音旨补》 | 20 | 刘庄孙 | 佚 | 《经义考》《补元史艺文志》《元史艺文志辑本》 |
| 9 | 《学诗笔记》 | | 程直方 | 佚 | 《经义考》《补元史艺文志》《元史艺文志辑本》 |
| 10 | 《诗集解》 | | 胡炳文 | 佚 | 《经义考》《补元史艺文志》《元史艺文志辑本》 |

---

① 本表以雒竹筠遗稿、李新乾编补《元史艺文志辑本》（北京燕山出版社，1999）所载元代《诗经》类著述为底本，将之与刘毓庆《历代诗经著述考》、朱彝尊《经义考》所录元代《诗经》类著述互相比对后归纳整理而成。

| 序号 | 书名 | 卷数 | 作者 | 存佚 | 著录 |
|---|---|---|---|---|---|
| 11 | 《诗传释疑》 | | 程龙 | 佚 | 《经义考》《补元史艺文志》《元史艺文志辑本》 |
| 12 | 《诗传精要》 | | 安熙 | 佚 | 《经义考》《补元史艺文志》《元史艺文志辑本》 |
| 13 | 《诗经句解》 | | 陈栎 | 佚 | 《经义考》《补元史艺文志》《元史艺文志辑本》 |
| 14 | 《诗大旨》 | | 陈栎 | 佚 | 《补元史艺文志》《元史艺文志辑本》 |
| 15 | 《读诗记》 | | 陈栎 | 佚 | 《补元史艺文志》《元史艺文志辑本》 |
| 16 | 《诗传众说》 | | 吴迂 | 佚 | 《经义考》《补元史艺文志》《补辽金元艺文志》《元史艺文志辑本》 |
| 17 | 《毛诗音训》 | 4 | 李恕 | 佚 | 《经义考》《补元史艺文志》《元史艺文志辑本》 |
| 18 | 《诗疏释》 | | 朱近礼 | 佚 | 《经义考》《补元史艺文志》《元史艺文志辑本》 |
| 19 | 《诗答问》 | | 蒋宗简 | 佚 | 《经义考》《补元史艺文志》《元史艺文志辑本》 |
| 20 | 《学诗舟楫》 | | 周闻孙 | 佚 | 《补元史艺文志》《元史艺文志辑本》 |
| 21 | 《诗传通释》 | 20 | 刘瑾 | 存 | 《经义考》《述古堂藏书目》《仪顾堂题跋续跋善本书室藏书志》《铁琴铜剑楼藏书目录》《爱日精庐藏书志》《也是园藏书目》《四库全书总目提要》《藏园群书经眼录》《中国古籍善本书目》《元史艺文志辑本》 |
| 22 | 《诗传旁通》 | 15 | 梁益 | 存 | 《经义考》《补元史艺文志》《爱日精庐藏书志》《四库全书总目提要》《中国古籍善本书目》《元史艺文志辑本》 |
| 23 | 《诗绪余》 | | 梁益 | 佚 | 《经义考》《补元史艺文志》《元史艺文志辑本》 |
| 24 | 《诗集传名物钞》 | 8 | 许谦 | 存 | 《经义考》《述古堂藏书目》《读书敏求记》《也是园藏书目》《补元史艺文志》《四库全书总目提要》《中国古籍善本书目》《元史艺文志辑本》 |

| 序号 | 书名 | 卷数 | 作者 | 存佚 | 著录 |
|---|---|---|---|---|---|
| 25 | 《诗集传音释》 | 10 | 许谦 | 佚 | 《也是园藏书目》《四库全书简明目录标注》《元史艺文志辑本》 |
| 26 | 《诗经集说》 | 6 | 卢观 | 存 | 《经义考》《补元史艺文志》《东湖丛记》《元史艺文志辑本》 |
| 27 | 《诗集传音释》 | 20 | 罗复 | 存 | 《经义考》《千顷堂书目》《铁琴铜剑楼藏书目录》《仪顾堂题跋续跋善本书室藏书志》《藏园群书经眼录》《续修四库全书总目提要》《元史艺文志辑本》 |
| 28 | 《诗传疏义》 | 20 | 朱公迁 | 存 | 《经义考》《十驾斋养新录》《补元史艺文志》《铁琴铜剑楼藏书目录》《藏园群书经眼录》《四库全书总目提要》《中国古籍善本书目》《元史艺文志辑本》 |
| 29 | 《毛诗句解》 | 20 | 李公凯 | 存 | 《经义考》《千顷堂书目》《仪顾堂题跋续跋善本书室藏书志》《铁琴铜剑楼藏书目录》《补元史艺文志》《续修四库全书总目提要》《中国古籍善本书目》《元史艺文志辑本》 |
| 30 | 《诗义发挥》 | | 曹居贞 | 佚 | 《经义考》《补元史艺文志》《元史艺文志辑本》 |
| 31 | 《读诗疑问》 | 1 | 苏天爵 | 佚 | 《经义考》《补元史艺文志》《元史艺文志辑本》 |
| 32 | 《诗义》 | | 吴简 | 佚 | 《经义考》《补元史艺文志》《东湖丛书》《元史艺文志辑本》 |
| 33 | 《诗经发挥》 | | 杨舟 | 佚 | 《经义考》《补元史艺文志》《元史艺文志辑本》 |
| 34 | 《诗音释》 | 1 | 韩性 | 佚 | 《经义考》《补元史艺文志》《元史艺文志辑本》 |
| 35 | 《诗补注》 | 20 | 贡师泰 | 佚 | 《经义考》《补元史艺文志》《元史艺文志辑本》 |

续表

| 序号 | 书名 | 卷数 | 作者 | 存佚 | 著录 |
|---|---|---|---|---|---|
| 36 | 《诗经纂例》 | | 秦玉 | 佚 | 《经义考》《补元史艺文志》《元史艺文志辑本》 |
| 37 | 《诗说》 | 4 | 余希声 | 佚 | 《经义考》《补元史艺文志》《元史艺文志辑本》 |
| 38 | 《诗讲疑》 | | 焦悦 | 佚 | 《经义考》《补元史艺文志》《元史艺文志辑本》 |
| 39 | 《诗经讲说》 | | 颜达 | 佚 | 《经义考》《补元史艺文志》《元史艺文志辑本》 |
| 40 | 《诗经音考》 | | 夏泰亨 | 佚 | 《经义考》《补元史艺文志》《元史艺文志辑本》 |
| 41 | 《诗传名物类考》 | 20 | 杨燧 | 佚 | 《经义考》《补元史艺文志》《元史艺文志辑本》 |
| 42 | 《诗经辨正》 | | 周鼎 | 佚 | 《经义考》《补元史艺文志》《元史艺文志辑本》 |
| 43 | 《诗记》 | | 方道壑 | 佚 | 《经义考》《补元史艺文志》《元史艺文志辑本》 |
| 44 | 《诗经疑问》 | 7 | 朱倬 | 存 | 《经义考》《补元史艺文志》《铁琴铜剑楼藏书目录》《祕册汇丛》《云自在龛随笔》《也是园藏书目》《四库全书总目提要》《中国古籍善本书目》《元史艺文志辑本》 |
| 45 | 《诗小序解》 | 1 | 包希鲁 | 佚 | 《补元史艺文志》《元史艺文志辑本》 |
| 46 | 《诗经大鸣录》 | 1 | 曾坚 | 佚 | 《经义考》《十驾斋养新录》《元史艺文志辑本》 |
| 47 | 《诗缵绪》 | 18 | 刘玉汝 | 存 | 《爱日精庐藏书志》《四库全书总目提要》《元史艺文志辑本》 |
| 48 | 《诗演义》 | 15 | 梁寅 | 存 | 《经义考》《述古堂藏书目》《爱日精庐藏书志》《也是园藏书目》《四库全书总目提要》《四库简明目录标注》《元史艺文志辑本》 |

续表

| 序号 | 书名 | 卷数 | 作者 | 存佚 | 著录 |
|---|---|---|---|---|---|
| 49 | 《弦歌毛诗谱》 | 1 | 俞琰 | 佚 | 《补辽金元艺文志》《元史艺文志辑本》 |
| 50 | 《魁本大字详音句读毛诗》 | 6 | 不著撰者 | 佚 | 《铁琴铜剑楼藏书目录》《元史艺文志辑本》 |
| 51 | 《诗经旁注》 | 4 | 不著撰者 | 佚 | 《经义考》《中国古籍善本书目》《元史艺文志辑本》 |
| 52 | 《诗传旁通》 | 8 | 翟思忠 | 佚 | 《文渊阁书目》《千顷堂书目》《补辽金元艺文志》《元史艺文志辑本》 |
| 53 | 《诗解》 | 20 | 李少南 | 佚 | 《补辽金元艺文志》《元史艺文志辑本》 |
| 54 | 《钱氏诗集传》 | | | 佚 | 《补辽金元艺文志》《元史艺文志辑本》 |
| 55 | 《诗纂图》 | 4帧 | | 佚 | 《补辽金元艺文志》《元史艺文志辑本》 |
| 56 | 《诗图说》 | | | 佚 | 《补辽金元艺文志》《元史艺文志辑本》 |
| 57 | 《毛诗》 | 1部 | 秃忽思等 | 佚 | 《补三史艺文志》《元史艺文志辑本》 |
| 58 | 《豳风图》 | | | 佚 | 《经义考》《补三史艺文志》《元史艺文志辑本》 |
| 59 | 《校定诗经》 | | 吴澄 | 佚 | 《补三史艺文志》《元史艺文志辑本》 |
| 60 | 《诗杂说》 | 2 | 吴师道 | 佚 | 《经义考》《补三史艺文志》《元史艺文志辑本》 |
| 61 | 《国风小雅说》 | | 黄舜祖 | 佚 | 《补三史艺文志》《元史艺文志辑本》 |
| 62 | 《读诗传》 | 10 | 萧山 | 佚 | 《补三史艺文志》《元史艺文志辑本》 |
| 63 | 《诗口义》 | | 邱葵 | 佚 | 《补三史艺文志》《元史艺文志辑本》 |
| 64 | 《诗集传音义会通》 | 30 | 汪克宽 | 佚 | 《经义考》《小学考》《元史艺文志辑本》 |
| 65 | 《明经题断诗义矜式》 | 10 | 林泉生 | 存 | 《经义考》《中国古籍善本书目》《元史艺文志辑本》 |
| 66 | 《曹放斋诗说》 | | 曹粹中 | 佚 | 《元史艺文志辑本》 |
| 67 | 《鹿鸣》《乐歌考》《彤考》 | 211 | 方回 | 佚 | 《元史艺文志辑本》 |
| 68 | 《新刊类编历举三场文选诗义》 | 8 | 刘贞 | 存 | 《铁琴铜剑楼藏书目录》《中国古籍善本书目》《元史艺文志辑本》 |

续表

| 序号 | 书名 | 卷数 | 作者 | 存佚 | 著录 |
|------|------|------|------|------|------|
| 69 | 《学诗管见》 | 1 | 俞远 | 佚 | 《经义考》《十驾斋养新录》《元史艺文志辑本》 |
| 70 | 《诗考》 | | 梁寅 | 佚 | 《经义考》 |
| 71 | 《诗经演疏》 | | 陈谟 | 佚 | 《经义考》 |
| 72 | 《经旁注》 | 8 | 朱升 | 佚 | 《经义考》 |
| 73 | 《诗集传音义会通序》 | 1 | 危素 | 存 | 《经义考》 |
| 74 | 《诗集传名物钞序》 | 1 | 吴师道 | 存 | 《经义考》 |
| 75 | 《读诗记》 | 1 | 范祖干 | 佚 | 《经义考》 |
| 76 | 《毛诗旁注》 | | 李恕 | 佚 | 《经义考》 |
| 77 | 《毛诗诂训》 | 4 | 李恕 | 佚 | 《经义考》 |

# 参考文献

## 一　专著类文献

胡一桂：《诗集传附录纂疏》，《续修四库全书》本。

胡一桂：《诗集传附录纂疏》，元泰定四年翠岩精舍刻本。

许谦：《诗集传名物钞》，文渊阁《四库全书》本。

刘瑾：《诗集传通释》，元至正十二年刘氏日新堂刻本。

刘瑾：《诗传通释》，文渊阁《四库全书》本。

梁益：《诗传旁通》，文渊阁《四库全书》本。

林泉生：《明经题断诗义矜式》，元刻本。

罗复：《诗集传音释》，《续修四库全书》本。

梁寅：《诗演义》，文渊阁《四库全书》本。

朱公迁：《诗经疏义会通》，明嘉靖二年书林刘氏安正书堂刻本。

朱公迁：《诗经疏义会通》，文渊阁《四库全书》本。

刘玉汝：《诗缵绪》，文渊阁《四库全书》本。

朱倬：《诗经疑问》，文渊阁《四库全书》本。

刘贞：《新刊类编历举三场文选诗义》，元刻明修本。

马端临：《文献通考》，文渊阁《四库全书》本。

欧阳修：《诗本义》，文渊阁《四库全书》本。

陈启源：《毛诗稽古编》，《皇清经解》本。

陈奂：《诗毛氏传疏》，中国书店影印本。

魏源：《诗古微》，《皇清经解续编》本。

吕祖谦：《吕氏家塾读诗记》，文渊阁《四库全书》本。

杨简：《慈湖诗传》，文渊阁《四库全书》本。

胡安国：《春秋胡氏传》，《四部丛刊》本。

吕祖谦：《左氏传说》，文渊阁《四库全书》本。

陈傅良：《春秋后传》，文渊阁《四库全书》本。

黄震：《黄氏日抄》，文渊阁《四库全书》本。

吕祖谦：《历代制度详说》，文渊阁《四库全书》本。

黄榦：《勉斋集》，文渊阁《四库全书》本。

陈淳：《北溪大全集》，文渊阁《四库全书》本。

宋濂：《宋文宪公全集》，《四部备要》本。

真德秀：《文章正宗》，文渊阁《四库全书》本。

陈奂：《毛诗说》，《续修四库全书》本。

陈奂：《毛诗传义类》，《续修四库全书》本。

陈奂：《郑氏笺考征》，《续修四库全书》本。

陈仅：《诗诵》，《续修四库全书》本。

陈乔枞：《齐诗翼氏学疏证》，《续修四库全书》本。

陈乔枞：《诗经四家异文考》，《续修四库全书》本。

陈乔枞：《诗纬集证》，《续修四库全书》本。

陈寿祺、陈乔枞：《三家诗遗说考》，《续修四库全书》本。

丁晏：《毛郑诗释》，《续修四库全书》本。

丁晏：《郑氏诗谱考正》，《续修四库全书》本。

丁晏：《毛诗草木鸟兽虫鱼疏校正》，《续修四库全书》本。

包世荣：《毛诗礼征》，《续修四库全书》本。

方宗诚：《说诗章义》，《续修四库全书》本。

郝敬：《毛诗序说》，《续修四库全书》本。

黄位清：《诗绪余录》，《续修四库全书》本。

李富孙：《诗经异文释》，《续修四库全书》本。

林伯桐：《毛诗通考》，《续修四库全书本》。

陆德明：《经典释文》，《四部丛刊》本。

马永昶：《诗毛氏学》，《续修四库全书》本。

苗夔：《毛诗昀订》，《续四库全书》本。

沈镐：《毛诗传笺异义解》，《续四库全书》本。

王筠：《毛诗重言》，《续修四库全书》本。

王筠：《毛诗双声叠韵说》，《续修四库全书》本。

夏炘：《读诗札记》，《续修四库全书》本。

徐璈：《诗经广诂》，《续修四库全书》本。

尹继美：《诗管见》，《续修四库全书》本。

曾钊：《诗毛郑异同辨》，《续修四库全书》本。

张澍：《诗小序翼》，《续修四库全书》本。

郑樵：《诗辨妄》，《续修四库全书》本。

朱熹：《诗序辨说》，《续修四库全书》本。

马宗霍：《中国经学史》，商务印书馆，1936。

姚际恒：《诗经通论》，中华书局，1958。

王夫之：《诗广传》，中华书局，1964。

王应麟：《困学纪闻》，商务印书馆，1959。

钱穆：《两汉经学今古文平议》，东大图书有限公司，1978。

韩婴：《韩诗外传集释》，中华书局，1980。

高亨：《诗经今注》，上海古籍出版社，1980。

于省吾：《泽螺居诗经新证》，中华书局，1981。

陈子展：《诗经直解》，复旦大学出版社，1983。

罗大经：《鹤林玉露》，中华书局，1983。

厉鹗：《宋诗纪事》，上海古籍出版社，1983。

范寿康：《朱子及其哲学》，中华书局，1983。

候外庐、邱汉生：《宋明理学史》，人民出版社，1984。

王懋竑：《朱子年谱》，中华书局，1985。

黎靖德：《朱子语类》，中华书局，1986。

钱钟书：《管锥编》，中华书局，1986。

方玉润：《诗经原始》，中华书局，1986。

王先谦：《诗三家义集疏》，中华书局，1987。

陈来：《朱子书信编年考证》，上海人民出版社，1989。

马瑞辰：《毛诗传笺通释》，中华书局，1989。

余英时：《中国思想传统的现代诠释》，江苏人民出版社，1989。

赵沛霖：《诗经研究反思》，天津教育出版社，1989。

王靖献：《钟与鼓——〈诗经〉的套语及其创作方式》，四川人民出版社，1990。

程俊英、蒋见元：《诗经注析》，中华书局，1991。

程千帆、吴新雷：《两宋文学史》，上海古籍出版社，1991。

邓绍基：《元代文学史》，人民文学出版社，1991。

陈来：《宋明理学》，辽宁教育出版社，1991。

高全喜：《理心之间——朱熹和陆九渊的理学》，生活·读书·新知三联
　　书店，1992。

何忠礼：《宋史选举志补正》，浙江古籍出版社，1992。

王应麟：《玉海》，上海古籍出版社，1992。

吕祖谦：《宋文鉴》，中华书局，1992。

潘富恩、徐余庆：《吕祖谦评传》，南京大学出版社，1992。

陈植锷：《北宋文化史述论》，中国社会科学出版社，1992。

郭预衡：《中国散文史》，上海古籍出版社，1993。

王凤贤、丁国顺：《浙东学派研究》，浙江人民出版社，1993。

孙钦善：《中国古文献学史》，中华书局，1994。

张义德：《叶适评传》，南京大学出版社，1994。

张毅：《宋代文学思想史》，中华书局，1995。

贾志扬：《宋代科举》，东大图书股份有限公司，1995。

赵所兴、薛正兴：《中国历代书院志》，江苏教育出版社，1995。

欧阳光：《宋元诗社研究丛稿》，广东高等教育出版社，1996。

孙望、常国武：《宋代文学史》，人民文学出版社，1996。

洪迈：《容斋随笔》，上海古籍出版社，1996。

〔美〕郝大维、安乐哲：《孔子哲学思微》，江苏人民出版社，1996。

李山：《诗经的文化精神》，东方出版社，1997。

程民生：《宋代地域文化》，河南大学出版社，1997。

邓广铭：《治史丛稿》，北京大学出版社，1997。

刘师培：《刘申叔遗书》，凤凰出版社，1997。

钱穆：《中国近三百年学术史》，商务印书馆，1997。

支伟成：《清代朴学大师列传》，长沙岳麓书社，1998。

季广茂：《隐喻视野中的诗性传统》，高等教育出版社，1998。

罗立刚：《宋元之际的哲学与文学》，复旦大学出版社，1999。

何忠礼、徐吉军：《南宋史稿》，杭州大学出版社，1999。

梁启超：《梁启超全集》，北京出版社，1999。

张立新：《神圣的寓意——〈诗经〉与〈圣经〉比较研究》，云南大学出

版社，1999。

陈来：《朱子哲学研究》，华东师范大学出版，2000。

莫砺锋：《朱熹文学研究》，南京大学出版社，2000。

方勇：《南宋遗民诗人群体研究》，人民出版社，2000。

朱一新：《无邪堂答问》，中华书局，2000。

尚学锋、过常宝、郭英德：《中国古典文学接受史》，山东教育出版社，
　　2000。

许志刚：《〈诗经〉论略》，辽宁大学出版社，2000。

〔美〕顾立雅：《孔子与中国之道》，大象出版社，2000。

葛兆光：《中国思想史》，复旦大学出版社，2001。

关长龙：《两宋道学命运的历史考察》，学林出版社，2001。

崔大华：《儒学引论》，人民出版社，2001。

束景南：《朱熹年谱长编》，华东师范大学出版社，2001。

戴维：《诗经研究史》，湖南教育出版社，2001。

彭林：《经学研究论文选》，上海书店出版社，2001。

章太炎：《国学略说》，上海文艺出版社，2001。

张之洞、范希曾：《书目答问补正》，上海古籍出版社，2001。

刘毓庆：《从经学到文学——明代"诗经"学史论》，商务印书馆，2001。

洪湛侯：《诗经学史》，中华书局，2002。

〔美〕田浩：《朱熹的思维世界》，江苏人民出版社，2009。

张智华：《南宋的诗文选本研究》，北京师范大学出版社，2002。

漆侠：《宋学的发展和演变》，河北人民出版社，2002。

中国诗经学会：《诗经要籍集成》，学苑出版社，2002。

朱维铮：《中国经学史十讲》，复旦大学出版社，2002。

刘毓庆：《历代诗经著述考》，中华书局，2002。

林庆彰：《清代经学研究论集》，中央研究院中国文哲研究所，2002。

刘毓庆、贾培俊、张儒：《〈诗经〉百家别解考》，山西古籍出版社，2002。

李山：《诗经析读》，南海出版公司，2003。

刘信芳：《孔子诗论述学》，安徽大学出版社，2003。

陈振：《宋史》，上海人民出版社，2003。

冯浩菲：《历代诗经论说述评》，中华书局，2003。

束景南：《朱子大传》，商务印书馆，2003。

蔡方鹿：《中华道统思想发展史》，四川人民出版社，2003。

杜海军：《吕祖谦文学研究》，学苑出版社，2003。

萧驰：《抒情传统与中国思想》，上海古籍出版社，2003。

李健：《比兴思维研究——对中国古代一种艺术思维方式的美学考察》，
　　安徽教育出版社，2003。

檀作文：《朱熹诗经学研究》，学苑出版社，2003。

何俊：《南宋儒学建构》，上海人民出版社，2004。

刘再华：《近代经学与文学》，东方出版社，2004。

陈来：《宋明理学》，华东师范大学出版社，2004。

祝尚书：《宋人总集叙录》，中华书局，2004。

于茀：《金石简帛诗经研究》，北京大学出版社，2004。

邹其昌：《朱熹诗经诠释学美学研究》，商务印书馆，2004。

王巍：《诗经民俗文化阐释》，商务印书馆，2004。

傅斯年：《诗经讲义稿》，中国人民大学出版社，2004。

张建军：《诗经与周文化考论》，齐鲁书社，2004。

〔美〕郝大维、安乐哲：《先贤的民主——杜威、孔子与中国民主之希
　　望》，江苏人民出版社，2004。

傅斯年：《诗经讲义》，中国人民大学出版社，2004。

刘师培：《清儒得失论：刘师培论学杂稿》，中国人民大学出版社，2004。

韦感恩、陈荣冠：《中国古代矛盾观的演变》，中山大学出版社，2005。

〔美〕夏含夷：《古史异观》，上海古籍出版社，2005。

徐复观：《徐复观论经学史二种》，上海书店出版社，2005。

〔美〕杜威：《艺术即经验》，商务印书馆，2005。

谭德兴：《宋代诗经学研究》，贵州人民出版社，2005。

汪祚民：《诗经文学阐释史》（先秦—隋唐），人民出版社，2005。

周延良：《诗经学案与儒家伦理思想研究》，学苑出版社，2005。

李春青：《诗与意识形态——西周至两汉诗歌功能的演变与中国诗学观念
　　的生成》，北京大学出版社，2005。

莫励锋：《古典诗学的文化观照》，中华书局，2005。

刘冬颖：《〈诗经〉"变风变雅"考论》，中国社会科学出版社，2005。

郭英德：《中国古代文体学论稿》，北京大学出版社，2005。

赵敏俐：《中国古代歌诗研究——从〈诗经〉到元曲的艺术生产史》，北京大学出版社，2005。

罗立刚：《史统道统文统——论唐宋时期文学观念的转变》，东方出版中心，2005。

沈松勤：《南宋文人与党争》，人民出版社，2005。

张舜徽：《四库提要叙讲疏》，云南人民出版社，2005。

云峰：《元代蒙汉文学关系研究》，民族出版社，2005。

李治安：《元史论丛第十辑》，中国广播电视出版社，2005。

〔日〕浅见洋二：《距离与想象——中国诗学的唐宋转型》，上海古籍出版社，2005。

〔法〕米歇尔·福柯：《主体解释学》，上海人民出版社，2005。

〔法〕葛兰言：《古代中国的节庆与歌谣》，广西师范大学出版社，2005。

赵茂林：《两汉三家〈诗〉研究》，巴蜀书社，2006。

何忠礼：《科举与宋代社会》，商务印书馆，2006。

蒙文通：《经学抉原》，上海人民出版社，2006。

祝尚书：《宋代科举与文化考论》，大象出版社，2006。

冯天瑜：《明清文化史札记》，上海人民出版社，2006。

夏传才：《十三经讲座》，广西师范大学出版社，2006。

赵沛霖：《现代学术文化思潮与诗经研究——二十世纪诗经研究史》，学苑出版社，2006。

郝桂敏：《宋代〈诗经〉文献研究》，中国社会科学出版社，2006。

张红：《元代唐诗学研究》，岳麓书社，2006。

李冬梅：《苏辙〈诗集传〉新探》，四川大学出版社，2006。

孟泽：《两岐的诗学》，湖南人民出版社，2006。

韩高年：《礼俗仪式与先秦诗歌演变》，中华书局，2006。

石明庆：《理学文化与南宋诗学》，中国社会科学出版社，2006。

刘师培：《经学教科书》，上海古籍出版社，2006。

罗检秋：《嘉庆以来汉学传统的衍变与传承》，中国人民大学出版社，2006。

王志清：《中国诗学的德本精神研究》，齐鲁书社，2007。

孟森：《清史讲义》，中华书局，2007。

刘立志：《汉代〈诗经〉学史论》，中华书局，2007。

王秀臣：《三礼用诗考论》，中国社会科学出版社，2007。

王妍：《经学以前的〈诗经〉》，东方出版社，2007。

李山：《中国文化史》，北京师范大学出版社，2007。

夏传才：《诗经研究史概要（增注本）》，清华大学出版社，2007。

夏传才：《诗经讲座》，广西师范大学出版社，2007。

朱东润：《诗三百篇探故》，云南人民出版社，2007。

杨树达：《积微居金文说》，上海古籍出版社，2007。

扬之水：《诗经别裁》，中华书局，2007。

李学勤：《中国古代历史与文明——西周史与西周文明》，上海科学技术
　　文献出版社，2007。

李学勤：《中国古代历史与文明——春秋史与春秋文明》，上海科学技术
　　文献出版社，2007。

朱熹：《诗集传》，凤凰出版社，2007。

顾炎武、陈垣：《日知录校注》，安徽大学出版社，2007。

叶新民：《辽夏金元史徵·元朝卷》，内蒙古大学出版社，2007。

谢建忠：《〈毛诗〉及其经学阐释对唐诗的影响研究》，巴蜀书社，2007。

夏传才：《诗经研究史概要》，清华大学出版社，2007。

朱金发：《先秦诗经学》，学苑出版社，2007。

皮锡瑞：《经学通论》，中华书局，2008。

皮锡瑞：《经学历史》，中华书局，2008。

田国福：《历代诗经版本丛刊》，齐鲁书社出版，2008。

徐世昌：《清儒学案》，中华书局，2008。

过常宝：《原史文化及文献研究》，北京大学出版社，2008。

刘毓庆、杨文娟：《诗经讲读》，华东师范大学出版社，2008。

罗立军：《从诗教看〈韩诗外传〉》，暨南大学出版社，2008。

吴结评：《英语世界里的〈诗经〉研究》，四川大学出版社，2008。

李兆禄：《〈诗经·齐风〉研究》，齐鲁书社，2008。

周春健：《元代四书学研究》，华东师范大学出版社，2008。

邓新华：《中国古代诗学解释学研究》，中国社会科学出版社，2008。

耿占春：《失去象征的世界——诗歌、经验与修辞》，北京大学出版社，2008。

丁进：《周礼考论——周礼与中国文学》，上海人民出版社，2008。

刘怀荣：《周汉诗学与文学思想研究》，中国社会科学出版社，2008。

〔日〕佐竹靖彦：《殷周秦汉史学的基本问题》，中华书局，2008。

郭沫若：《中国古代社会研究》，中国华侨出版社，2008。

傅斯年：《中国古代文学史讲义》，上海书店出版社，2008。

杨亮：《宋末元初四明文士及其诗文研究》，中华书局，2009。

杨金花：《毛诗正义研究——以诗学为中心》，中华书局，2009。

俞艳庭：《两汉三家〈诗〉学史纲》，齐鲁书社，2009。

季旭昇：《上海博物馆藏战国楚竹书读本》，北京大学出版社，2009。

王晓平：《日本诗经学史》，学苑出版社，2009。

张丰乾：《〈诗经〉与先秦哲学》，北京大学出版社，2009。

陈桐生：《礼化诗学——诗教理论的生成轨迹》，学苑出版社，2009。

钱穆：《中国学术思想史论丛》，生活·读书·新知三联书店，2009。

顾颉刚：《古籍考辨丛刊第二集》，社会科学文献出版社，2009。

牟润孙：《注史斋丛稿（增订本）》，中华书局，2009。

冯友兰：《中国哲学史》，三联书店，2009。

刘毓庆、郭万金：《从文学到经学——先秦两汉诗经学史论》，华东师范大学出版社，2009。

陈致：《从礼仪化到世俗化——〈诗经〉的形成》，上海古籍出版社，2009。

冯登府：《三家诗遗说》，华东师范大学出版社，2010。

吴雁南、秦学顺、李禹阶：《中国经学史》，人民出版社，2010。

顾颉刚：《古籍考辨丛刊第一集》，社会科学文献出版社，2010。

胡朴安：《诗经学》，岳麓书社，2010。

姜广辉：《中国经学思想史第四卷（上、下）》，中国社会科学出版社，2010。

郭全芝：《清代〈诗经〉新疏研究》，安徽大学出版社，2010。

于新：《〈诗经〉研究概论》，中国社会出版社，2010。

边家珍：《经学传统与中国古代学术文化形态》，人民出版社，2010。

黄忠慎：《清代诗经学论稿》，文津出版社有限公司，2011。

何海燕：《清代〈诗经〉学研究》，人民出版社，2011。

曹志敏：《学术探求与春秋大义：魏源〈诗古微〉研究》，社会科学文献出版社，2011。

罗振玉：《清代学术源流考》，江苏文艺出版社，2011。

蒋伯潜、蒋祖怡：《经与经学》，九州出版社，2011。

陈寿祺：《五经异义疏证》，上海古籍出版社，2012。

陈祖武：《清代学术源流》，北京师范大学出版社，2012。

吴闓生：《诗义会通》，中西书局，2012。

周予同：《中国经学史讲义（外二种）》，上海人民出版社，2012。

〔美〕米尔斯：《社会学的想像力》，生活·读书·新知三联书店，2012。

陈居渊：《汉学更新运动研究——清代学术新论》，凤凰出版社，2013。

杨子怡：《中国古典诗歌的文化解读》，人民出版社，2013。

〔日〕本田成之：《中国经学史》，漓江出版社，2013。

宁宇：《古代〈诗经〉接受史》，齐鲁书社，2014。

陈文新：《中国文学史经典精读》，高等教育出版社，2014。

〔加拿大〕查尔斯·泰勒：《现代社会想象》，译林出版社，2014。

鲁洪生：《诗经集校集注集评》，中华书局、现代出版社，2015。

杨峰、张伟：《清代经学学术编年》，凤凰出版社，2015。

李山：《诗经的文化精神》，安徽教育出版社，2016。

叶国良、夏长朴、李隆献：《经学通论》，上海书店出版社，2016。

张晖：《中国"诗史"传统（修订版）》，生活·读书·新知三联书店，2016。

〔法〕丹尼斯·库什：《社会科学中的文化》，商务印书馆，2016。

李山：《诗经析读》，中华书局，2018。

## 二 论文类文献

张祝平：《〈诗经〉与元代科举》，《江海学刊》1994年第1期。

张启成：《明代诗经学的新气象》，《贵州社会科学》1997年第5期。

夏传才：《元代经学的社会历史背景和程朱之学的发展》，《贵州文史丛刊》1999年第4期。

赵沛霖：《〈诗经〉学的神圣化与元代〈诗经〉研究》，《中州学刊》
　　2002 年第 1 期。

赵沛霖：《刘瑾〈诗传通释〉浅说》，《贵州文史丛刊》2002 年第 4 期。

张民权：《元代古音学考论》，《陕西师范大学学报》2003 年第 4 期。

张祝平、蔡燕、蒋玲：《元代科举〈诗经〉试卷档案的价值》，《中国典
　　籍与文化》2007 年第 1 期。

程嫩生、陈海燕：《刘瑾对朱熹诗经学的解经取向》，《江西社会科学》
　　2008 年第 2 期。

程嫩生：《元代〈诗经〉学刍议》，《中州学刊》2008 第 4 期。

赵险峰、崔志博：《元代〈诗经〉学的特征及历史地位》，《河北学刊》
　　2008 年第 2 期。

**图书在版编目（CIP）数据**

《诗经》学在元代的经学转向研究 / 曹继华著. --
北京：社会科学文献出版社，2023.5
国家社科基金后期资助项目
ISBN 978 - 7 - 5228 - 1308 - 0

Ⅰ.①诗…　Ⅱ.①曹…　Ⅲ.①《诗经》- 诗歌研究
Ⅳ.①I207.222

中国版本图书馆 CIP 数据核字（2022）第 253662 号

国家社科基金后期资助项目

《诗经》学在元代的经学转向研究

著　　者／曹继华

出　版　人／王利民
责任编辑／吴　超　王霄蛟
责任印制／王京美

出　　版／社会科学文献出版社·人文分社（010）59367215
　　　　　　地址：北京市北三环中路甲 29 号院华龙大厦　邮编：100029
　　　　　　网址：www. ssap. com. cn
发　　行／社会科学文献出版社（010）59367028
印　　装／三河市龙林印务有限公司

规　　格／开　本：787mm×1092mm　1/16
　　　　　　印　张：15　字　数：238 千字
版　　次／2023 年 5 月第 1 版　2023 年 5 月第 1 次印刷
书　　号／ISBN 978 - 7 - 5228 - 1308 - 0
定　　价／129.00 元

读者服务电话：4008918866